August Steitz

Die Werke und Tage des Hesiodos

August Steitz

Die Werke und Tage des Hesiodos

ISBN/EAN: 9783743363007

Hergestellt in Europa, USA, Kanada, Australien, Japan

Cover: Foto ©Raphael Reischuk / pixelio.de

Manufactured and distributed by brebook publishing software (www.brebook.com)

August Steitz

Die Werke und Tage des Hesiodos

DIE

WERKE UND TAGE

DES

HESIODOS.

NACH IHRER COMPOSITION GEPRÜFT UND ERKLÄRT

VON

Dr. AUGUST ST. ..

LEIPZIG,

DRUCK UND VERLAG VON B. G. TEUBNER.

1869.

VORREDE.

Vier Capitel dieser Schrift erschienen in früherer Bearbeitung mit dem Titel: de Operum et Dierum Hesiodi compositione. Pars prior. Gotting. 1856. — Da ich bei der jetzigen Arbeit die exegetischen Untersuchungen als Hauptsache ansehe, könnte ich sie einfach als erklärenden Commentar zu den Werken und Tagen bezeichnen. Aber ich habe auf der einen Seite weniger, auf der andern mehr gegeben, als von einem solchen erwartet wird. Denn erstens vermied ich Bekanntes, von den Herausgebern Erörtertes zu wiederholen, zweitens aber lässt sich richtige Deutung der Worte bisweilen gar nicht geben ohne Scheidung des Ursprünglichen von den Zusätzen und tiefer dringende, den Zusammenhang im Grossen und Ganzen fassende Erklärung ist überhaupt nur auf dieser Grundlage möglich.

Für das Verständniss des Gedichtes beachte man wohl Twestens Bemerkung: sunt ita quasi leves et suspensi mentis cogitationisque gradus, ut ejus vestigia demonstrare qui velit, debeat ea paullo altius humo imprimere. Besonders gilt dies von dem ersten Theil, dem wichtigsten und schwersten des Ganzen. Und darf ich über meine Weise zu erklären ein Wort zufügen, so möchte ich erinnern, dass Manches nur für aufmerksames Lesen und Nachprüfen verständlich zu machen ist.

Die Werke und Tage lassen nicht selten Licht auf Geistes-
leben und Zustände jener dunkeln Frühzeit fallen. Ich suchte
klar zu stellen was ich fand, Andere werden vielleicht noch
Einiges entdecken. Läge nur nicht immer die Gefahr nahe,
vereinzelte zum Theil unsichere Lichtpuncte durch willkürliche
Contouren zu verbinden und ein Stück Phantasie-Geschichte
zu schaffen, geistreich für den ersten Eindruck, beim Versuch
es festzuhalten in Nichts zerrinnend.

Frankfurt a/M., April 1869.

Dr. Steitz.

Einleitung.

Das bedeutendste Lehrgedicht der griechischen Literatur, die Werke und Tage, vereinigt rein didaktische mit gnomisch-ethischer Richtung. In dieser letzteren bildet es nur ein Glied einer längeren Kette; ältere Gnomologieen gingen ihm voraus, die gnomische Dichtung der Iambiker und Elegiker ist in hohem Grade von ihm beeinflusst und manches Wort des delphischen Orakels sowie die Spruchweisheit der sieben Weisen erinnert merkwürdig an Hesiods Sentenzen. Beim allmählichen Erlöschen des epischen Gesangs und dem Zerfall der bisher in ihm vereinten Richtungen war es eben die Gnomik, die zuerst mit bedeutenden Leistungen hervortrat und im 7. und 6. Jahrhundert recht eigentlich die Geister beherrschte. — Jene uralten Gnomologieen sind früh untergegangen, die Späteren wie Archilochus, Solon, Theognis stehen im vollen Licht der Geschichte, der Träger des hochgefeierten Namens Hesiodus ist in mythisches Dunkel gehüllt. Kann seine Existenz nicht wie die des Homer bezweifelt werden, so ist doch weder seine Zeit sicher zu bestimmen noch von seiner Person Etwas bekannt als was wir aus einigen Stellen des Gedichtes erfahren. Später als die homerischen ist es entstanden, dies zeigen deutliche Anklänge an Ilias und Odyssee; vor dem siebenten Jahrhundert muss es Verbreitung gefunden haben, weil Dichter aus diesem es schon kennen; mehr lässt sich über sein Zeitalter nicht sagen.

Zeugniss für Bekanntschaft mit den Werken und Tagen geben Fragmente der Iambiker, Elegiker und Meliker, in denen eine Nachahmung jener zu erkennen ist. Diese Un-

tersuchung ist von Heyer im ersten Capitel seiner Abhandlung: de Hesiodi carmine, quod Opera et Dies inscribitur,
forma antiquissima eröffnet worden. Doch ist grosse Zu-
rückhaltung geboten. Erwähnung derselben Sache, Gebrauch
mehrerer gleichen Wörter beweist keine Nachahmung, nicht
einmal Kenntniss einer hesiodischen Stelle, da die Gegenstände Gemeingut aller hellenischen Dichter waren und die
Nennung einer Sache leicht dieselben Ideen wieder anregt,
am allermeisten bei den Gnomikern, wo eine Fülle von Gedanken durch alle Tonarten variirt immer wiederkehren.
Nachahmung ist nur dann zu erkennen, wenn ungewöhnliche Gedanken, nicht nothwendige Verbindung oder selt-
nere Worte und künstlichere Fügung in beiden Dichtern von
dem gleichen Gegenstande sich finden. Ein Beispiel jener
Art, wo wir nur einem Gemeinplatz begegnen, ist das
Fragment des Archilochus 56 Bgk. verglichen mit dem
Proömium der Werke und Tage 6: ῥεῖα δ' ἀρίζηλον μινύθει
καὶ ἄδηλον ἀέξει. Den Gedanken spricht schon eine Stelle
der Odyssee aus, π 212. 13 ῥηίδιον δὲ θεοῖσι — ἠμὲν κυδῆ-
ναι θνητὸν βροτὸν ἠδὲ κακῶσαι und hier ist ῥηίδιον so hervorgehoben, dass ein Nachklang davon im Proömium zu
erkennen wäre — wäre nicht eben jenes ῥεῖα charakteri-
stisch für alles Thun der Götter, θεῶν ῥεῖα ζωόντων. Vgl.
z. B. O. et D. 325. 379. Th. 441. 42. Simon. Ceus frgm.
42 ῥεῖα θεοὶ κλέπτοισιν ἀνθρώπων νόον. Noch weniger beweist die Nennung des Sirius wie 587 und die Wiederkehr
des Stammes von αὐαλέος 588 bei Archilochus frgm. 61
πολλοὺς μὲν αὐτῶν Σείριος καταυανεῖ. Möglichkeit einer
Reminiscenz ist freilich nicht ausgeschlossen.

Hingegen sehe ich jetzt in frgm. 38

ὦ Ζεῦ, πάτερ Ζεῦ, σὸν μὲν οὐρανοῦ κράτος,
σὺ δ' ἔργ' ἐπ' ἀνθρώπων ὁρᾷς
λεωργὰ καὶ θεμιστά, σοὶ δὲ θηρίων
ὕβρις τε καὶ δίκη μέλει

wie Heyer S. 11 ein Zeugniss der Bekanntschaft mit O. et
D. 203 ff., der Fabel, und dem folgenden Abschnitt. Zwar
konnte σὺ — ὁρᾷς zufällig mit 267 zusammentreffen, aber
die gleichzeitige Erwähnung von ὕβρις und δίκη, den Stich-
worten des Abschnittes (wie 213, s. z. d. St.), und der

Thiere, die bei Hesiod eine keineswegs nothwendige Rolle
spielen, war schwerlich zufällig, wenn selbst mit jenen
Worten bei Archilochus der Fuchs über erlittenes Unrecht
dem Zeus klagte.

So wäre also ein wichtiger Theil des Gedichtes wenn
nicht das Ganze schon um Ol. 23, nach Beginn des siebenten Jahrhunderts, ausserhalb der Heimath des Dichters ver-
breitet gewesen. Reicher und ganz unbezweifelbar sind die -
Zeugnisse, welche die Fragmente eines andern Iambikers
aus demselben Jahrhundert, Simonides von Amorgos, geben. Dessen Lebenszeit ist neuerdings von Duncker, alte
Gesch. IV S. 132 A. 7 in Frage gestellt worden, aber was
er vorbringt ist zum Theil ganz irrig, wie wenn aus dem
Gebrauch des Wortes τύραννος eine spätere Zeit bewiesen
werden soll. Denn τυραννίς findet sich nach Schol. Aesch.
Prom. 224. argum. Soph. O. R. zuerst gerade bei Archilochus, dessen frgm. 25 zum Beweis angeführt ist. Die Zeit-
angabe bei Cyrillus contra Julian. p. 12 εἰκοστῇ ἐννάτῃ
ὀλυμπιάδι Ἱππώνακτα καὶ Σιμωνίδην φασὶ γενέσθαι καὶ τὸν
μουσικὸν Ἀριστόξενον verliert allerdings an Glaubwürdigkeit
durch Miterwähnung des Hipponax, der hundert Jahre später lebte und in der Quelle des Cyrillus wohl nur als be-
rühmter Iambendichter neben Simonides gestellt war. Noch
grösser und nicht leicht erklärbar ist der Irrthum wegen
Aristoxenus, eines Schülers von Aristoteles. Und auch
sonst zeigt die flüchtige synchronistische Compilation manche
Verstösse wie Ἀλκμαίων καὶ Πιττακὸς ἐκ Μιτυλήνης οἱ
τῶν ἑπτὰ σοφῶν. Alkman, der auch sonst Alkmaion genannt wird (Himer. or. V, 3 vgl. frgm. 71), ist also zu
einem der Sieben gemacht! Aber im Ganzen sind die Zeit-
angaben richtig; woher er sie genommen, sagt er nicht. —
Die Notiz aus Proclus bei Photius p. 319b ἰάμβων δὲ ποιη-
ταὶ Ἀρχίλοχός τε ὁ Πάριος ἄριστος καὶ Σιμωνίδης ὁ Ἀμόργιος
ἢ ὥς ἔνιοι Σάμιος καὶ Ἱππῶναξ ὁ Ἐφέσιος· ὧν ὁ μὲν πρῶ-
τος ἐπὶ Γύγου, ὁ δὲ ἐπ᾽ Ἀνανίου τοῦ Μακεδόνος, Ἱππῶναξ
δὲ κατὰ Δαρεῖον ἤκμαζεν folgt in Betreff des Archilochus
der Angabe bei Herodot I, 12, welche längst als Zusatz
eines ungelehrten Abschreibers erkannt ist, gibt die Zeit
des Hipponax ziemlich richtig, ist für Simonides nicht zu
gebrauchen, weil ein Macedonier Ananias oder Ananios un-

bekannt ist. Doch möchte ich hier gar nicht wie Duncker
an den Namen eines macedonischen Königs denken. Diese
alle vor Alexander dem Ersten sind viel zu obscur, als
dass eine Zeitbestimmung nach ihnen wahrscheinlich wäre.
Sollte hier nicht durch einen Irrthum der Name des Iambo-
graphen Ananios in die Notiz gerathen sein? S. über diesen
Bernhardy, griech. Lit. - Gesch. II S. 380 zweite Bearb.
Bergk, poet. lyr. Gr. II p. 786 ff. Wie er zum Macedonier
wird, weiss ich nicht zu sagen. — Es bleibt noch die
von Duncker übersehene Zeitbestimmung bei Suidas: γέγονε
δὲ μετὰ τετρακόσια καὶ ἐνενήκοντα ἔτη τῶν Τρωικῶν, die
ihn also in das Jahr 694 v. Chr. hinaufrückt und gleich-
zeitig mit Archilochus leben lässt. Diese zu bezweifeln
fehlt jeder Grund; auch Alles was Suidas weiter von Simonides sagt, ist unverdächtig.

Ueber das grösste seiner Fragmente, das Gedicht von
den Weibern, spricht Bernhardy S. 341 Bedenken aus und
meint, verschiedene Hände seien daran wahrzunehmen. Mit
V. 94 hebe das Thema von Neuem an. Aber der Gedankengang ist doch klar genug. Neun Arten schlimmer Weiber
schildert der Dichter jede nach ihrer Eigenthümlichkeit, mit
Zusammenstellung der frappantesten Contraste (21 und 27,
57 ff. und 71 ff.), dann kommt 83 die einzige edle. So
weit immer der gleiche Anfang τὴν μέν — τὴν δέ — τὴν
δέ. Jetzt werden im Gegensatz zu der guten wieder die
schlechten, aber in ihrer Gesammtheit vorgenommen: 94 τὰ
δ' ἄλλα φῦλα ταῦτα. Wiederholt ist aus dem Früheren
kaum Etwas, kürzer könnte freilich Alles sein. Doch un-
nachahmlich ist die scharfpointirte, bei allem Wortreich-
thum und Uebertreibung mit geistreichen Paradoxieen bis zu
Ende fesselnde Darstellung. Der Schluss, nach Epanalepsis
von 96 Ζεὺς γὰρ μέγιστον τοῦτ' ἐποίησεν κακόν in 115,
kann freilich nicht vollständig sein, wenn τοὺς μέν 117
ächt ist.

Beim Lesen des Simonides glaubt man überall die Spuren Hesiods zu finden. Es ist als ob das Schlagfertige und
Prägnante von dessen Gnomen auf jenen übergegangen wäre,
so gross der Gegensatz zwischen Hesiods Kürze und der
στωμυλία des Ioniers ist. Auch der Gedanke des Hauptgedichtes ist ja ein hesiodischer, vgl. O. et D. 702—5.

Th. 591—612. Allein es fehlt nicht an den bestimmtesten Zeichen der Nachahmung, denn frgm. 6

γυναικὸς οὐδὲν χρῆμ’ ἀνὴρ ληίζεται
ἐσθλῆς ἄμεινον οὐδὲ ῥίγιον κακῆς

ist nur Umsetzung von O. et D. 702. 3 in Iamben, frgm. 7, 110. 11 erinnert deutlich an O. et D. 701, welcher V. allerdings ein vorhesiodisches Sprichwort enthalten könnte, V. 77 desselben Fragmentes ὅστις κακὸν τοιοῦτον ἀγκαλίζεται lautet ähnlich genug O. et D. 58 ἑὸν κακὸν ἀμφαγαπῶντες, beide Male von den Weibern. Sehr ungewiss ist in frgm. 1, ϋ. 7 eine Reminiscenz von O. et D. 96 und V. 20—22

ἀλλὰ μυρίαι
βροτοῖσι κῆρες κἀνεπίφραστοι δύαι
καὶ πήματ’ ἔστιν

stimmt mit O. et D. 100 ἄλλα δὲ μυρία λυγρὰ κατ’ ἀνθρώπους ἀλάληται doch weniger als mit einer Stelle der Ilias, M 326. 27

ἔμπης γὰρ κῆρες ἐφεστᾶσιν θανάτοιο
μυρίαι, ἃς οὐκ ἔστι φυγεῖν βροτὸν οὐδ’ ὑπαλύξαι.

Bei Alkman, Terpander*) und Tyrtäus finden sich keine deutlichen Spuren. Der Charakter ihrer Poesie war ein anderer, doch fast scheint es, als ob das hesiodische Gedicht nach Sparta damals noch nicht gedrungen wäre, als es die Ionier schon kannten. Aber bei dem Ionier Mimnermus finden sich wieder höchstens Anklänge im frgm. 2. Hingegen von Alcäus, also der 42ten Olympiade, dem Ende des siebenten Jahrhunderts an ist Nachahmung hesiodischer Stellen häufig. Bei Alcäus selbst ist frgm. 39 ganz aus O. et D. 582—89 geflossen. Unter den Versen der Sappho erinnert 42 sehr an O. et D. 509—11. Vgl. auch 88 mit O. et D. 568. Besonders interessant wäre zu wissen, ob Solon die Werke und Tage kannte. Ich glaube es. Zwar findet sich in seinen Fragmenten Nichts, was unwidersprechlich Nachahmung enthielte, jedoch mehrere Stellen in ihrer Gesammtheit beweisen seine Kenntniss. Vgl.

---

*) Die Gründe, auf welche hin Göttling Einleit. p. XIX Terpander in Zusammenhang mit der hesiodischen Poesie bringt, sind nichtig.

frgm. 4, 37 mit dem Abschnitt von der ὕβρις und δίκη,
13, 16 mit O. et D. 321—26, 13, 44 mit 632, 27, 9 mit
696. 97.

Ueberaus häufig wie sonst nirgends sind hesiodische
Gedanken bei Theognis und von folgenden Stellen finden
sich bei ihm Nachahmungen oder Reminiscenzen: 96, 187—
94, vielleicht auch 315 Th. 1135—50, 185 Th. 821. 22,
250. 51 Th. 1147. 48, 286 Th. 27, 315 Th. 1149, 320—26
Th. 199—202, 327 Th. 143. 44, 448—51 Th. 1197—1202,
694 Th. 335. 401, 711 Th. 1090, 716 Th. 113. Indessen
ist gerade bei ihm die Nachahmung eine freiere, so dass
über manche der angeführten Verse Zweifel sein könnte;
Anklänge zeigen noch viel mehr Stellen.

Ueberblicken wir die bisherigen Resultate und fragen
nach dem Alter der Zeugnisse für jeden Haupttheil. Das
kurze und unbedeutende Proömium ist ohne solche Gewähr,
die Einleitung 11—41 ebenfalls, die Pandora-Episode 42—
105 kennt wahrscheinlich Simonides von Amorgos, gewiss
Theognis, die Weltalter 106—201 Theognis, die Fabel und
den Abschnitt über δίκη und ὕβρις 202—85 höchst wahrscheinlich Archilochus, sicher Theognis, die Sentenzen 286
—382 vielleicht Solon, sicher Theognis, die Werke des
Landbaus 383—617 Alcäus und Theognis, die Werke der
Schifffahrt 618—94 wahrscheinlich Solon, dann Theognis,
den Abschnitt, welcher von der Gattin, dem Verkehr mit
Andern und von allerlei Aberglauben handelt, 695—764
Simonides von Amorgos, wahrscheinlich Solon, jedenfalls
Theognis. Die Tage 765—828 haben natürlich bei Dichtern keine Nachahmung gefunden. Mehr als Beglaubigung
einzelner Stellen oder Verse durften wir aus den spärlichen
Resten der Lyriker nicht hoffen und was diese beweisen
konnten ist also, dass um die 60te Olympiade, die Mitte
des sechsten Jahrhunderts, die Abschnitte aus denen Spuren
zu erwarten waren auch schon bekannt sind. Ob Theognis
das Gedicht in seiner Vaterstadt Megara oder auf seinen
Reisen hatte kennen lernen, lässt sich nicht entscheiden.
Glaublicher ist jenes; es wird wohl von Attika dorthin gekommen sein. Ob er es ferner als Ganzes gekannt oder
verschiedene Gedichte damals noch getrennt waren und später erst vereinigt wurden, also etwa die Weltalter noch ein

abgesondertes Dasein hatten, kann gefragt werden (Heyer
S. 9. Schömann, opusc. III p. 52), aber dies ist, wie sich
zeigen wird, eine müssige Frage. Nicht zu übersehen ist,
dass gerade einer der am meisten bezweifelten Abschnitte,
695 ff., die älteste Gewähr hat, woraus allein freilich kein
Schluss auf das Alter des Ganzen gezogen werden dürfte.
Doch wird dessen Alter auf dem bisher verfolgten Weg der
Untersuchung überhaupt nicht ermittelt.

Die Verbreitung der Werke und Tage fand wie bei den
homerischen Gesängen Anfangs gewiss durch mündlichen
Vortrag statt. Alle jene Nachahmer aber kannten sie schwerlich nur durch diesen, wie Merkel (Philol. 19. Jahrg. S. 120)
anzunehmen geneigt ist. Simonides von Amorgos, kein
Rhapsode sondern ein samischer Aristokrat, hätte aus
blossem Hören nicht seine Kenntniss von Worten und Geist
derselben erlangt. Wann die erste Aufzeichnung geschah,
ob vielleicht durch Hesiod selbst, ist nicht zu entscheiden;
auf die Schreibkunst deutet er so wenig mit einem Worte
als Homer. Gelegenheit dazu hätten V. 248—85 geboten,
wenn damals geschriebene Gesetze in Griechenland bekannt
gewesen wären. Aber das war bestimmt nicht der Fall.

Eine verbreitete Meinung der Neueren ist, Pisistratus
habe die sämmtlichen hesiodischen Gedichte ebenso wie die
homerischen redigiren und herausgeben lassen. Darüber
findet sich das einzige Zeugniss bei Plutarch Thes. 20, wo
es nach Anführung eines Verses aus den Eöen heisst: τοῦτο
γὰρ τὸ ἔπος ἐκ τῶν Ἡσιόδου Πεισίστρατον ἐξελεῖν φησιν
Ἡρέας ὁ Μεγαρεύς (Bernhardy S. 170. Schömann opusc. II
p. 502). Ich will dieser Annahme nicht widersprechen,
obgleich sie für die Werke und Tage nicht beglaubigt
ist. Von welcher Art die Redaction gewesen, liesse sich
aus der Angabe des Scholiasten Proculus zum letzten Verse
vermuthen. Danach bildete die Ὀρνιθομαντεία, über deren
Umfang wir Nichts erfahren, die aber vielleicht nicht länger war als die Ἡμέραι, in einigen Ausgaben einen Anhang des Gedichtes *) und zur Anknüpfung derselben ist

---

*) Darauf beziehen sich auch die Worte bei Paus. IX, 31, 4 καὶ ὅσα
ἐπὶ ἔργοις καὶ ἡμέραις. Hetzel, de carmin. Hes., quod O. et D. in-
scrib., compos. et interpol p. 4. Doch zeigt ὅσα, dass nicht bloss die

offenbar V. 828 hinzugefügt. Auf gleiche Weise scheint die
Aethiopis des Arctinus mit der Ilias (Welcker, ep. Cycl. I
S. 213; Nitzsch, Sagenpoes. S. 40) und Eugammons Telego-
nie mit der Odyssee in Verbindung gesetzt worden zu sein.
Vgl. über solche Anknüpfungen im Allgemeinen Welcker
S. 334 f. Auch in der Theogonie bilden die Schlussverse das
Band zu einem neuen Gedichte, dem Κατάλογος γυναικῶν, mag
nun die Verknüpfung ebenfalls später oder, wie Schömann
(die hes. Theog. S. 16 f.) urtheilt, die Theogonie von einem
Dichter der pisistrateischen Zeit als Einleitung zum Κατάλογος hinzugedichtet sein. — Redactoren des Pisistratus
haben keine ganzen Abschnitte eingeschoben. Denn Nichts
von dem, was über die Thätigkeit jener Männer, des Onomacritus von Athen, Zopyrus von Heraklea, Orpheus von
Kroton, bei Herausgabe der homerischen Gedichte verlautet,
berechtigt zur Annahme, dass sie weiter gingen als bis zur
Einfügung und Weglassung einzelner oder weniger Verse,
und wenn sich Onomacritus dergleichen erlaubte, so über-
schritt er damit seinen Auftrag. Im Uebrigen war ihre
Redaction von conservativem Standpunkt unternommen und
ging vor Allem darauf aus Nichts verloren gehen zu lassen
(Köchly a. a. O.).

Ob durch und seit Pisistratus die Werke und Tage
Eingang in die attischen Schulen fanden, wissen wir nicht,
jedenfalls dienten sie später, aber nur wegen der ethischen
Vorschriften und zahlreichen Sentenzen (Isocr. ad Nicocl.
p. 23 c) im Jugendunterricht als moralisches Lehrbuch (Aeschin.
in Ctes. p. 135) neben Theognis und Phocylides (Isocr.
a. a. O.). Denn den Griechen erschien schon vor dem attischen Zeitalter der ethische Theil des Gedichtes als der
wichtigere, während die Römer dasselbe unter die georgi-
schen rechneten (vgl. Cäsar in Ztschr. f. Alterth.-W. 1838.
S. 534 ff.). Doch galt auch das Ackerbaugedicht noch; das
Interesse dafür war freilich nur ein poetisches, kein prak-
tisches. Denn dass Arist. Ran. 1033 Ἡσίοδος δὲ γῆς ἐργα-

—   —

Ὀρνιθομαντεία gemeint sein kann, sondern ein aus mehreren Stücken
bestehender Anhang, und Köchly's Vermuthung (akad. Vortr. I S. 387)
von zwei grossen Sammlungen, theologisch-genealogischen und didak-
tisch-praktischen Inhalts, ist nicht unwahrscheinlich.

σίας, καρπῶν ὥρας, ἀρότους (κατέδειξε) nicht ernstlich zu
nehmen, zeigt der ganze Ton der Stelle. Aeschylus, der
Vertreter des Alten, preist den praktischen Nutzen den die
alten Dichter gewähren, um sie den unfruchtbaren modernen Bestrebungen gegenüber möglichst zu heben, aber so
wenig die Athener damals Kriegskunst aus dem Homer
lernten (1036), diente Hesiod als Lehrer für den Landbau.
Praktische Naturen wie Xenophon erinnerten sich immerhin
gern seiner Ackerbau- und Hauswirthschaftsregeln. Bei
den Schriftstellern der Prosa finden sich häufig Verse angeführt, von Xenophon und Plato an. Deren vollständige
Zusammenstellung sowie die der Spuren bei Dichtern nach
Theognis, bei Simonides von Ceos, Pindar, Aristophanes, den
Alexandrinern, wäre nicht ohne Interesse. Natürlich sind
lange nicht für alle Verse Citate beizubringen, doch gibt
höchstens ein erhaltenes Zeugniss die Möglichkeit anzunehmen, dass das Gedicht im attischen Zeitalter noch nicht alle
die Verse gehabt habe, welche wir lesen. Wegen V. 244.
45, die Aeschines a. a. O. auslässt, s. z. d. St. Aber dass
Aristoteles V. 406 nicht kannte oder nicht anerkannte, lässt
sich aus der Anführung von 405 in Polit. I, 1. Oecon. 2
schliessen, wie Göttling bemerkt. Denn 406 gibt dem γυναῖκα in 405 einen ganz andern Sinn als den von Aristoteles
gemeinten.

Die bei den Attikern angeführten Stellen zeigen manche
starke Abweichungen von unserm Texte. Aber diese entstanden zum Theil daher, weil die Schriftsteller aus dem Ge-
dächtniss citirten; das zeigen die Worte derselben Verse 122.
23, wie sie Plato einmal de rep. V, 469, dann Cratyl. 397
anführt.

Berechtigt ist die Frage, ob damals Verse im Text
standen, die in unsern Handschriften fehlen. V. 120 ist
nur durch Diodor (V, 66) erhalten und zwei weitere, unmittelbar nach diesem von Spohn und Vollbehr aufgenom-
mene bei Origenes contra Cels. IV p. 216. Wohl das Richtige darüber bemerkt Heyer S. 4. Es beweise nur die
Existenz verschiedener Ausgaben, aus der alexandrinischen
Zeit, wie er meint. Von 16 Versen, welche in einer oder
der andern Handschrift fehlten, seien drei durch Zufall ausgefallen, die übrigen in einer Ausgabe mit Absicht weg-

gelassen. Das Letztere möchte ich nun zwar bezweifeln,
denn wären in unsern Handschriften solche verschiedene Recensionen erhalten, so würden sie in den Abweichungen ihrer
Lesarten mehr Plan erkennen lassen. Aber für das Alterthum wird die Sache sich so verhalten haben. Auch aus
den homerischen Gedichten werden Verse citirt, die in keiner Handschrift stehen. In der Odyssee ist o 295 dem
Eustathius unbekannt, aus zwei Stellen Strabos von Barnes
aufgenommen, von Wolf wieder für unächt erklärt. In der
Ilias sind vier Verse I 458—61, welche Aristarchus aus-
warf, bloss durch Anführung bei Plutarch erhalten, von
Θ 548—52 haben die Handschriften 549, die übrigen ent-
nahm Barnes aus Plato, Λ 543 ist bei Aristoteles und
Plutarch citirt und von Wolf in den Text gesetzt. S. Sengebusch, dissert. Homer. prior p. 127.

Resultat aller bisherigen Erwägungen ist, dass über
Zusätze oder sonstige Umgestaltungen durch historische
Forschungen fast Nichts ermittelt werden kann. Abgesehen
von Lesarten und etwa wenigen einzelnen Versen müssen
derartige Aenderungen vor der Zeit der frühesten Nachahmungen, dem siebenten Jahrhundert, geschehen sein oder
wenigstens haben sie keine durch äussere Beglaubigung auf-
findbaren Spuren hinterlassen. Die Frage nach Aechtheit
einzelner Verse ist im Alterthum allerdings schon angeregt
worden, eingehender und gründlicher Untersuchungen, wie
sie Aristarchus für Homer machte, hat sich jedoch Hesiod
nicht zu erfreuen gehabt. Was wir von Urtheilen alter
Kritiker wissen, ist grossentheils zusammengestellt von Schömann, de veterum criticorum notis ad Hesiodi Opera et
Dies, Opusc. III p. 47 ff. Es beschränkt sich auf die Notiz
bei Pausanias IX, 31, 4, wonach das Proömium Hesiods
Landsleuten, den Böotern, für unächt galt, und einige bei
den Scholiasten zerstreute Angaben, dass Aristarchus und
andere Alexandriner — in welchen Schriften, ist nicht gesagt — und Plutarch in einem besonderen Commentar einzelne Verse verwarfen oder vertheidigten, aus ziemlich
oberflächlichen exegetischen oder ästhetischen Gründen, die
jeder Neuere gerade so gut aufstellen konnte. Besonders
Plutarch verdächtigte grundlos manchen guten Vers, wie
353—55, 375. Unter den von Aristarchus selbst beanstan-

deten ist einer (740) durch einen neueren Kritiker unzweifelhaft emendirt.

So sind die Aufgaben der höheren Kritik, die Fragen nach Einheit und Plan, Zusätzen und den Quellen dieser, ganz und gar unserer modernen Philologie aufbehalten. Folgende Schriften haben sich damit eingehender beschäftigt:

A. Twesten, commentatio critica de Hesiodi carmine, quod inscribitur Opera et Dies, Kil. 1815.

F. Thiersch, de gnomicis carminibus Graecorum (act. phil. Monac. tom. III p. 391 sqq.) 1820. Eine frühere Abhandlung desselben in Denkschr. d. Acad. zu München 1813.

C. Lehrs, quaestiones epicae. Regiom. 1837. Dissert. tertia: de Hesiodi Operibus et Diebus.

C. F. Ranke, de Hes. Op. et D. comment. Gotting. 1838. Hesiodische Studien ebend. 1840.

C. Goettling, Hesiodi carmina rec. et comment. instr. ed. altera. Goth. 1843.

E. Vollbehr, Hesiodi O. et D. recogn. prolog. scrips. Kil. 1844.

T. L. Heyer, de Hesiodi carmine, quod O. et D. inscribitur, forma antiquissima. Schwerin 1848.

J. A. Hagen, meletemata critica in Hesiodi Erga. Düren 1841. 1848. 1854.

J. Hetzel, de carminis Hesiodei, quod O. et D. inscr., compositione et interpolationibus. Disput. prior. Weilburg 1860.

Die Ansichten der Verfasser gehen in vier Richtungen auseinander. Völlig destructiv ist die Kritik von Lehrs, welcher die Werke und Tage nur als eine Compilation der verschiedenartigsten Fragmente untergegangener und verschollener Lehrgedichte betrachtet. Ganz conservativ ist der Standpunkt von Ranke und Vollbehr, die sich bemühen die ursprüngliche Einheit zu vertheidigen, so gut es eben gehen will. Auf ihre Seite tritt auch Hagen, beschränkt sich aber meist auf Erläuterung einzelner Stellen. In der Mitte stehen die Ansichten von Twesten, Thiersch, Göttling, Heyer und Hetzel, welche ursprünglichen Zusammenhang grösserer

Particen annehmen, jedoch keinen bis zum Ende des Ganzen; dieses wäre also doch nur ein loses Agglomerat mehrerer Gedichte. Endlich meine Ueberzeugung stimmt insofern mehr mit der conservativen Richtung, als ich an
einen zwingenden Grund zu solcher Trennung nicht glaube
sondern annehme, dass Einschiebsel, zwei grössere, die
Episoden von Pandora und den Weltaltern, und eine Menge
kleinerer auszuscheiden sind, im Uebrigen alle Theile nach
dem Proömium bis zum Schluss der Werke der Schifffahrt
in nothwendigem Zusammenhang stehen und auch die folgenden drei Abschnitte einen zwar nicht unentbehrlichen
doch mit dem Uebrigen durchaus verträglichen letzten Haupttheil bilden, also auch zu ihrer Abscheidung kein genügen-
der Grund vorliegt. — Die Ansichten der genannten Kritiker
sowie die Bemerkungen der Recensenten meiner früheren
Arbeit, R. Merkel im Philologus 19. Jahrg. S. 119 ff. und
F. Susemihl, Jahrb. f. Philol. 1864 S. 1 ff., habe ich überall
berücksichtigt und auch besprochen, so weit es anging,
denn zu weitläufig durfte die Erörterung nicht werden.
Vorgefasste Meinungen, wo diese vorhanden, oder blinden
Autoritätsglauben zu bekämpfen ist alle Zeit vergeblich und
durchaus unfruchtbar.

Die Untersuchung im Einzelnen muss vorsichtig geführt
werden. Eben weil wir ganz auf innere Gründe angewiesen sind, wie schon die Alten, muss die Kritik von der
allein sicheren Grundlage des überlieferten Textes mit allen
Erweiterungen ausgehend den Zusammenhang jeder Partie
und jedes Verses mit dem Vorhergehenden, Folgenden und
Ganzen Punkt für Punkt vertheidigen, wo Vertheidigung
möglich, hingegen hat das als unächt zu weichen, was in
den Gedanken nichtssagend zum Theil sogar abgeschmackt
ist oder andern, mit dem allmählich sich herausschälen-
den Kern fest verbundenen Particen offenbar widerspricht
oder wenigstens eine klar zu Tage liegende Composition
stört, besonders wenn zu diesen Bedenken noch sprachliche
hinzutreten. Auch der Schein subjectiver Willkür ist zu
meiden; freilich wird er für die immer vorhanden sein, welche eben nur philologische Bildung mitbringen. Bei einigen Versen wird vollkommne Gewissheit nie erzielt werden.
Ich habe desswegen auch meine Bedenken gegen diese nicht

mit gleicher Entschiedenheit wie bei den sicher unächten
geltend gemacht. Für das Verständniss sind diese Verse
aber ohne Bedeutung; sie stören nicht, wenn sie bleiben,
und werden nicht vermisst, wenn sie fehlen. Umstellun-
gen sind etwas höchst Gewagtes. Gerade die Leichtigkeit,
mit der sie sich manchmal vornehmen lassen, sollte doppelt
misstrauisch dagegen machen. Nur dort sind wir zu ihnen
berechtigt, wo sie entschieden gefordert und durch deutliche
Spuren ursprünglichen Zusammenhangs an den neu ent-
stehenden Fugen zu vertheidigen sind. Dass mancher Vers
und manches Stück auch an andern Stellen einen guten Sinn
hätte, gebe ich zu, ebenso dass manche Partie fehlen könnte
ohne dass wir sie vermissen würden. — Die beste Rechtfertigung der Ausscheidungen und Aenderungen gibt überall
der unerwartet schön und klar hervortretende Zusammenhang des ursprünglich Zusammengehörigen. In der That
hat die Schönheit dessen, was wie lauteres edles Metall nach
Abscheidung der Schlacken zurückbleibt, mir die grösste
Freude bei der ganzen Untersuchung gemacht. Und es
wäre ein literargeschichtliches Wunder, wie es keine Zeit
und Volk aufzuweisen hat, wenn in einem Gedicht, in dem
vielfach Zusammenhang nicht besteht und von keiner un-
befangenen Exegese nachgewiesen werden konnte, nicht
etwa ein dürftiges Gerippe, wie die vermutheten Urtheo-
gonieen, sondern ein reich componirtes, überall fest zu-
sammenhängendes Kunstwerk, dem Nichts zur Sache Gehö-
riges fehlt, ein latentes Dasein geführt hätte, ungeahnt von
dem Verfasser oder den Sammlern! *)

Untersuchen wir die verdächtigen Verse und Stücke
mit der Absicht Anhaltspunkte für die Zeit der Interpolation
zu gewinnen, so erhalten wir auch hier fast kein Resultat.
Weder ist bewiesen oder zu beweisen, dass die Dämono-
logie erst im Zeitalter der sieben Weisen entstand, noch
gestatten die vermeintlichen Spuren von orphischem Mysti-
cismus (111. 169) eine Datirung, noch beweist Πανέλληνες

---

*) Was Schömann, hes. Theog. S. 31, über eine gewisse Art von
Kritik bemerkt, spricht sogar bis auf den Namen aus, was auch ich
von jeher gedacht; aber ich möchte das Stümper-Exercitium sehen, welches sich durch blosse Abstriche in ein Meisterwerk verwandeln liesse.

528 ohne Zusatz als Gesammtname der Griechen Etwas,
sondern die Ausbeute in dieser Hinsicht beschränkt sich auf
häufiges Vorkommen sonst nicht gebrauchter Wörter bei
aller Gedankenarmuth oder Gebrauch nicht-epischer Formen und Constructionen und auf Unkenntniss der Bedeutung
einzelner Wörter wie ὄρθρος, das 579. 80 für gleichbe-
deutend mit ἠώς genommen ist. Dabei bleibt fraglich, ob
solche Fehler geringe Sprachkenntniss des Interpolators oder
spätere Entstehung der Interpolation darthun. Selbst das
Letztere angenommen, kann nur gesagt werden, dergleichen
sei gegen den guten epischen Sprachgebrauch, nicht, es ge-
höre der oder der bestimmten Zeit an, und es findet sich,
da wir die Sprache der Jahrhunderte zwischen dem alten
Epos und Aeschylus und Pindar bloss aus verhältnissmässig
dürftigen Resten kennen, Nichts das selbst nur auf die Zeit
nach Archilochus und Simonides von Amorgos unwidersprechlich hinwiese *). Und die Art · der Interpolationen
selbst deutet ganz überwiegend auf Entstehung vor dieser
Zeit, bei rhapsodischem Vortrag **), also vielleicht nur in
dem ersten Jahrhundert nach Hesiod.

Mochten Rhapsoden das ganze Gedicht vortragen oder
nur Stücke daraus, sie mussten allmählich finden, dass ihr
Gegenstand den Hörern nicht neu war.

> τὴν γὰρ ἀοιδὴν μᾶλλον ἐπικλείουσ’ ἄνθρωποι,
> ἥ τις ἀκουόντεσσι νεωτάτη ἀμφιπέληται (α 351. 52).

Sie gaben zu dem Bekannten Anderes — Fremdes, das sich
darzubieten schien, dann auch Eigenes. Ferner genügte
Hesiods gedankenreiche Einfachheit nicht mehr; sie suchten gleichsam reicher zu instrumentiren, was dem geänderten
Geschmack zu dünn vorkam. Wie sich diese Geschmacks-
änderung zeigt bei Vergleichung des Simonides mit dem
Vorbild, so bei dem was die Rhapsoden, nicht selbst be-
gabte Dichter wie jener, sondern meist handwerksmässige
Declamatoren, zur Ausschmückung hinzuthaten. Beide Arten
von Interpolation, die Erweiterungen wie die blossen Aus-

---

*) Wegen des Digamma s. z. V. 382.
**) Meine frühere Ansicht, wonach ich Zusätze der Rhapsoden, Dia-
skeuasten und Leser schied, hatte ich aufgegeben schon ehe ich Hetzels
gute Bemerkungen darüber (S. 10 f.) las.

schmückungen, mussten unkenntlich gemacht werden, wenigstens für den flüchtigen Eindruck beim Hören; daher die Flickverse. Endlich boten sich, wo Hesiod schon Sentenzen häuft, der Erinnerung manche andere über den gleichen Gegenstand dar und unwiderstehlich war die Versuchung noch diese anzubringen. Der ethische Theil des Gedichtes, der wie bemerkt schon früh einen bedeutenderen Eindruck auf die Griechen machte als das Ackerbaugedicht und die folgenden Abschnitte, hat auch am meisten Interpolation erfahren. Auffallen muss, dass ein vom Dichter mit geringer Liebe behandelter und von der Nachwelt auch ziemlich wenig beachteter Abschnitt, die Werke der Schifffahrt, so stark interpolirt ist. Die Vermuthung drängt sich fast auf, dieser Abschnitt — also auch andere — sei gesondert rhapsodirt worden. Dann konnte er freilich nicht genügen und ist die Einschaltung eines Stückes wie 646—62 in ihrer Art ganz zweckmässig.

Ich glaube, dass die Rhapsoden der Werke und Tage meist Ionier waren. Spuren des ursprünglichen Dialektes, dessen Wörter oder Formen in den ionisch-epischen umgeändert worden, haben sich erhalten (s. z. 504; vgl. auch z. 106) und bei den Ioniern fanden wir früheste Verbreitung des Gedichtes, als es bei den Doriern vielleicht noch unbekannt war. Die Interpolationen geben ausserdem einen Begriff von dem, was diese Menschenclasse zu leisten vermochte, und in der That der Abstand zwischen den homeridischen Hymnen, auch den unbedeutendern, und den meisten Einschiebseln der Werke und Tage ist gross genug. Zwar ist das Unächte an Werth wieder verschieden, so dass es unmöglich von ein und demselben herrühren kann. Aber auch das Beste davon steht weit unter dem eigentlichen Gedicht und den beiden Hesiods würdigen Episoden.

Vermuthungen über Reihenfolge der Zusätze haben keinen wissenschaftlichen Werth, da wie gesagt Kriterien der Zeit fehlen. Was sich sagen liesse, wäre höchstens dieses. Die beiden Stellen in den Werken der Schifffahrt über Hesiods Vater 631—40 und des Dichters Fahrt nach Chalcis 646—62 sind unter den Producten der Rhapsoden die erträglichsten, jene allerdings wieder besser als diese. Sie sind also wahrscheinlich auch die ältesten. Hingegen

sind die Flickverse vor den Weltaltern (106—8) von derselben Art · wie die übrigen Flickverse und die meisten
Ausschmückungen, rühren also vielleicht von demselben
Rhapsoden her, dessen Werk demnach die Einschiebung der
Weltalter wäre. Dies wird auch dadurch wahrscheinlich,
dass in den Weltaltern wieder Einschiebsel jener Art sich
finden. Die Pandora-Episode muss vor den Weltaltern ein-
gesetzt sein, weil sich diese nur an sie, nicht an das Haupt-
gedicht anhängen, doch könnte ihre Aufnahme durch den
nämlichen Interpolator stattgefunden haben. Theognis kennt
wie die beiden Episoden so auch einige Ausschmückungen
von Rhapsodenhand (187—89, vielleicht auch 315). Ueber
die Zeit der Hinzufügung des Proömiums und der Sentenzen lässt sich Nichts sagen. - - Weit wichtiger ist es, die
Interpolationen nach ihrer Art bestimmter zu scheiden und
zu charakterisiren, mit Vergleichung der in den homerischen
Gedichten*), soweit die Verschiedenheit des Inhalts erlaubt.

1) Die beiden längeren, stofferweiternden Episoden von
Pandora (42—105) und den Weltaltern (106—201) sind im
Charakter des Hauptgedichtes und keinenfalls von den Interpolatoren selbst geschaffen, sondern als fertige Gedichte
aufgenommen. Jene ist eingeschoben ohne Flickverse am
Anfang oder Ende, doch ist die ursprüngliche **Dichtung**
wieder erweitert durch 60—69, Verse die an sich **ebenfalls**
gut und sicher alt sind. Auch 79 ist unächt, aber nicht
weiter zu charakterisiren. Wegen 76 und 93 s. unten 8.
und 7. Die Weltalter sind, wie bemerkt, durch Flickverse
angeknüpft und enthalten zwei unächte Verse von bloss my-
thologischem Interesse (111. 169) und zwei Einschiebsel von
der Gattung 4. (179—81. 187—89).

In den homerischen Gedichten wäre zu vergleichen die
Erweiterung des Stoffes durch die Δολωνεία, dann die Νε-
κυία δευτέρα, freilich ein dürftig zusammengestoppeltes Machwerk. Ferner die Stelle über Typhoeus Hymn. Apoll. Pyth.
127 ff.

2) Eine andere Erweiterung ist das Proömium, ein

---

*) Ueber deren Gattungen s. Lehrs, de Arist. stud. Hom. p. 348 ff.
Für den Zweck genügt es hier, die Urtheile Anderer anzuführen, gleich-.
viel ob ich überall zustimmen kann oder nicht.

hochtrabender, gedankenarmer, aber doch nicht ungeschickt gemachter Zeushymnus, fertig aufgenommen und durch einen Flickvers von der gewöhnlichen Art (10) mit dem Gedicht verknüpft. Mehr s. unten.

3) Von den Rhapsoden verfasst sind wie gesagt die Stellen über Hesiods Vater und ihn selbst 631—40 und 646—62, welche dem erwachenden lebhafteren Interesse für die Person des Dichters genügen sollten. Zu vergleichen ist das Stück über Hesiods Dichterweihe durch die groben Musen im Proömium der Theogonie 22—36, dann auch die Verse von dem blinden Sänger aus Chios Hymn. Apoll. Del. 165—76, unter dem das Alterthum Homer verstand. Jene beiden Stellen sind unpassend mit dem Vorangehenden verbunden, obgleich nicht durch elende Flickverse, wortreich, die letztere auch gedanken ruhmredig und prätentiös wie das Proömium, in der Sprache nicht ohne Anstoss. Dennoch ist auch hier der oder die Dichter kein ungebildeter Mensch gewesen, sondern bewegt sich mit Leichtigkeit in der epischen Phraseologie.

4) Von ganz anderer Art sind die Ausschmückungen oder wenn man will Ausführungen. Das längste Stück, welches die Schilderung des Winters erweitern soll, 513—35, ist im Commentar näher charakterisirt. Dürftigkeit der Gedanken, die ohne festes Band gleichsam auseinanderfallen, gleiche Dürftigkeit der Sprache, wobei die benachbarten Stellen oder vielgebrauchte Phrasen das Material liefern müssen, seltsam untermischt mit unerhörten Constructionen oder sonst nicht vorkommenden Wörtern — dies hat die Classe gemein. Es sind zunächst 396—404 und wohl gewiss von demselben Verfasser 314—16, dann folgende, die im Ausdruck weniger Anstoss geben, aber in den Gedanken gleich trivial sind oder doch nur matte und zwecklose Wiederholung enthalten: 179—81, 187—89, 240 —47; 270—73, 309. 10, 592—95, 644. 45, wahrscheinlich auch 220. 21, 294.

Verse ähnlicher Art finden sich in Ilias und Odyssee zahlreich und sind dort von den Alexandrinern wie von den Neueren als unächt erkannt worden. Zwar nur wenige erregen so schwere Bedenken z. B. Π 261 mit κερτομέοντες in falscher Bedeutung, Ω 514, wo ἦλθ' ἵμερος — ἀπὸ γυίων

geschmacklos und widersinnig*), H 353 mit falscher Gedankenverbindung ἵνα μή, Ω 614—17 mit lästigem Wortschwall, v 320, wo ᾖσιν statt ἐμῇσιν gegen den homerischen
Sprachgebrauch ist, ψ 320 mit falscher Angabe des Ge-
schehenen. Die bei Weitem grössere Zahl der verdächtigen
Verse — zu schweigen von den bloss aus einer andern
Stelle wiederholten, worüber s. Lehrs S. 357 —, welche theils
die Erzählung ergänzen wie M 175—81, O 610—14, κ 475
bis 79, theils Gedanken erweitern wie Θ 73. 74, 475. 76,
N 731, Ξ 317—27, T 365—68, λ 157—59, ψ 218—24,
theils ganz müssig sind wie Θ 183, 189, 528, K 497, M 450,
Ξ 40, 114, T 327, Ψ 92, 810, θ 58, 303, o 63, π 101, müssen ausgeschieden werden, weil sie entweder nicht nöthig
sind (s. Lehrs S. 359) oder zur ganzen Erzählung nicht
passen (S. 356), oder, aber weit seltener, antiquarischen
Bedenken unterliegen (Beispiele davon in Lehrs dissert. tert.
p. 166—256). Ueber die homerischen Interpolationen im
Allgemeinen vgl. Nitzsch, erkl. Anm. II S. XXXIV. —
Ein Zusatz der Ausschmückung wegen ist auch Hymn.
Apoll. Del. 136—138. Ferner gehören in diese und die folgende Classe auch alle von Schömann in Parenthesen ge-
setzten Verse der Theogonie.

    5) Zum Theil ganz ähnlich den vorigen und nicht be-
stimmt von ihnen zu trennen sind die erklärenden Verse
329, 406, 438, 501, 731. 32, 799, 801, 815. 16; bei Homer
H 353, Λ 515, Υ 312, Φ 480, 570, Ω 558. Hymn. Apoll.
Del. 22—24, s. Baumeister z. d. St.

    6) Die mehrerwähnten Flickverse begegnen theils da,
wo Ursprüngliches und Hinzugefügtes ohne Verbindung neben einander standen: 10, 106—8, 202, 263. 64, 381. 82,
641. 42 und die zur Anknüpfung der Ὀρνιθομαντεία 826—28,
theils stehen sie am Ende grösserer oder kleinerer Abschnitte, zwischen Unverdächtigem: 491. 92, 561—63, wahrscheinlich 617, etwa auch 687. 88. Die Einsetzung von Versen in letzterer Art könnte auffallen und die Berechtigung
zur Athetese fraglich scheinen, wären sie nicht so geistlos
und nichtssagend und durchaus von gleichem Schlag mit

---

*) Ueber beide St. s. Lehrs, de Arist. stud. Hom. p. 119 f. In dem-
selben Capitel einiges Aehnliche, verzeichnet p. 365.

den ersteren. Die Unächtheit einer dieser Stellen, 561—63,
erkannte schon Plutarch; aber wie diese, sind sie alle. Es
bleibt kaum eine andere Möglichkeit als dass sie den Schluss
für rhapsodischen Vortrag einzelner, zum Theil kleiner
Stücke des Gedichtes bildeten, freilich öfter nach trefflichem
Abschluss durch die besten hesiodischen Sentenzen. Sei
dem wie ihm wolle, die Verse erregen die allerschwersten
Bedenken. Sie wimmeln bei grösster Gedankenleerheit von
auffallenden Wörtern. Irgend eine epische Phrase wie σὺ
δ' ἐνὶ φρεσὶ βάλλεο σῇσιν ist mit den Stichwörtern des vorhergehenden oder folgenden Abschnittes — 10 Πέρσῃ, 108 θεοί,
ἄνθρωποι aus 109. 10, 202 βασιλεῦσιν, 263. 64 βασιλεῖς, μύθους, σκολιῶν δικῶν, 381. 82 πλούτου, ἔργον, 492 ἔαρ πολιόν
aus 477, ὄμβρος aus 488, 562 νύκτας aus 560), 641. 42 ἔργων
ὡραίων, ναυτιλίης, 828 ὄρνιθας κρίνων — unsäglich dürftig
und ungeschickt zusammengestoppelt, so dass mit Mühe
und Noth die Füsse eines oder zweier Verschen gefüllt sind.
Sie sagen entweder· Nichts als: 'thue, was ich dich thun
heisse' oder geben gar den Inhalt der Abschnitte falsch an
(s. z. 108). Und während nach ihrer Entfernung nirgends
eine Lücke im Gedankenzusammenhang fühlbar ist, hat das
Gedicht ja auch ächte Verbindungsverse — aber von ganz
anderer Art! Man vergleiche nur 27, 213, 248, 274, 286,
335, 618*), in denen sich auch σὺ δὲ ταῦτα μετὰ φρεσὶ βάλλεο
σῇσι findet wie in den nachgemachten; aber man versuche
es einen von den ächten wegzulassen oder suche in ihnen
nur nach einem unpassenden oder unklaren Worte! — Die
homerischen Gedichte haben keine Flickverse; am ähnlich-
sten noch ist die ἀνακεφαλαίωσις, worüber s. Lehrs S. 358.

7) Eine weitere Gattung von Interpolation ist die durch
Sentenzen. Sprüche über denselben Gegenstand, durch Wie-
derholung des gemeinsamen Stichwortes oder des gleichen
Anfangs**) noch an Nachdruck gewinnend, haben die Dich-

---

*) Wegen 623 s. z. d. St.

**) Diese Form findet sich bei den Griechen nur in ziemlich kunst-
loser Anwendung, in dem gleichen Anfang der meisten Sprüche des
Phocylides καὶ τόδε Φωκυλίδεω. Hingegen schön ausgebildet hat sie
die altnordische Spruchdichtung und das Hâvamâl gibt zahlreiche Beispiele. Gleicher Anfang viermal 23—26, schon vorher mit synonymen
Ausdrücken 15, 21, 22. Gleichheit des Anfangs mit geringer Variation

ter aller Nationen mit Vorliebe verbunden und dabei die
Linie des Rechten nicht immer eingehalten. Die Sentenz,
welche mit wenigen Worten viel sagen soll, erfüllt nur da
ihren Zweck, wo sie unerwartet vorgebracht eine Sache mit
klarem und gleichsam plötzlichem Lichte beleuchtet. Der
ächte Hesiod ist im Gebrauche derselben ein Muster und
hat am allermeisten dazu beigetragen sie in Aufnahme zu
bringen, so häufig sie sich auch schon bei Homer finden.
Aber das Gefallen an ihnen führte wie gesagt gar leicht
dazu durch Häufung ihr Gewicht zu schwächen, und wenn
selbst geistreiche Schriftsteller wie Euripides in diesen Fehler verfallen sind, so ist es nicht zu verwundern, dass
geistlose Rhapsoden in das hesiodische Gedicht Sentenzen
massenhaft aufnahmen, die Nichts oder wenigstens Nichts
in den Zusammenhang passendes hinzufügen, meist eben
nur das Stichwort mit dem Vorhergehenden gemein haben
(Lehrs, quaest. ep. p. 218). Am zahlreichsten finden sich
dieselben natürlich in der ohnehin sentenzenreichen Partie
286—382. Diese Art von Interpolation könnte auch nach
der Zeit der Rhapsoden fortgesetzt und mancher Vers von
Lesern beigeschrieben sein. Die Sentenzen bekräftigen
theils einen Gedanken: 25. 26, 93, 210. 11, theils sind es
Parallelstellen zu Hesiods Worten oder geben **wenigstens**
ähnliche Gedanken: 265. 66, 308, 352, 355, 500, 579,
580. 81 vgl. Od. o 74, wohl auch 317, theils haben sie
nur das gleiche Stichwort: 311, 318, 319, 346, 347, 348,
356, 365, 380, 825. Von den Interpolatoren scheint keine
einzige erfunden, sondern sie sind entlehnt, was wir bei
einigen nachweisen können: 93 aus τ 36, 317 aus 500 und
ρ 347 zusammengeflossen, 318 findet sich auch Ω 45, gehört
aber dorthin ebensowenig (s. schol. A z. d. St.), 365 hat
ein Interpolator auch Hymn. Merc. 36 eingeschoben. Mehr
darüber unten Cap. 5.

Die Sprache zeigt viele weder homerische noch hesio-

---

auch 3, 4, 5. Erweitert so dass zwei oder drei Zeilen zu Anfang mehrerer
auf einander folgenden Strophen wiederkehren 41. 42, 35. 36, 53—55,
75. 76. — Andere Formen sind: Steigerung des Gedankens durch Anaphora eines Wortes 75. 76. Ähnliche Gedanken mit grossentheils denselben Worten 23 und 24, Sentenz denselben Gedanken nochmals gebend
26, 7—9 = 4—6.

dische Wörter: 211 στέρεται, 319 ἀνολβίη, 352 κερδαίνειν, 355 δώτη, ἀδώτη, 356 δώς, ἅρπαξ, δότειρα, 365 βλαβερόν, 579 προφέρει mit der Bedeutung fördern und ἠώς mit ὄρθρος verwechselt, aber wenigstens Nichts was auf eine spätere Zeit als die attische hinwiese. — Ueber die gleiche Gattung bei Homer s. Friedländer, Jahrb. f. Phil. Suppl.-B. 3 S. 467 ff.

8) Endlich finden sich einige Interpolationen von rein stofflichem Interesse. Zunächst eine Parallelstelle nicht sententiöser Art 76, womit man vergleiche Hymn. Merc. 17—19, 25, 111, die wohl aus einem andern Hermes-Hymnus stammen. Theog. 323. 24 = Z 181. 82. Theog. 576. 77. 591, welche drei Verse einer Promethie entlehnt sein könnten, wenn es je eine solche gab, oder wenigstens' einer andern alten Bearbeitung derselben Fabel, wovon auch sonst Spuren sich finden (s. z. O. et D. 60—69). Dann zwei mythologische Notizen 111. 169, eine astronomische 385—87, eine Ackerbauregel 462—64, eine Vorschrift für die Mischung des Weines 596. Ueber den Ursprung lässt sich Nichts sagen; man könnte geneigt sein sie für die spätesten zu halten. Die Sprache zeigt Auffallendes nur in 462—64: ἀλεξιάρη, εὐκηλήτειρα.

Wer aus der Menge unächter Verse schliessen wollte, dass die Interpolatoren auch kein Bedenken trugen ächte wegzulassen, würde irren. Gerade die Arten der Interpolation zeigen die Verehrung der Rhapsoden für das Gedicht, dem sie ihre Zuthaten nach Kräften zu assimiliren suchten, und die Erweiterung ist hervorgegangen aus dem Gefühl bei ihnen und ihren Hörern, der Dichter habe nicht genug gegeben; das Streben Besseres zu geben wäre das vollständige Gegentheil. Wenn sie den Dialekt und einzelne Worte änderten, so mussten sie es thun um verstanden zu werden. Schwerlich gingen sie so weit, dass sie Stellen undichteten oder auswarfen. Höchstens die Verse 646—62 könnten zur Einleitung eines Rhapsodenvortrags gedichtet und dafür der ächte Anfang des Abschnittes bei diesem Vortrag weggelassen worden sein. Aber trotzdem hat er sich erhalten und zeigt keine Spur einer Lücke. Selbst die Partieen welche Hesiod später den Vorwurf der μικρολογία zuzogen, sind von ihnen wie von den Nach-

ahmern zwar wenig beachtet aber nicht verstümmelt worden.
Wenn also das Gedicht Schäden oder Lücken hat, sind
diese durch die Länge der Zeit und durch Unachtsamkeit
entstanden. Nachzuweisen sind dergleichen in fünf Fällen,
wo Verse umgestellt werden müssen: 453. 54, 455 — 57,
602 — 5, 643, 706, fast sämmtlich in den Werken des Landbaus und der Schifffahrt. Diese Verse sind an ganz un-
passende Orte gerathen. Dadurch muss freilich gegen die
Treue der Ueberlieferung Misstrauen entstehen, aber zu entdecken sind trotzdem an andern Stellen Lücken nicht, Verderbniss die mehr als einzelne Worte beträfe, wohl auch
nirgends oder höchstens am Anfang der Ἡμέραι 766 — 68.

Schliesslich noch einige Bemerkungen über die Wort-
kritik. Für die diplomatische Kritik geben bekanntlich
die durchweg späten Handschriften eine wenig genügende
Grundlage. Besseres haben oft die Scholiasten bewahrt
und die Schriftsteller, welche Verse des Gedichtes an-
führen, wobei nur immer das nicht ausser Acht zu lassen, was oben S. 9 erinnert ist. Für Conjecturen bleibt
Gelegenheit genug und mancher zu Tage liegende oder ver-
borgene Schaden wird durch so glückliche Emendation ge-
heilt werden, wie die Bergks in V. 740, an dem alte und
neue Kritiker vergeblich ihren Scharfsinn erschöpften. Eine
systematisirende Kritik, wie die Bekkers in den homerischen Gedichten, welche was an einer Stelle sicher steht,
auch für andere Stellen nach der Analogie postulirt, würde
für die Werke und Tage bei deren geringem Umfang eine
zu enge Basis haben. Denn weder dürfen die beiden
andern hesiodischen Gedichte herbeigezogen werden, da
Identität des Verfassers nicht nur, sondern auch der Zeit
und Schule für diese fast allgemein bezweifelt wird, `noch
würden erhaltene äolische besonders böotische Inschriften,
selbst wenn sie nicht viel späteren Ursprungs wären, eine
Grundlage zur Emendation geben, auch abgesehen davon,
dass deren Orthographie in keinen Schriftstellertext eingeführt werden könnte und Formen wie Ϝυκίας statt οἰκίας,
ἀϝυδός statt ἀοιδός geradezu lächerlich scheinen müssten.
Aber nichts berechtigt zu der Annahme, der Dichter habe
in rein böotisch-äolischem Dialekt gedichtet. Bildungen desselben haben sich freilich erhalten, einzelne Worte lassen

sich mit ziemlicher Sicherheit herstellen, jedoch wie weit er selbst oder die Rhapsoden in der unendlichen Bildsamkeit des epischen Verses jenen Dialekt mit dem allgemeinepischen gemischt, wird für immer unentschieden bleiben. Selbst die Berechtigung zu Conjecturen wie in V. 504 lässt sich bestreiten und die Ansicht vertheidigen, dass wir gar nicht über den von den Rhapsoden überlieferten Wortlaut zurückgehen dürfen, wo wir es auch können, weil wir doch nur einzelne alte Lappen auf ein neues Kleid setzen. Eine systematische Durchforschung der hesiodischen Sprache, wenigstens mit vergleichender Zuziehung aller Hülfsmittel, mag immerhin einmal versucht werden; dass sie auf künftige Recensionen des Textes grossen Einfluss haben wird, glaube ich nicht.

Commentar.

Erstes Capitel.

Ueber V. 1—41.

Hesiodos hatte mit seinem Bruder Perses das väterliche Erbe, ein Ackergut, getheilt und musste von der übrigen Habe Manches abtreten, weil bestochene Richter Perses Recht gaben. Dennoch ist dieser nicht zufrieden, sondern strebt durch Process noch mehr zu erlangen, sicher der Gunst der Richter, welche durch Geschenke sich wiederum bewegen lassen aufs Neue ein ungerechtes Urtheil zu fällen: 39 οἳ τήνδε δίκην ἐθέλουσι δικάσσαι *). Hesiodos räth, dass sie ihre Sache unter sich gütlich beilegen: 34 σοὶ δ' οὐκέτι δεύτερον ἔσται ὧδ' ἔρδειν — er spricht den Rath mit aller Zuversicht auf Erfüllung aus — ἀλλ' αὖθι διακρινώμεθα νεῖκος **). Um seinen Vorschlag Perses zu empfehlen,

---

*) Dass δίκη hier, wie so oft bei spätteren Schriftstellern, Process bedeutet, ist ohne genügenden Grund bezweifelt worden, wenn sich auch bei Homer und Hesiod dies nicht weiter nachweisen lässt, und schon Proculus hat den Sinn der von Neueren vielfach missdeuteten Worte richtig erkannt: οἵά τε προθύμους ὄντας καὶ αὖθις δικάζειν τῷ Πέρσῃ καὶ τῷ Ἡσιόδῳ διὰ τὴν τῶν δώρων ἐλπίδα.

**) Μεταξὺ ἡμῶν ἀλλήλους διαλυσώμεθα Procul. Wegen Bedeutung von διακρίνεσθαι vgl. Hymn. Merc. 438 ἡσυχίως καὶ ἔπειτα διακρινέεσθαι δίω. Γ 98 φρονέω δὲ διακρινθήμεναι ἤδη Ἀργείους καὶ Τρῶας. σ 149 οὐ γὰρ ἀναιμωτί τε διακρινέεσθαι δίω μνηστῆρας καὶ κεῖνον. υ 180 πάντως οὐκέτι νῶϊ διακρινέεσθαι δίω πρὶν χειρῶν γεύσασθαι: von welchen, einander sehr ähnlichen Stellen 35 nur durch transitiven Gebrauch des Verbums verschieden ist. Wegen des einf. Verb. κρίνεσθαι vgl. Schümann z. Aesch. Prom. S. 113.

—

stellt er ihm den Schaden vor, welcher ihm selbst aus seiner
Processsucht erwachsen werde: 28 μηδέ σ' Ἔρις κακόχαρτος
ἀπ' ἔργου θυμὸν ἐρύκοι νείκε' ὀπιπτεύοντ' ἀγορῆς ἐπακουὸν ἐόντα.
Die Processsucht ist also personificirt: Ἔρις κακόχαρτος. Um die Natur dieser, der bekannten Ἔρις (Theog.
225. 26. Ranke de O. et D. p. 44) noch deutlicher hervortreten zu lassen, ist ihr eine für den Zweck dieser Stelle erfundene (Ranke, hes. Stud. S. 5) ἀγαθὴ Ἔρις entgegengesetzt,
von deren Einwirkung alles Glück und aller Wohlstand der
Ackerbauer hergeleitet wird (22). Und diese Allegorie über
die Ἔριδες bildet die Einleitung des Gedichtes; deren feier-
lichem Charakter ist ganz angemessen, dass beide zu Göttinnen erhoben (15. 16) und in die Genealogie — übereinstimmend mit Th. 225, im Widerspruch mit Δ 441 — und
Geschichte der Götter eingefügt werden (17. 18 vgl. Ranke,
hes. St. S. 9). Doch der Einleitung ist noch ein Proömium
vorausgeschickt von einem Rhapsoden, welcher nach her-
kömmlicher Sitte die Musen anruft und den Zeus preist
(Pind. Nem. II, 1—3). Dies Proömium fehlte in manchen
alten Ausgaben (Paus. IX, 31, 4. Proc. prooem. schol. p. 121
Vollb.); eingehend erörtert ist es von K. F. Hermann (sche-
diasma de Hes. Oper. prooemio im Göttinger Lect.-Kat.
1855 Wintersem.). Ganz irrig meint Ranke (hes. St. S. 41),
dasselbe solle aussprechen, dass Verherrlichung des Zeus
hauptsächlich Gegenstand des Gedichtes sei. Denn zwischen
jenem und diesem ist keinerlei Zusammenhang des Inhaltes,
sondern es ist einfach ein Hymnus, wie ihn die Rhapsoden
'placandi numinis causa praefari solebant' (Hermann p. 3)*).
Betrachten wir die Einleitung näher, so tritt die Personi-
fication der Ἔριδες erst 15. 16 deutlich hervor, während μοῦνον ἐρίδων γένος mehr Appellativum ist, wie Hagen melet.
crit. I p. 11 richtig bemerkt. Die Belehrung über sie wird
als etwas Unerwartetes eingeführt (οὐκ ἄρα — ἔην) und das

---

*) Vgl. Hymn. Hom. 31 εἰς Ἥλιον, 32 εἰς Σελήνην, die sich am
Ende selbst als Proömien zu heroischen Rhapsodieen kundgeben 31, 18.
32, 18. Baumeister, Hymn. Hom. p. 101. Einige Aehnlichkeit mit dem
Inhalt des Proömiums hat Pind. Pyth. VIII, 1—20. — Mit V. 5 vgl.
Th. 447.

Unerwartete, Neue ist eben, dass es auch eine gute Ἔρις gibt. Beide Ἔριδες sind in ihrem Streben und Wirken verschieden und einander entgegengesetzt (χωρὶς διεστήκασι κατὰ τὴν ζωήν Procul.): 13 διὰ δ' ἄνδιχα θυμὸν ἔχουσιν *). Denn von der Einen heisst es πολεμόν τε κακὸν καὶ δῆριν ὀφέλλει (14) **), von der Andern ἐπὶ ἔργον ἐγείρει (20). Nach den wenigen Worten über die schlimme verweilt der Dichter länger bei der guten, bezeichnet zuerst ihre Wirkungen (20—23), dann gibt er wie ein Urtheil über sie ***) ihren wahren Namen 24, wie auch die andere erst am Ende der von ihr handelnden Stelle genannt war: Ἔριν βαρεῖαν. Die Worte ἀγαθὴ δ' Ἔρις ἥδε βροτοῖσι, auf den ersten Anblick matt, führen also die 11. 12 angekündigte neue Ἔρις gleichsam in die Mythologie ein und mit diesem reditus ad propositum schliesst die Einleitung. Etwas Künstliches behält sie, weil im Folgenden nur auf die bekannte Ἔρις κακόχαρτος directer Bezug genommen wird, auf die neue nur in ihren Wirkungen, ohne dass ihr Name wiederkehrt.

Ein wirklich matter Zusatz wären 25. 26 (verworfen von Twesten S. 15, Lehrs S. 222, Heyer S. 18, Hagen I S. 15), auch wenn sie hierher passten. Doch sind diese Verse über das odium figulinum nur hinzugefügt wegen Aehnlichkeit ihres Gedankens mit ζηλοῖ δέ τε γείτονα γεί-

---

*) Vgl. Υ 32 δίχα θυμὸν ἔχοντες. Hymn. Merc. 315 ἀμφὶς θυμὸν ἔχοντες = ἀμφὶς φράζονται Β 13. Das Gegentheil Ν 487 ἕνα φρεσὶ θυμὸν ἔχοντες. 704 ἴσον θυμὸν ἔχοντε. Χ 263 ὁμόφρονα θυμὸν ἔχοντες. Hymn. Merc. 391. — Vgl. auch Cleobul. frgm. bei Diog. Laert. I, 90 διάνδιχα εἶδος ἔχουσαι.

**) Wegen des Ausdrucks vgl. 32. 213. Der allgemeine Begriff δῆρις, eigentlich vox media — ω 515 — wie ἔρις, dehnt die Wirksamkeit der schlimmen Ἔρις auch auf feindseliges Trachten zwischen solchen aus, die sich nicht mit den Waffen bekämpfen.

***) Dies ist nicht in θῆκε — πολλὸν ἀμείνω enthalten, was nur bedeutet: machte sie viel mächtiger, da sie ja auch den Trägen und Ungeschickten, ἀπάλαμον, zur Arbeit anregt. γαίης ἐν ῥίζῃσι sagt nicht mehr als ἀνδράσι, sonst hat der Ausdruck freilich andere Bedeutung: Th. 728. Schömann, hes. Theog. S. 232. A. 4. Nur von ihrer Macht auf der Erde und unter den Menschen ist die Rede, weil es auf diese hier allein ankommt; einen Einfluss auf das Thun der Götter, wie ihn die schlimme Eris hatte, auch ihr zuzuschreiben wäre nebenbei freilich etwas lächerlich gewesen.

των (23), die aber bloss scheinbar ist, denn κοτέει und φθο-
νέει passen durchaus nur zum Wesen der schlimmen Ἔρις.
Zwar sucht Vollbehr S. 24 zu beweisen, dass κοτέειν vox
media sei, wie ζηλοῖ wirklich ist, vgl. z. B. 195 mit 23,
und beruft sich desswegen auf Nitzsch erkl. Anm. III
S. 220. Aber dieser sagt über unsere Stelle nur: 'indem
zürnen zuviel enthält, bloss wetteifern auch in der letzten St. zu wenig', und dann bezeichnet das Wort in den
von Vollbehr angeführten sonstigen Stellen entschieden feind-
selige Stimmung und zwar der Kämpfenden. κότος ist immer nachhaltiger Groll (s. Steph. Thes. Autenrieth z. Nägelsb.
Anm. z. Il. S. 44).

20 ist zwar nicht ὅμως (= ἔμπης) sondern ὁμῶς (auf
gleiche Weise) zu schreiben, denn Jenes findet sich bei
Hesiod so wenig als bei Homer (Lehrs de Arist. stud. p. 159.
Nitzsch erkl. Anm. III S. 304) und ἀπάλαμόν περ ὁμῶς bedeutet: ebenso den Trägen wie den Thätigen, vgl. 372. 669.
I 320 κάτθαν' ὁμῶς ὅ τ' ἀεργὸς ἀνὴρ ὅ τε πολλὰ ἐοργώς.
. Noch ähnlicher Mimnerm. frgm. 1, 6 ὅ τ' αἰσχρὸν ὁμῶς καὶ
καλὸν ἄνδρα τιθεῖ. Doch lässt sich ein deutlicher Uebergang zur Bedeutung von ὅμως = ἔμπης nicht verkennen,
durch Weglassung des einen Nomen und ˙καὶ — περ bewirkt, vgl. Ρ 229. λ 350. 51.

22 ἀρόμμεναι *) ἠδὲ φυτεύειν umfasst das Ganze des
Landbaues nach beiden Hauptarten des Feldertrags in Südeuropa **). Denn φυτεύειν bezeichnet vorzugsweise Weinbau: Hymn. Merc. 90. 91 ὦ γέρον, ὅς τε φυτὰ σκάπτεις
ἐπικαμπύλος ὤμους, ἢ πολυοινήσεις, εὖτ' ἂν τάδε πάντα
φέρῃσιν. vgl. ι 108 mit 110. Denn: μηδὲν ἄλλο φυτεύσῃς
πρότερον δένδρεον ἀμπέλω Alc. frgm. 44 Bgk. (Hor. carm.
I, 18, 1.) Doch wird es auch vom Pflanzen der Bäume gesagt Ζ 419. σ 359. Thuc. I, 2 γῆν φυτεύοντες wohl für Bei-

---

*) Diese Lesart ist durch die Handschriften viel besser beglau-
bigt, als ἀρώμεναι, was an sich ebenso gut wäre. Vgl. ἀρωτήρ, ἀρώ-
σιμος Lobeck, pathol. prol. p. 397, Phryn. p. 227. Wegen ἀρόμμεναι
ausser ἔμμεναι noch τρικέφαλλον Th. 287 u. über d. Gemination der
Liquida überhaupt Lobeck z. Aj. 210. Phryn. in Bekkers an. 1 p. 40, 19.

**) In einer serbischen Sage bei Bodenstedt, aus Ost und West
S. 14, heisst es: 'dem möge Nichts glücken, weder der Acker möge
ihm weissen Waizen geben, noch die Gärten Weintrauben'.

des. Speciell vom Anbau der Oelbäume findet es sich Diod.
5, 73. 13, 81 vgl. 4, 17. Jene Verba sind häufig verbunden: ι 108. Tyrt. frgm. 5´ V. 3 Bgk. Arat. 742, so auch
φυταλιῆς καὶ ἀρούρης: M 314. Υ 185 vgl. I 579. 80. Ξ 122. 23
und οὔτ' ἄρ σκαπτῆρα οὔτ' ἀροτῆρα frgm. Marg. vgl. Apoll.
Rh. I, 1172. Gleichbedeutende Verbindungen sind Xen.
Hell.·6, 2, 6 ἐξειργασμένην παγκάλως καὶ πεφυτευμένην τὴν
χώραν. Her. 4, 199 τὰ παραθαλάσσια τῶν καρπῶν ὀργᾷ ἀμᾶ-
σθαί τε καὶ τρυγᾶσθαι. . Um auch eine Stelle anzuführen, wo
Acker- und Weinbau ausdrücklich entgegengesetzt sind, vgl.
frgm. Moschion. b. Stob. I, 9, 38 V. 9—12. 23—26.

Mit ἀρόμμεναι ἠδὲ φυτεύειν οἶκόν τ' εὖ θέσθαι — welche
Worte den Inhalt des grösseren Theiles des Gedichtes, von 286 an, andeuten — hat Hesiod schon die
Einwirkung ausgesprochen, welche die gute Ἔρις speciell auf
die Verhältnisse des Landmanns hat — während er die der
schlimmen nur im Allgemeinen angab: πόλεμόν τε κακὸν
καὶ δῆριν — und so den Uebergang zu dem Folgenden vor-
bereitet. Dann wendet er sich an Perses, bezieht sein Thun
auf das, was er von den Ἔριδες gesagt, und erkennt, dass
seine Processsucht ihn von der Arbeit abzieht. Diese ist
eine Wirkung der schlimmen Ἔρις und 28. 29

μηδέ σ' Ἔρις κακόχαρτος ἀπ' ἔργου θυμὸν ἐρύκοι
νείκε' ὀπιπτεύοντ' ἀγορῆς ἐπακουὸν ἐόντα

Grundgedanke des ersten Theiles bis 285, mit engem
Anschluss an die Einleitung (Ἔρις) und mit Hinblick auf
den Inhalt des zweiten Theiles (ἔργου), so dass, da der
dritte von dem zweiten abhängt, jener Grundgedanke das
Ganze des Gedichtes zusammenhält. Sind so die Wirkungen der guten und schlimmen Ἔρις allerdings Gegenstand
desselben, so endet doch mit 28 die Allegorie von ihnen
und wird kein weiterer Bezug darauf genommen.

Hesiod warnt den Perses vor Processsucht, welche für
Arme verderblich ist (30—32). Ein Reicher mag ihr immerhin nachgehen κτήμασ' ἐπ' ἀλλοτρίοις (34). Hier erst
kommt er zu dem Rechtsstreit, den sie mit einander ha-
ben·und der die — wahre oder erfundene — Veranlassung zum Gedichte gegeben hat. Er schlägt vor, dass sie
ihn unter sich durch gerechte Entscheidung schlichten:

ἰθείῃσι δίκαις, αἵτ᾽ ἐκ Διός εἰσιν ἄρισται: die nach dem Willen
des Zeus am meisten vermögen*). Ehe er dies verfolgt —
was von 217 an geschieht, wo die Worte δίκη δ᾽ ὑπὲρ ὕβριος
ἴσχει ἐς τέλος ἐξελθοῦσα, den Sinn von 36 wiederholend, den
Grundgedanken von 203—85 aussprechen — bringt er einen
zweiten Grund: Perses hat schon genug (37. 38), wenn dieser Grund auch weniger ins Gewicht fällt, hauptsächlich
desswegen vor, um die Rede auf die βασιλῆας δωροφάγους
zu leiten, über welche er zugleich mit der Ausführung des
in 36 zuerst ausgesprochenen Gedankens handeln will.

Anrede einer bestimmten Person ist allerdings dem Lehrgedicht von Alters her und bei den verschiedensten Völkern eigen**). Ob ein Bruder Hesiods, Perses, überhaupt
nie lebte, wie Welcker a. a. O. (und schon d. Schol. anon.
p. 122 Vollb.) meinte, oder eine wirkliche Person ist***),
lässt sich nicht entscheiden, und daran liegt auch nicht
viel. Dass er gelebt habe, scheint die tiefe Gemüthsbewegung des Dichters und die speciellen Angaben über den
Rechtsstreit (Ranke, hes. St. S. 13. 39) zu beweisen†); für
die entgegengesetzte Meinung kann gesagt werden, dass
jener allerdings durch das Herkommen gezwungen war seine
Lehren an Jemand zu richten. Doch warum sollte er nicht
lieber einen wirklich Lebenden dazu wählen, als einen Fin-
girten? da eine solche Fiction doch den Eindruck des
Gedichtes auf die Zeitgenossen verringern musste. Gewiss
aber ist es nicht zur Belehrung des Perses (286) allein,

---

*) Vgl. 18. 19 θῆκε δέ μιν Κρονίδης — πολλὸν ἀμείνω. 279. 80
ἢ πολλὸν ἀρίστη γίγνεται.

**) Welcker, Theogn. rel. prol. p. LXXVII, s. die dort von ihm
angeführten Beispiele. Schneidewin, de Pittheo Troezenio p. 6. Ein
weiteres recht bemerkenswerthes Beispiel gibt das altnordische Sprach-
gedicht Loddfafnirsmâl Hâv. 111—138.

***) Ranke, de O. et D. S. 33. hes. St. S. 13, 39. Vollbehr S. 6. Hagen
II S. II. K. F. Hermann a. a. O. S. 4 und später auch Welcker, hes. Th.
S. 11.

†) Einen recht guten Gedanken hat Hetzel (S. 4). Er vermuthet,
Hesiod habe das Gedicht öffentlich vorgetragen, um die ihm von Seiten des Perses drohende Gefahr abzuwenden, und führt als Beispiel
für das Bestehen einer solchen Sitte die bekannte Geschichte Plut.
Sol. VIII an.

sondern für alle Standesgenossen dieses und des Hesiod bestimmt, das Landvolk eines Theiles von Böotien (388 —
90). Der Dichter erscheint zugleich als Eigenthümer und
Bebauer eines kleinen Ackers; dies darf nicht Wunder nehmen (s. Nägelsbach hom. Theol. S. 247). Ob er auch andere
Griechen als die seiner Landschaft lehren wollte (Ranke
de O. et D. S. 32), lässt sich nicht bestimmt in Abrede
stellen, aber auch durch keinen einzigen ächten Vers beweisen und ist wenig wahrscheinlich. — Wenn der Name
Hesiodos selbst wirklich nur ein Appellativum wäre, welche
Meinung zuletzt von Welcker, die hes. Theog. S. 2 f. vertheidigt worden ist, so ist damit noch nicht bewiesen, dass die
alten böotischen Aöden überhaupt mit diesem Namen bezeichnet wurden. Denn selbst die Richtigkeit der von Welcker
wieder vertretenen Etymologie von ἰέναι φδήν angenommen,
könnte ein solcher Name, gerade so gut wie Stesichoros,
bloss einem Individuum, hier dem berühmtesten seiner Classe,
beigelegt und von ihm geführt worden sein, und wegen der
passenden Bedeutung des Wortes, wie sie ja z. B. auch der
Name Terpandros hat, den allgemeinen Gebrauch statt ἀοιδός gleichsam als 'Standestitel' zu behaupten, ist doch nicht
zulässig. Der Name des Dichters war für die Zuhörer des
Liedes in jenen Zeiten allerdings meist gleichgültig. Mochten
die Zeitgenossen und die, welchen er selbst seine eigenen
Gedichte vortrug, ihn kennen (Hymn. Apoll. Del. 171 ff.),
so wurde er bald vergessen, lange ehe seine Gesänge zu
allgemeiner Berühmtheit gelangten. Aber gerade bei diesem
Gedichte wird doch eine Ausnahme stattgefunden haben.
Die persönlichen Verhältnisse, die hier wie sonst nirgends
in ächten Stücken des alten Epos hervortreten, die häufige
Nennung des Bruders mussten für den Namen des Verfassers ein Interesse erwecken, das ihn vor dem Vergessen-
werden schützte.

30. Obgleich die meisten Handschriften die Lesart ὥρῃ
haben, glaube ich ὥρη vorziehen zu müssen. Jenes Wort
findet sich weder bei Homer noch bei Hesiod sonst wieder,
dass es jedoch in dieser Form wenigstens zur Zeit der Entstehung der Theogonie nicht unbekannt war, zeigt das davon
abgeleitete ὡρεύουσι 903, vom Dichter freilich in falschen
Zusammenhang mit Ὧραι gebracht. Aber der Sinn spricht

gegen ὥρη. V. 30 könnte nur heissen: der hat wenige
Sorge d. h. bekümmert sich wenig um Processe u. s. w. Vgl.
Her. 1, 4. 3, 155. Dann braucht er aber auch nicht davor
gewarnt zu werden. Hingegen passt: er hat wenig Zeit
dafür. Vgl. γ 334. o 126 u. ö. Falls ὡραῖος 32 nicht zufällig, sondern mit absichtlicher Paronomasie zu ὥρη steht,
beweist dies allerdings Nichts, wie die Stelle der Theogonie zeigt.

33. Wenn ὀφέλλοις von Perses selbst *) gesagt ist, wird
durchaus unpassend entgegengesetzt σοὶ δέ, wofür man vielmehr erwarten sollte νῦν δέ. Und auch wenn die zweite
Person Singul. hier in indefinitem Sinn zu nehmen ist
(= ὀφέλλοι τις vgl. 43—45. Soph. Trach. 2. Krüger, Gr.
u. Dial. § 61, 3. A. 1), bleibt der Gegensatz mit derselben Person des Verbums, worunter dann Perses verstanden,
unzulässig. Denn ein anderes ist das Verhältniss γ 124, wo
οὐδέ κε φαίης freilich auch von der angeredeten zweiten
Person verschieden und in indefinitem Sinn zu nehmen, aber
doch eine zweite Person nicht in Gegensatz zu der andern
gestellt ist. Desswegen glaube ich, dass ὀφέλλοι gelesen
werden muss, um so passender, weil auch vorher die dritte
Person gebraucht war: ᾧτινι μὴ — κατάκειται **). Bei
dieser Gelegenheit bemerke ich über den stehenden Gebrauch

---

*) In 29 ff. nimmt Merkel (S. 224) Anstoss, dass zuerst von 'Nach-
theil aus forensischem Müssiggang, unmittelbar darauf von Zwist und
Process um Hab und Gut' die Rede sei d. h. also, das Eine ohne Weiteres für das Andere gesetzt sei. Aber es ist Alles ganz einfach.
Perses, statt zu arbeiten, hört bei Gerichtsverhandlungen zu (ἀγορῆς
ἐπακούόν) und so erwacht die Neigung, selbst Veranlassung zu einem
Processe zu suchen (νείκε' ὀπιπτεύοντ'). Bei dieser bleibt es nicht,
sondern er beginnt wirklich νείκεα — κτήμασ' ἐπ' ἀλλοτρίοις. Einen
solchen Process konnte er, wie es scheint, nur mit seinem Bruder an-
fangen, weil dieser ganz allgemein sagt σοὶ δ' οὐκέτι δεύτερον ἔσται
ὧδ' ἔρδειν κτέ., so dass also Perses, wenn er sich mit Hesiod verglichen, in Zukunft keine Gelegenheit zu Processen mehr haben wird.
Die Richter freilich wünschen, dass sie den Spruch zu füllen haben:
τήνδε δίκην ἐθέλουσι δικάσσαι. Diese Worte nöthigen zur Annahme,
eine Klage sei bereits eingebracht, aber nicht sofort darüber entschieden, wohl desswegen, weil der Beklagte nicht zugegen war.

**) Was übrigens wohl in κατακῆται zu ändern ist, wie Ω 554.
Vgl. jedoch Krüger Gr. § 38, 5. A. 1.

von σὺ δέ, σοὶ δέ u. s. w. im Gedichte, dass damit nach allgemeinen oder für Andere bestimmten Vorschriften meist nachdrücklich wieder Perses angeredet wird. So zuerst 27, dann 213. 274. 306. 714; dafür ἀλλὰ σύ 298. 335 und bei Anrede der Richter ὑμεῖς δέ 248. Vgl. Theogn. 1030. 31 δειλῶν τοι κραδίη γίγνεται ὀξυτέρη, μηδὲ σύ γ᾽ ἀπρή- κτοισιν ἐπ᾽ ἔργμασιν ἄλγος ἀέξων ὄχθει κτέ. Simon. frgm. 85, 11—13: νήπιοι — ἀλλὰ σὺ ταῦτα μαθών κτέ. Schon desswegen verdächtig sind 381. 402. 641, wo das Pronomen müssig. Ueber 286 s. unten. Der homerische Gebrauch des σὺ δέ ohne Nachdruck von demselben Subject, wo ein Ge- gensatz in den Objecten oder Prädicaten liegt (Z 46 = Λ 131. K 238. Krüger Dial. § 50, 1. A. 10), findet sich in keinem der ächten Verse, sondern eben nur in dem unächten 402.

35 αὖθι ist nicht sogleich (νῦν Procul.), sondern die einzige Bedeutung desselben bei Homer (s. Damm. lex.) und Hesiod ist hier d. h. an keinem andern Orte. Nun steht die Wahl frei zwischen zwei Erklärungen, entweder: in deinem Hause, — so dass Hesiodos gleichsam zu seinem Bruder kommt und ihm das Gedicht vorträgt, — nicht auf dem Markt vor den Richtern, oder: in Askra, nicht in der Stadt. Denn Askra war eine κώμη. Wenn diese auch in localen Angelegenheiten selbständig waren (Schö- mann, griech. Alterth. 1 S. 126 erste Aufl.), ist es doch sehr zweifelhaft, ob Edle (βασιλῆες) dort wohnten, deren Sitz vielmehr in den Städten war (Wachsmuth, hell. Alterth. I S. 393 vgl. Hermann, Staatsalterth. § 61). Doch lässt sich die Richtigkeit dieser Erklärung weder aus 29, wo auch die ἀγορή der Stadt gemeint sein müsste, noch aus irgend einer andern Stelle bestimmter nachweisen. — Zum Gebiete welcher Stadt Askra gehörte, ist nicht zweifelhaft. Im Schiffskatalog der Ilias werden zwei Staaten in Böotien er- wähnt (s. Müller Orchom. S. 387 2. Aufl. Wachsmuth I S. 176). Der grössere, wozu auch Theben (Ὑποθῆβαι) ge- hört, ist der der Βοιωτοί (B 494—510). Unter dessen Städten ist die κώμη Askra nicht erwähnt und Zenodotos verwan- delte ohne Grund Ἄρνην 507 in Ἄσκρην Strab. 9, 413. Doch werden die benachbarten Orte genannt: Onchestos, Thespiä, Thisbe. Von dem zweiten, kleineren Staat, dem der Minyer, sind keine andern Städte aufgeführt als Orchomenos und

Aspledon (511—16). Zu jener Zeit also, deren Karte gleichsam der Schiffskatalog entwirft, mag es die des trojanischen Kriegs oder wahrscheinlicher (O. Müller, Orchomenos S. 395 1. Aufl.) die nach der äolischen Einwanderung sein, wenn nicht, wie Curtius, griech. Gesch. I S. 91 3. Aufl. annimmt, beide Staaten von den aus Thessalien eingewanderten Böotern bald unterworfen wurden, — stand Askra unter derselben Herrschaft wie Theben und hatte bis zu Hesiods Zeit die Herren noch nicht gewechselt. Erst später (um das Jahr 560 v. Chr. meint O. Müller S. 397 2. Aufl.) wurde es nach Plutarch (bei Procul. z. V. 635 Vollb.) von den Thespiern (Strab. 9, 409) erobert und zerstört.

Unter den βασιλῆες im Gedicht sind nicht Könige verstanden, sondern Edle, die auch in der Odyssee so heissen *); dies zeigt 38. 39 bestimmt. Denn falls ein König mit Beisitzern aus den Edlen zwischen Hesiodos und Perses zu entscheiden hätte, wäre in diesen Versen nicht von βασιλῆες, sondern vom βασιλεύς als Richter die Rede, wie Theog. 81 ff. Eine andere Frage ist, ob das Königthum damals noch in Böotien bestand. Entscheidung eines Processes durch Edle allein beweist nichts dagegen; diese finden wir auch Σ 503. Aber wofern die Ueberlieferungen von der dorischen Wanderung und nächsten Zeit nach ihr wenigstens für Erkenntniss staatlicher Veränderungen im Allgemeinen historischen Werth haben, erlosch kurz nach jener Wanderung die Königsherrschaft in Theben also auch über Askra mit dem Tode des Xanthos (Paus. 9, 5, 8. vgl. Strab. 9, 392. Suid. Ἀπατούρια).

Ueber den innern politischen Zustand Böotiens zu Hesiods Zeit gibt das Gedicht wenig Auskunft. Wir hören eigentlich nur die Klagen über Ungerechtigkeit der Richter, Processsucht beim Volke. Unruhen oder grössere Kriege sind nirgends erwähnt. Wucher wodurch später das Volk anderer Landschaften von den Edlen bedrückt wurde, entstand erst mit dem Gebrauch des Geldes und selbst der unächte V. 404 scheint nicht in diesem Sinne zu verstehen.

---

*) s. Proc. z. 37, der richtig erkannte, worin fast alle Neueren ganz unbegreiflich irrten.

Die Landleute bebauen nicht Pachtgüter der Edlen sondern eignen Grund und Boden (341).

Erbitterung über die Ungerechtigkeit der Richter drücken 40. 41 mit herber Kürze aus. Als ob diese bestochenen Richter ihn hätten kränken *) wollen, ruft er:

νήπιοι, οὐδὲ ἴσασιν **), ὅσῳ πλέον ἥμισυ παντός ***)

d. h. wenn er auch nur noch die Hälfte seines Besitzes hat, so ist dies für den Genügsamen mehr als das Ganze für

---

*) Dies verkennt Hetzel (S. 13 f.) und hält 40 ff. für unächt: 'Nihil igitür est illud νήπιοι, nisi vinculum quoddam, quo ea, quae sequuntur, versui 39 coniuncta sunt'. Er glaubt, der Dichter der folgenden Verse habe Malve und Asphodelos allen Ernstes für genügend zum Lebensunterhalt der Menschen angesehen und κρύψαντες — βίον ἀνθρώποισι scheint er als blosse Erklärung von ὅσον ἐν μαλάχῃ κτέ. zu nehmen, also: sie haben diese beiden Nahrungsmittel vor den Menschen verborgen. Was für eine Bedeutung ὅσῳ πλέον ἥμισυ παντός dann haben soll, verstehe ich nicht, denn von wildwachsenden Pflanzen lebende Menschen bedürfen gar keines Eigenthums an Land, also kann auch nicht ein Eigenthum oder dessen Ertrag mit einem andern verglichen und mit Bezug darauf als ἥμισυ bezeichnet werden. Jedenfalls aber ist, wenn 40 von der Verbindung mit dem Vorhergehenden gelöst wird, die Auslegung: dimidia pars (honeste parta) praestat toti (per iniuriam quaesito) ohne Begründung, denn die blossen Worte ὅσῳ — παντός könnten ja noch viele andere Qualitäten andeuten, welche die grössere Quantität aufwiegen. 43 ῥηιδίως — ἐργάσσαιο will er von dem Sammeln jener Pflanzen verstanden haben — tantum alimentorum, asphodeli scilicet et malvae et quae sunt eiusdem generis, unius diei labore homines sibi parare possent — wofür ἐργάζεσθαι unmöglich gebraucht werden konnte. Als Grund des κρύψαι gibt er an: sed noluerunt dei agros et navigationem negligi. Die ganz richtig als epexegetisch bezeichnete Ausführung mit αἶψά κε nimmt er nämlich nicht in dem Sinn, dass mit 45. 46 einfach gesagt wird, was im Falle eines genügenden Ertrages der Aecker nach kurzer Feldarbeit geschehen würde, sondern will ein ἀλλὰ γάρ in Gedanken ergänzt haben; 'sed [prohibuerunt dei; nam] statim gubernaculum domi conderes neque curares culturam agrorum'. Ein spüterer Interpolator habe diesen Gedanken des früheren nicht verstanden und eine andere Ursache des κρύψαι angefügt, V. 47 ff.

**) Vgl. Simon. frgm. 85, 11 νήπιοι, οἷς ταύτῃ κεῖται νόος, οὐδὲ ἴσασιν κτέ.

***) Mit ὅσῳ — παντός vgl. den Ausspruch des Pittakos ὡς τὸ ἴσον ἐστὶ τοῦ πλείονος πλεῖον Diod. exc. Vat. in Mai script. vet. nov. coll. tom. 2 p. 19. — Luc. somn. 5 ἐπειπὼν τὸ κοινόν· ἀρχὴ δέ τοι ἥμισυ παντός.

einen Andern. Und V. 41 findet das gekränkte Gefühl bittern Trost in dem Paradoxon, worin die ganze Stelle wie in eine Spitze ausläuft: mögen sie mir denn auch Alles entreissen, Malvenblätter und Asphodeloszwiebeln können sie mir nicht nehmen und diese sind sogar eine süsse Kost: μέγ' ὄνειαρ. Paradox ist allerdings die Erwähnung dieser ärmlichsten Nahrung der Bettler und voll schärfster Ironie, aber keineswegs räthselhaft, sondern erinnerte griechische Zuhörer an etwas so Bekanntes, wie es uns die 'Wurzeln und Beeren' in den Mährchen sind, das weiterer Ausführung nicht bedurfte.

Am allerwenigsten aber ist diese gegeben durch den Abschnitt über die Pandora 42 — 105 (ausgeschieden von Twesten S. 15—21, s. auch die scharfsinnigen Bemerkungen S. 28. 29 und von Göttling). Die Verse, welche zur Anknüpfung dienen, 40 — 42 *), sind auf drei verschiedene Weisen von den Erklärern gefasst worden. Nämlich ὅσῳ πλέον — ὄνειαρ beziehen sie entweder auf die Verhältnisse des Hesiodos oder der Richter oder des Perses. Von der ersten Erklärung, der auch ich folge, ausgehend nimmt Welcker (äsch. Tril. S. 73 A.) den Gedankengang an, dass 42 sagt: 'denn mehr als Malven und Asphodelos trägt die Erde nicht mehr ohne Anbau und desshalb muss man damit zufrieden sein'. Dies ist wohl richtige Erklärung des Zusammenhangs, wie ihn der Interpolator verstand, aber 42 ff. berauben alsdann den V. 41 nicht nur aller Schärfe und alles Nachdrucks, sondern stehn auch im Widerspruch mit ihm. Sind Malve und Asphodelos sogar Leckerbissen, so ist der Lebensunterhalt der Menschen ja nicht verborgen, dass er nur durch angestrengte Arbeit gewonnen werden kann, und eigentlich kein Grund zu wünschen, wie es in 43. 44 heisst

ῥηιδίως γάρ κεν καὶ ἐπ᾽ ἤματι ἐργάσσαιο,
ὥστε σέ κ᾽ εἰς ἐνιαυτὸν ἔχειν καὶ ἀεργὸν ἐόντα

sondern der Genügsame, von dem 41 allein gelten kann, hat überhaupt keine Arbeit nöthig; jedenfalls hat die Begründung mit ῥηιδίως γάρ κεν — ἐργάσσαιο keinen Sinn für

---

*) Mit 42 vgl. Hymn. Cer. 307. 353.

den, der sich von wilden Gewächsen nährt, weil er eben
kein Land hat um es zu bebauen und von dem Ertrag zu
leben.

Heyer wollte dem V. 42 dadurch helfen, dass er 33 —
41 als parenthetisch hinzugefügt nahm. Aber abgesehen
davon, dass der Widerspruch zwischen 41 und dem Folgenden bleibt, ist der Zusammenhang nach dieser langen
Parenthese ganz verdunkelt und Wiederaufnahme des Gedankens von 32 wäre nöthig.

Die zweite Erklärungsweise, wonach ὅσῳ — ὄνειαρ auf
die Richter zu beziehen und der Sinn sein würde: 'sie
haben Geschenke angenommen um leben zu können (τὰ
δῶρα πόρον ζωῆς ποιουμένους Moschop.), denn mit dem einfachsten Lebensunterhalt wollen sie sich nicht begnügen' —
verdient keine Widerlegung und ist schon von Lehrs (S. 224)
abgefertigt.

Vollbehr endlich (S. 10. 27) versteht die Worte von
Perses: 'poeta reges vituperat, quod non tantum iniusti,
sed etiam stulti non intellexerint Persen ex sua hereditatis
portione quam ex toto patrimonio contra ius fasque erepto
maiores usus capturum fuisse, quamvis de viliore victu
tunc vivere debuisset'. Aber was konnte pflichtvergessenen
Richtern an dem wahren Interesse dessen, der sie bestach,
gelegen sein? Und ausserdem brauchte Perses, wenn er
mit dem Seinigen zufrieden war, noch nicht Malven und
Asphodelos zum Lebensunterhalt hinzuzunehmen, sondern
konnte, falls er arbeiten wollte, εἰς ἄφενον σπεύδειν.

So lange ursprünglicher Zusammenhang der Verse 41
und 42 nicht durch bessere Erklärungen nachgewiesen wird,
fehlt das Band, welches allein beide folgende Abschnitte
von Pandora und den Weltaltern an das eigentliche Gedicht
knüpfen könnte. Allgemeine Betrachtungen über den Inhalt ersetzen die richtige Erklärung des Einzelnen nie, und
hätten nicht 42—46 auf den ersten Anblick einen Inhalt
ähnlich dem des Gedichtes, so wäre Interpolation weder veranlasst gewesen noch von den Meisten unentdeckt geblieben.

Zweites Capitel.

Ueber V. 42—105.

Pausanias' bekanntes Zeugniss, wonach die Böoter nur
die Werke und Tage als Gedicht ihres Landsmannes ansahen,
ist gewiss beachtenswerth und Dichterwerke derselben Schule,
selbst bei mannichfach verschiedenem Inhalt, zeigen gerade
in den Zeiten mündlicher Ueberlieferung eine weit und ins
Einzelne gehende typische Uebereinstimmung. Aber es ist
doch nicht zu verkennen, dass häufiges und ungewöhnliches
Zusammentreffen von Stellen der unter Hesiods Namen er-
haltenen Gedichte eine Verwandtschaft andeuten, grösser
als dass sie durch Ursprung aus gleicher Sängerschule immer genügend erklärt werden könnte. Ohne übrigens die
Identität des Verfassers der Werke und Tage, der Theogonie,
der Eöen und der beiden Episoden von Pandora und den Weltaltern behaupten zu wollen, muss ich doch auf jene Uebereinstimmung durch Vergleichung der Stellen nachdrücklich
aufmerksam machen.

Vor Allem zeigen die Weltalter grosse Aehnlichkeit mit
der Theogonie nicht nur in Stil und Ton, sondern in vielen solchen Stellen, die gar nicht besonders geeignet waren
Nachahmung des einen Dichters bei dem andern hervorzu-
rufen. Ferner fehlt es nicht an Stellen derselben Art in
der Pandora-Episode — die in der Theogonie wörtlich wiederkehrenden Verse konnte ein Interpolator freilich entlehnen
und sie kommen hier nicht in Betracht — und ebensowenig
an Uebereinstimmungen zwischen den ächten Werken und
Tagen einer- und dem Schild des Herakles andererseits.

Man vgl. folgende Verse der Episode von den Weltaltern:

123 φύλακες θνητῶν ἀνθρώπων und

125 ἠέρα ἐσσάμενοι πάντη φοιτῶντες ἐπ' αἶαν mit

Th. 762. 63 γῆν τε καὶ εὐρέα νῶτα θαλάσσης

ἥσυχος ἀνστρέφεται καὶ μείλιχος ἀνθρώποισι.

126 καὶ τοῦτο γέρας βασιλήιον ἔσχον mit

Th. 348 ταύτην δὲ Διὸς πάρα μοῖραν ἔχουσι und

520 ταύτην γάρ οἱ μοῖραν ἐδάσσατο μητίετα Ζεύς.

129 χρυσέῳ οὔτε φυὴν ἐναλίγκιοι οὔτε νόημα vgl. mit
Sc. 88 γεινόμεθ᾽ οὔτε φυὴν ἐναλίγκιοι οὔτε νόημα.
143. 44 Ζεὺς δὲ πατὴρ τρίτον ἄλλο γένος μερόπων ἀνθρώπων
χάλκειον ποίησ᾽, οὐκ ἀργυρέῳ οὐδὲν ὁμοῖον vgl. mit
Th. 295. 96 ἥ δ᾽ ἔτεκ᾽ ἄλλο πέλωρον, ἀμήχανον, οὐδὲν ἐοικὸς
θνητοῖς ἀνθρώποις οὐδ᾽ ἀθανάτοισι θεοῖσι.
150 τοῖς δ᾽ ἦν χάλκεα μὲν τεύχεα, χάλκεοι δέ τε οἶκοι mit
Th. 764. 65 τοῦ δὲ σιδηρέη μὲν κραδίη, χάλκεον δέ οἱ ἦτορ
νηλεὲς ἐν στήθεσσιν womit vgl. O. et D. (act. m.)
147 ἀδάμαντος ἔχον κρατερόφρονα θυμόν.
154. 55 θάνατος δὲ καὶ ἐκπάγλους περ ἐόντας
εἷλε μέλας mit
Th. 719 νικήσαντες χερσὶν ὑπερθύμους περ ἐόντας vgl. auch
615. 16 ὑπ᾽ ἀνάγκης
καὶ πολύιδριν ἐόντα μέγας κατὰ δεσμὸς ἐρύκει:
163 ὤλεσε μαρναμένους μήλων ἕνεκ᾽ Οἰδιπόδαο mit
Th. 982. 83 κτεῖνε —
βοῶν ἕνεκ᾽ εἰλιπόδων womit vgl.
Sc. 11. 12 ἀπέκτανεν ἶφι δαμάσσας
χωσάμενος περὶ βουσί und
82 κτείνας Ἠλεκτρύωνα βοῶν ἕνεκ᾽ εὐρυμετώπων.
Ueber dieselbe Sache spricht mit ganz anderen Worten
Z 423. 24. Λ 672.

Die beste Gelegenheit zur Vergleichung geben die Stellen von Uebergewaltigen und Ungethümen und den äusser-
sten Enden der Erde, welche in den hesiodischen Gedichten
so häufig vorkommen. Vgl. O. et D. (act. m.)

145—49 ἐκ μελιᾶν δεινόν τε καὶ ὄμβριμον, οἷσιν Ἄρηος
ἔργ᾽ ἔμελε στονόεντα καὶ ὕβριες· οὐδέ τι σῖτον
ἤσθιον, ἀλλ᾽ ἀδάμαντος ἔχον κρατερόφρονα θυμόν,
ἄπλητοι· μεγάλη δὲ βίη καὶ χεῖρες ἄαπτοι
ἐξ ὤμων ἐπέφυκον ἐπὶ στιβαροῖσι μέλεσ-
σιν.
Th. 148—53 τρεῖς παῖδες μεγάλοι καὶ ὄμβριμοι, οὐκ ὀνο-
μαστοί,
Κόττος τε Βριάρεώς τε Γύης θ᾽, ὑπερήφανα τέκνα.
τῶν ἑκατὸν μὲν χεῖρες ἀπ᾽ ὤμων ἀίσσοντο
ἄπλαστοι, κεφαλαὶ δὲ ἑκάστῳ πεντήκοντα

ἐξ ὤμων ἐπέφυκον ἐπὶ στιβαροῖσι μέλεσ-
σιν.

ἰσχὺς δ' ἄπλητος κρατερή μεγάλῳ ἐπὶ εἴδει
307 δεινόν θ' ὑβριστήν τ' ἄνομόν θ'
310 — 12 ἔτικτεν ἀμήχανον, οὔτι φατειὸν
Κέρβερον, ὠμηστήν, Ἀΐδεω κύνα χαλκεόφωνον,
πεντηκοντακάρηνον, ἀναιδέα τε κρατερόν τε
320 δεινήν τε μεγάλην τε, ποδώκεά τε κρατερήν τε
649 μεγάλην τε βίην καὶ χεῖρας ἀάπτους
670 — 73 δεινοί τε κρατεροί τε, βίην ὑπέροπλον ἔχοντες.
τῶν ἑκατὸν μὲν χεῖρες ἀπ' ὤμων ἀίσσοντο
πᾶσιν ὁμῶς, κεφαλαὶ δὲ ἑκάστῳ πεντήκοντα
ἐξ ὤμων ἐπέφυκον ἐπὶ στιβαροῖσι μέλεσ-
σιν
823 — 25 οὗ χεῖρες μὲν ἔασιν ἐπ' ἰσχύι ἔργματ' ἔχουσαι,
καὶ πόδες ἀκάματοι κρατεροῦ θεοῦ· ἐκ δέ οἱ ὤμων
ἦν ἑκατὸν κεφαλαὶ ὄφιος, δεινοῖο δράκοντος
996 ὑβριστὴς Πελίης καὶ ἀτάσθαλος*), ὀμβριμο-
εργός.
Vgl. auch die Stellen des Scut. 52 δεινόν τε κρατερόν τε
147 δεινῶν, ἀπλήτων, ἐπὶ δὲ βλοσυροῖο μετώπου κτέ.
75. 76 κείνων γὰρ μεγάλη τε βίη καὶ χεῖρες ἄαπτοι
ἐξ ὤμων ἐπέφυκον ἐπὶ στιβαροῖσι μέλεσ-
σιν
230 Γοργόνες ἄπλητοί τε καὶ οὐ φαταὶ ἐρρώοντο
250 δεινωποὶ βλοσυροί τε, δαφοινοί τ' ἄπλητοί τε.
Mit O. et D. (act. m.) 171 — 73 ἐν μακάρων νήσοισι παρ'
Ὠκεανὸν βαθυδίνην,
ὄλβιοι ἥρωες, τοῖσιν μελιηδέα καρπὸν
τρὶς ἔτεος θάλλοντα φέρει Ζείδωρος ἄρουρα vgl.
Th. 215. 16 Ἑσπερίδας θ', αἷς μῆλα πέρην κλυτοῦ Ὠκεανοῖο
χρύσεα καλὰ μέλουσι φέροντά τε δένδρεα καρπόν
und mit 171 auch noch Th. 274 αἳ ναίουσι πέρην κλυτοῦ
Ὠκεανοῖο
294 πέρην κλυτοῦ Ὠκεανοῖο
1015 μάλα τῆλε μυχῷ νήσων ἱεράων.
Mit allen diesen Stellen vgl. die homerischen über dieselben

---

*) Bei Herodot als poetische Reminiscenz δεινός τε καὶ ἀτάσθαλος
9, 116.

Gegenstände δ 563. 68. Ξ 200. 1; sie haben nicht ein Wort ausser dem Namen des Okeanos mit den hesiodischen gemein.

Stellen der Pandora-Episode, ähnlich solchen der Theogonie und der Weltalter:

56 σφίν τ' αὐτοῖς μέγα πῆμα καὶ ἀνδράσιν ἐσσομένοισι und

82 πῆμ' ἀνδράσιν ἀλφηστῇσιν mit

Th. 223 πῆμα θνητοῖσι βροτοῖσι

329 πῆμ' ἀνθρώποις

592 πῆμα μέγα θνητοῖσι μετ' ἀνδράσι ναιετάουσι

792 μέγα πῆμα θεοῖσιν

874 πῆμα μέγα θνητοῖσι. Mit V. 82 vgl. noch

Th. 512 ὃς κακὸν ἐξ ἀρχῆς γένετ' ἀνδράσιν ἀλφηστῇσι.

Auch hier notire ich die homerischen Stellen mit demselben Gedanken: Γ 50. Ζ 282. Κ 453. Λ 347. μ 125. Mit

91 νόσφιν ἄτερ τε κακῶν καὶ ἄτερ χαλεποῖο πόνοιο vgl.

115 (act. m.) νόσφιν ἄτερ τε πόνων καὶ ὀιζύος.

Den Grad von Verwandtschaft der ächten Werke und Tage mit jenen beiden Episoden, der Theogonie und dem Schild des Herakles zeigen:

14. 15 ἣ μὲν γὰρ πόλεμόν τε κακὸν καὶ δῆριν ὀφέλλει,

σχετλίη· οὔτις τήν γε φιλεῖ βροτός vgl. mit

Sc. 148. 49 δεινὴ ἔρις πεπότητο κορύσσουσα κλόνον ἀνδρῶν,

σχετλίη, ἥ ῥα νόον τε καὶ ἐκ φρένας αἴνυτο φωτῶν.

222—24 ἣ δ' ἕπεται κλαίουσα πόλιν καὶ ἤθεα λαῶν,

ἠέρα ἑσσαμένη, κακὸν ἀνθρώποισι φέρουσα,

οἵτε μιν ἐξελάσωσι καὶ οὐκ ἰθεῖαν ἔνειμαν und

258—61 καί ῥ' ὁπότ' ἄν τίς μιν βλάπτῃ σκολιῶς ὀνοτάζων,

αὐτίκα πὰρ Διὶ πατρὶ καθεζομένη Κρονίωνι

γηρύετ' ἀνθρώπων ἄδικον νόον, ὄφρ' ἀποτίσῃ

δῆμος ἀτασθαλίας βασιλέων, οἳ κτέ. mit

Th. 220—22 αἵτ' ἀνδρῶν τε θεῶν τε παραιβασίας ἐφέπουσαι

οὐδέποτε λήγουσι θεαὶ δεινοῖο χόλοιο,

πρίν τ' ἀπὸ τῷ δώωσι κακὴν ὄπιν, ὅστις ἁμάρτῃ.

252 — 55 τρὶς γὰρ μύριοί εἰσιν ἐπὶ χθονὶ πουλυβοτείρῃ
ἀθάνατοι Ζηνὸς φύλακες θνητῶν ἀνθρώπων,
οἳ ῥα φυλάσσουσίν τε δίκας καὶ σχέτλια ἔργα
ἠέρα ἑσσάμενοι πάντη φοιτῶντες ἐπ᾽ αῖαν mit
Th. 364—66 τρὶς γὰρ χίλιαί εἰσι τανύσφυροι Ὠκεανῖναι,
αἵ ῥα πολυσπερέες γαῖαν καὶ βένθεα λίμνης
πάντη ὁμῶς ἐφέπουσι.
497 λεπτῇ δὲ παχὺν πόδα χειρὶ πιέζῃς mit
Sc. 265. 66 λιμῷ καταπεπτηυῖα
γουνοπαχής.
509 πολλὰς δὲ δρῦς ὑψικόμους ἐλάτας τε παχείας mit
Sc. 376 πολλαὶ δὲ δρῦς ὑψίκομοι, πολλαὶ δέ τε πεῦκαι.
582 — 87 ἦμος δὲ σκόλυμός τ᾽ ἀνθεῖ καὶ ἠχέτα τέττιξ
δενδρέῳ ἐφεζόμενος λιγυρὴν καταχεύετ᾽
ἀοιδὴν
πυκνὸν ὑπὸ πτερύγων, θέρεος καματώδεος
ὥρῃ,
τῆμος πιόταταί τ᾽ αῖγες καὶ οῖνος ἄριστος,
μαχλόταται δὲ γυναῖκες, ἀφαυρότατοι δέ τε ἄνδρες
εἰσίν, ἐπεὶ κεφαλὴν καὶ γούνατα Σείριος ἄζει
αὐαλέος δέ τε χρὼς ὑπὸ καύματος. ἀλλὰ
τότ᾽ ἤδη κτέ. mit
Sc. 393 - - 401 ἦμος δὲ χλοερῷ κυανόπτερος ἠχέτα τέττιξ
ὄζῳ ἐφεζόμενος θέρος ἀνθρώποισιν ἀείδειν
ἄρχεται, ᾧτε πόσις καὶ βρῶσις θῆλυς ἐέρση,
καί τε πανημέριός τε καὶ ἠῷος χέει αὐδὴν
ἴδει ἐν αἰνοτάτῳ, ὁπότε χρόα Σείριος ἄζει·
τῆμος δὴ κέγχροισι πέρι γλῶχες τελέθουσι,
τούς τε θέρει σπείρουσιν, ὅτ᾽ ὄμφακες αἰόλ-
λονται,
οἷα Διώνυσος δῶκ᾽ ἀνδράσι χάρμα καὶ ἄχθος·
τὴν ὥρην μάρναντο.
331. 32 ὅς τε γονῆα γέροντα κακῷ ἐπὶ γήραος οὐδῷ
νεικείῃ χαλεποῖσι καθαπτόμενος ἐπέεσσιν mit
185. 86 (act. III.) αῖψα δὲ γηράσκοντας ἀτιμήσουσι τοκῆας,
μέμψονται δ᾽ ἄρα τοὺς χαλεποῖς βάζοντες ἔπεσσι.
629 πηδάλιον δ᾽ εὐεργὲς ὑπὲρ καπνοῦ κρεμάσασθαι mit
45 (Pand.) αῖψά κε πηδάλιον μὲν ὑπὲρ καπνοῦ καταθεῖο.
Endlich die Stelle der Theogonie 873 — 77:
873 αἳ δ᾽ ἤτοι πίπτουσαι ἐς ἠεροειδέα πόντον,

874 πῆμα μέγα θνητοῖσι, κακῇ θύουσιν ἀέλλῃ·
875 ἄλλοτε δ' ἄλλαι ἄεισι διασκιδνᾶσί τε νῆας
876 ναύτας τε φθείρουσι· κακοῦ δ' οὐ γίγνε-
                    ται ἀλκή
877 ἀνδράσιν, οἳ κείνῃσι συνάντωνται κατὰ πόντον

vgl. mit folgenden Stellen der Werke und Tage: 873 mit
507. 8 εὐρέι πόντῳ ἐμπνεύσας ὤρινε und 676 ὅστ' ὤρινε
θάλασσαν (511 ἐμπίπτων vom Winde) — 874 den ersten
Theil mit den S. 40 angef. St., den zweiten mit 621 παντοίων ἀνέμων θύουσιν ἀῆται — 875 den ersten Theil mit
552 ἄλλοτ' ἄησι, den zweiten und den ersten von 876 mit
665. 66 οὔτε κε νῆα καυάξαις οὔτ'. ἄνδρας ἀποφθίσειε θάλασσα — 876 den zweiten Theil mit 201 (act. m.) κακοῦ δ'
οὐκ ἔσσεται ἀλκή.

Im Eingang der Pandora-Episode geben 42—46 trotz
unpassender Anknüpfung an 41 für sich keinerlei Bedenken,
sondern sind in Sprache und Gedanken Hesiods durchaus
würdig und ihr Ton dem des Gedichtes verwandt genug,
auch abgesehen davon, dass 629 eine Parallelstelle zu 45
ist. ὥστε mit Infinitiv findet sich allerdings nur noch Theog.
831 und auch bei Homer selten (s. Göttling). Ohne Grund
schlägt Göttling vor ὥστε σε κεῖς = καὶ εἰς zu lesen. Wegen κε bei ὥστε mit Acc. c. Inf. s. Krüger Gr. § 65, 3 A. 2;
hier = καὶ εἰ ἀργὸς εἴης, εἰς ἐνιαυτὸν ἂν ἔχοις. Wollte
man etwa 42—47 als ächt gelten lassen, so wäre damit allein
Nichts gewonnen, denn ausserdem, dass die Verse weder
zu 41 noch zu der ganzen Grundanschauung des Akerbau-
gedichtes passen, geben sie offenbar nur den besondern
Zweck (Ranke, hes. St. S. 23), zu welchem der Dichter
die in der Theogonie an ihrer Stelle behandelte Prometheus-
fabel in einem andern Gedicht erzählte und zwar so, dass
er Alles was nicht zum Gedanken jener Verse nothwendig
gehörte überging oder nur kurz berührte *). Aus welchem

---

*) Vgl. Susemihl, Jahrb. f. Phil. 1856 S. 612: 'die bloss andeutende
Sprache, vermöge deren wir weder erfahren worin der Trug des Prometheus bestanden, noch was es mit dem verhängnissvollen πίθος eigentlich für eine Bewandtniss hat'. Ueber die Behandlung des Stoffes
in der Theogonie und in der Pandora-Episode vgl. auch Schömann, d.
hes. Theog. S. 212 ff.

Gedicht die Episode entnommen, fragen wir vergeblich, jedenfalls muss es früh untergegangen sein, weil keiner der Alten etwas von einer Entlehnung weiss — wenn es nicht gar in seinem ganzen Umfange hier aufgenommen ist, mit Weglassung nur der ursprünglichen Anfangsverse.

Eine sehr abweichende Ansicht über die Behandlung der Prometheussage in beiden hesiodischen Gedichten vertritt Köchly (akad. Vortr. I S. 389 ff.). Er geht davon aus, dass es 'ein altes Lied von Prometheus' Wettstreit mit Zeus gab'. Dieses habe 'ein dichtender Interpolator der Theogonie' zu den 'ursprünglichen drei Strophen von den Iapetiden' hinzugefügt 'aber in einer erweiternden Umarbeitung'. So scharfsinnig Köchly's Vermuthungen und so interessant die Construction der verschiedenen Recensionen ist, gestehe ich doch offen, dass ich mich damit, wie mit der ganzen Theorie verschiedener paralleler Recensionen nicht befreunden kann. Die Sache mag sich so verhalten haben — vielleicht aber auch anders. Ich sehe keinen Grund einer bestimmten Entscheidung mehr, wenn wir an sich Unverdächtiges den auf anderm Wege gewonnenen Ansichten über ursprüngliche Gestalt eines Gedichtes opfern. Wenn Dichter und Interpolator an poetischem Geschick sich zufällig gleichgestanden, müssten wir die Scheidung des Aechten und Unächten überhaupt aufgeben.

Der Dichter handelt von Verschlimmerung des Looses der Menschen. Deren Ursachen werden erst kurz angegeben durch zwei Verse, welche zugleich den Inhalt der nachfolgenden Erzählung bezeichnen (s. z. 105). 'Zeus selbst war es, der den Menschen den Lebensunterhalt entzog und verbarg (47, mit Wiederanschluss an 42), desswegen allein, weil ihr Beschützer Prometheus ihn betrog (48). Aus diesem Grunde also (τοὔνεκ' ἄρ') bereitete Zeus ihnen Noth (49)' — mit diesem Vers wiederholt er den Gedanken von 47, welcher zur Erklärung von 42—46 eigentlich allein nöthig war, mit Nachdruck nochmals. Dann erst geht er zur Erzählung vom Feuerraub und Pandora über, die durch Anaphora des Verbums aus 47 anschliesst: 'nicht nur den Lebensunterhalt verbarg er, sondern auch das Feuer (κρύψε δὲ πῦρ). Dieses zwar (τὸ μὲν) stahl Prometheus wieder', da schickte Zeus den Menschen ein neues

Unglück, die Pandora. — Eine Härte in der Anknüpfung
von 57 an 56 habe auch ich immer gefühlt. Gemindert ist
sie freilich, wenn δέ wie so oft im Sinne von γάρ verstanden wird; doch gäbe ich Köchly (S. 398) die Möglichkeit
zu, dass nach 56 ein oder zwei Verse ausgefallen, die den
ersten Theil der Ankündigung von Strafen in diesem Vers:
σοί τ' αὐτῷ μέγα πῆμα erklärten, wenn eben die Lesart
σοί τ' αὐτῷ richtig wäre. Aber σφίν τ' αὐτοῖς, erhalten
durch Anführung bei Grammatikern (s. Göttl. z. d. St. od.
Hagen II p. 9), ist sicher das Ursprüngliche und jenes nur
von Solchen an die Stelle gesetzt, welche an Prometheus'
Strafe dachten. Wenn σφίν τ' αὐτοῖς — mit leichtverständli-
chem Bezug auf ἀνθρώποισι 51 — fehlte, so würde nur den
künftigen Menschengeschlechtern prophezeit, was die damals Lebenden sofort erhalten.

Bis 59 stimmt Alles mit der Erzählung in der Theogonie zum Theil wörtlich (48 vgl. Th. 565, 50 vgl. Th.
565. 66, 52 vgl. Th. 567, 54 = Th. 559, 57 vgl. Th. 570).
Die Verse 60 – 69 aber sind von einem Interpolator eingeschoben, vielleicht aus einer dritten alten Quelle, der
vor der Ausführung von Zeus' Befehl vollständige Angabe
desselben vermisste. Eine solche Erzählung des gegebenen
Auftrags erforderte die umständlichere epische Darstellung
und wir finden sie demgemäss in Ilias und Odyssee bei ähnlichen Gelegenheiten immer. Aber die kürzere Weise der
Erzählung, welche wir in der Theogonie und diesem Gedichte haben, hält sich nur an die Sache. Desshalb geht
in der Parallelstelle der Theogonie, 571—84, keine ausführliche Angabe des Befehles voraus, sondern er ist, wie
71, nur angedeutet durch Κρονίδεω διὰ βουλάς 572. Vgl.
ausserdem Th. 469 – 72 mit 474 – 76. (Dagegen in den
homerischen Stellen H 379. I 79. γ 477 οἱ δ' ἄρα τοῦ μάλα
μὲν κλύον ἠδ' ἐπίθοντο nach wörtlicher Wiedergabe der
Rede des Andern.) Aehnlicher noch unserer Stelle Hymn.
Cer. 314—23 (316 ὣς ἔφαθ', ohne dass eine directe Rede
vorhergeht) und Hymn. Apoll. Del. 102—12, nur dass dort
der Auftrag erzählt, über die Ausführung 111. 12 kurz weg-
gegangen ist.

Die Verse 60—69 sind an sich allerdings gut und wür-

den durch Sprache *) und Inhalt kein Bedenken erregen,
wenn sie nicht mit den unentbehrlichen und durch Uebereinstimmung mit der Theogonie beglaubigten folgenden
Versen in mehrfachem Widerspruch ständen (s. Lehrs
S. 227), den die Erklärer vergebens zu beseitigen strebten.
Heyer (S. 23) hat eine höchst gewaltsame Restitution versucht. Göttling glaubt den hauptsächlichsten Widerspruch,
zwischen 61 und 79, zu heben durch die Erklärung (eine
ähnliche gibt schon Proculus): 'αὐδή nihil est nisi vox hu-
mana, φωνή vero suada'. Jenes ist richtig; αὐδή ist die
Stimme und Rede, welche den Menschen (ἀνθρώπων αὐ-
δηέντων Ζ 125) eigenthümlich ist (Σ 419. vgl. Nitzsch, erkl.
Anm. III S. 2. 110), entgegengesetzt sowohl der Sprache
der Götter (ε 334. 35. vgl. jedoch über das Epitheton der
Kirke und Kalypso αὐδήεσσα Nägelsbach, hom. Theol. S. 179),
als auch der Stimme der Thiere (Τ 407. Apoll. Rh. I, 257).
Von der Sprache der Götter wird es übrigens ganz unbe-
fangen gebraucht, wo an einen Gegensatz zu den Menschen
nicht gedacht ist: Th. 39; ein besonderes Wort dafür gibt
es auch nicht. Dass der Schwalbe φ 411 αὐδή zugeschrieben wird, hat seinen Grund in einer Aehnlichkeit, die man
in ihrem, der ὀρθρογόη Πανδιονὶς χελιδών 568, Zwitschern
mit menschlicher Rede fand, wie selbst aus Aesch. Ag. 1020
χελιδόνος δίκην ἀγνῶτα φωνὴν βάρβαρον κεκτημένη zu erkennen ist **). Und aus gleichem Grunde heisst es von der
Cicade χέει αὐδήν Sc. 396. Gesang (Nitzsch S. 2) bedeutet
das Wort an sich nicht, aber da auch dieser eigentlich nur
den Menschen zukommt, ist jeder Gesang zugleich αὐδή.
Auch Α 429, wo αὐδή zur Bezeichnung der Beredsamkeit
Nestors gebraucht scheinen könnte, weicht es in Wahrheit
nicht von seiner allgemeinen Bedeutung ab. Hingegen ist
φωνή und das gleichbedeutende ὄψ die Stimme von Menschen und Thieren, nur mit Rücksicht auf ihren Laut: ἡ δὲ
φωνὴ ψόφος τίς ἐστιν ἐμψύχου Arist. de anim. 2, 8. Dess-

---

*) Wegen καλόν mit kurzer Penultima vgl. Th. 585. Hymn. Ven.
29. 261. s. Baumeister zu jenen St. Wegen εἶδος ohne Digamma s. 714.
Th. 619. 908 und über das Digamma überhaupt z. 382. Mit 61. 62 vgl.
Σ 419. 20.

**) S. d. Erklärer und vgl. Her. 2, 57 πελειάδες — ὁμοίως ὄρνισι
φθέγγεσθαι. 4, 183 n. E. γλῶσσαν — νυκτερίδες.

halb wird sie oft genug Thieren zugeschrieben ohne allen
Nebenbegriff (κ 239. μ 86. 396. Δ 435). In diesem Sinn gebraucht die Theogonie auch ὅσσα: 10, 832 u. ö., ja sogar
vom Schall lebloser Körper 701 (vgl. m. 705), wie Hymn.
Merc. 443. Die homerische sowohl wie die spätere Bedeutung sind bekanntlich verschieden.

Nach Ausscheidung von 60—69 hat die Erzählung über
Erschaffung der Pandora den besten Fortgang. Zeus, voll
Erbitterung, lacht höhnisch (59). Seine Rache schiebt er
nicht auf; sogleich (αὐτίκα 70) bildet Hephästos auf seinen
Befehl (Κρονίδεω διὰ βουλάς 71) die Pandora. Sie erhält
zuerst Gestalt, Leben und Stimme, dann Kleidung (72),
dann Schmuck (73—75), dann ihre trügerischen Künste
(77. 78), zuletzt den Namen (80. 81). Den Plan in der
anschaulichen Schilderung haben diejenigen Herausgeber
nicht erkannt, die 72 als aus der Theogonie herübergenom-
men und nicht hierher gehörend verdächtigten. Hingegen
ist 76 auszuscheiden (s. Lehrs S. 227), welcher mit der Erzählung in der Theogonie übereinstimmend die ganze
Schmückung der Pallas Athene zuschreibt (vgl. Köchly
S. 399). Dass Pandora von Hephästos nicht bloss Gestalt
sondern auch Leben und Stimme erhielt, geht zunächst
schon aus jenem Plan hervor. In der Theogonie beweist
der Dichter durch sein Stillschweigen, dass er sich die
Sache so dachte, während der, von welchem die Verse 60
—69 herrühren, es ausdrücklich sagt. Desshalb kann 79
wo es heisst, Hermes habe ihr φωνήν gegeben, unmöglich
von dem Dichter unserer Stelle herrühren. Dazu kommen
noch weitere Gründe der Unächtheit. Erstens: die Erwähnung der φωνή hat nach ψεύδεά θ' αἱμυλίους τε λόγους
keine Bedeutung mehr. Ferner ist dann auch zu ὀνόμηνε
V. 80 Hermes Subject, obgleich die Verleihung des Namens
sicher Zeus' Sache ist, zumal bei der 81. 82 gegebenen Begründung. Ebenso viele Bedenken als der Sinn geben die
Worte. Von den Eigenschaften, die Pandora verliehen werden, ist ἐν δ' ἄρα οἱ στήθεσσι ψεύδεα τεῦξε 79 (nicht gerechtfertigt durch υ 366 s. Eust.) ein schlechter Ausdruck
statt ἐνέθηκε wie 80. Ferner wäre ἐν δ' ἄρα φωνὴν θῆκε
θεῶν κῆρυξ in Subject wie Prädicat nur müssige Wiederholung nach dem vorhergehenden ἐν δ' ἄρα Ἀργειφόντης —

τεῦξε *). Die Mattigkeit der Stelle vermehrt das nur hier zugesetzte Διὸς βουλῇσι βαρυκτύπου, welches wiederholt was wir schon aus 71 wissen, wenn auch dieser Zusatz an sich betrachtet noch am ersten vertheidigt werden kann (s. z. V. 99). Die schwersten Bedenken werden beseitigt durch Ausscheidung von 79 (den sogar Vollbehr S. 33 verwirft), die zwei übrigbleibenden nur durch Conjecturen, — etwa θῆκεν· ἄταρ Κρονίδης ὀνόμηνεν τήνδε γυναῖκα (ν ἐφελκ. vor τ Th. 898 vgl. O. et D. 236 ͗ in beiden Stellen in der Arsis des zweiten Fusses).

Stellen über die Schmückung von Göttinnen (Pandora freilich ist nur γυνή 94) sind im alten Epos häufig und dabei von späteren Dichtern zum Theil die Züge, sogar die Worte aus früheren entlehnt. Aus der längeren Stelle Ξ 170—87 und der kürzeren θ 364—66 zusammengesetzt ist Hymn. Ven. 61—65 mit Aufnahme unveränderter Verse: 61. 62 = θ 364. 65, 63 = Ξ 172, 64 vgl. Ξ 187. Ebenso hat der Dichter von Hymn. Hom. 6, 5—14 die Ilias nachgeahmt: 6 vgl. Ξ 178, 8 vgl. Ξ 182, 14 vgl. Ξ 187. Dass dieselbe dem Dichter der Theogonie gleichfalls vorschwebte (Th. 573—84), scheint zu beweisen 581 vgl. Ξ 179 τίθει δ' ἐνὶ δαίδαλα πολλά (auch das vorhergehende ἀσκήσασα findet sich 580: ἀσκήσας). Vgl. ferner 578 mit Ξ 184 κρηδέμνῳ δ' ἐφύπερθε καλύψατο δῖα θεάων. Zu 578 ist eine Parallelstelle Hymn. Hom. 6, 7. 8 κρατὶ δ' ἐπ' ἀθανάτῳ στεφάνην εὔτυκτον ἔθηκαν, καλὴν χρυσείην. Doch möchte ich nicht aussprechen, welcher Dichter den andern nachgeahmt hat, falls sie nicht aus gemeinsamer Quelle schöpften. — Für unsere Stelle, 72—75, lassen sich keine Vorbilder erkennen als die Theogonie (72 = Th. 573, 75 vgl. Th. 576), deren frühere Entstehung angenommen. Der unächte V. 76 ist aus der Ilias entlehnt Ξ 187 αὐτὰρ ἐπεὶ δὴ πάντα περὶ χροῒ θήκατο κόσμον. Diese Worte haben ,fast alle Nachahmer benutzt. Mit 74 vgl. wenigstens Hymn. Hom. 6, 10. 11, wo es von den Horen, wie hier von den Chariten (die Horen folgen 75) heisst: δειρῇ δ' ἀμφ' ἀπαλῇ καὶ στήθεσιν ἀργυφέοισιν ὅρμοισι χρυσέοισιν ἐκόσμεον (Hymn. Ven. 88. 89

---

*) Doch vgl. 84 κλυτὸν Ἀργειφόντην — 85 ταχὺν ἄγγελον — 102. 3 νοῦσοι δ' ἀνθρώποισι — φοιτῶσι κακὰ θνητοῖσι φέρουσαι.

ὅρμοι δ' ἀμφ' ἀπαλῇ δειρῇ περικαλλέες ἦσαν, καλοὶ χρύσειοι παμποίκιλοι). Die Chariten und Horen sind auch erwähnt in dem Fragment der Kypria bei Athen. XV p. 682c (Welcker, ep. Cycl. II S. 510). Obgleich dieses einige Aehnlichkeit mit unserer Stelle und Hymn. Hom. 6 hat, so lässt sich doch keine Nachahmung darin erkennen. Hingegen ein kürzeres Fragment desselben Gedichtes, welches Athenäus unmittelbar nach jenem anführt, scheint wenigstens aus der Quelle geflossen wie die Stelle der Theogonie, vgl. V. 2. 3 mit Th. 576. 77, welche beiden Verse jedoch verdächtig sind.

Die übrige Erzählung bis 89 bedarf keiner Erklärung noch Vertheidigung. 90—92 schildern den Zustand der Menschen, wie er war, ehe Pandora auf die Erde kam, und knüpfen wieder an den Gedanken von 42—46 an. Aber dort hatte der Dichter nur über Mühseligkeit des Ackerbaues und der Schifffahrt, beider Quellen des Lebensunterhaltes gesprochen, hier umfasst er alle Leiden des menschlichen Lebens 91. 92. Diese zerfallen in zwei Classen: die eine, zunächst nur mit allgemeinem Namen κακῶν, dann mit bestimmterem πόνοιο bezeichnet, sind Mühsale*), die zweite Krankheiten. Dieselbe Theilung ist beibehalten in 101—103, welche den Gedanken dieser Verse, wie es der Ton der Stelle verlangt, jedoch nur kurz ausführen. Dort entspricht κακὰ θνητοῖσι φέρουσαι 103 dem αἴτ' ἀνδράσι κῆρας ἔδωκαν 92. Das schwächere κακά scheint gewählt zum Anschluss an die Bezeichnung in 101. Dass 101 mit dem Gegensatz πλείη μὲν γὰρ γαῖα κακῶν, πλείη δὲ θάλασσα wieder speciell an Beschwerden des Landbaus und der Schifffahrt gedacht ist, halte ich nicht für wahrscheinlich, sondern es wird nur die Verbreitung der Leiden über die ganze Erde veranschaulicht.

93, aus der Odyssee τ 360 beigeschrieben (über den Grund s. Göttling), ist von den Herausgebern seit Brunck ausgeschieden. — Der πίθος ist erst 94 erwähnt; doch dies kann bei einer nicht um ihrer selbst willen sondern wegen

---

*) Πόνος besonders oft von den Strapatzen des Krieges vgl. Lehrs de Arist. stud. p. 87, nie speciell von denen des Landbaues, wofür ἔργον Ζ 222. κ 98 vgl. O. et D. 44.

der Lehre gegebenen Erzählung ebensowenig auffallen, als
dass der Betrug in Mekone nur mit einem Worte angedeutet
war. Denn Heyer irrte, wenn er glaubte (S. 22), unter
dem δῶρον der Götter (82) sei eben der πίθος zu verstehen. Das Geschenk eines jeden Gottes ist das, was er der
Pandora verliehen hat. Welches Bedenken endlich darin
liegen soll, dass sie 94 nur als γυνή, nicht mit ihrem Namen
bezeichnet wird, ist mir unverständlich. Etwas Anderes
wäre es, wenn sie eben nicht γυνή, sondern eine wirkliche
Göttin wäre.

99 ist von Brunck und Göttling verworfen, von Lehrs
(S. 229) vertheidigt worden. Den Gedanken rechtfertigt
ganz gut Moschopulus: πόθεν γὰρ δείκνυται ἡ ἀνάγκη αὕτη,
ὅτι ἠθέλησεν ἡ Πανδώρα καὶ ὁ Ζεὺς οὕτω κακοποιήσειν τοὺς
ἀνθρώπους, ὡς μηδὲ ἴχνος παραμυθίας αὐτοῖς ἐάσειν; Müssig
könnte allerdings die Häufung von Epitheta erscheinen,
welche hauptsächlich nur bei Anrufung (Β 412. Γ 276. Ξ 194.
Π 233. ι 258 vgl. A 37—39) und Preis (vgl. den Anfang
der homeridischen Hymnen z. B. 8) der Götter üblich ist.
Doch werden wenigstens zwei Epitheta auch sonst verbunden, wovon die bedeutendsten homerischen Beispiele sind
Ζεὺς Ὀλύμπιος ἀστεροπητής A 580. M 275, βοῶπις πότνια
Ἥρη A 568, die hesiodischen Κρονίδης ὑψίζυγος αἰθέρι ναίων
O. et D. 18, Κρονίδης εὐρύοπα Ζεύς O. et D. 239, Ποσει-
δάωνα γεήοχον ἐννοσίγαιον Th. 15, Ὀλύμπιον εὐρύοπα Ζῆν᾽
Th. 884, Ζηνὸς Ὀλυμπίου ὑψιμέδοντος Th. 529. Vgl. auch
Th. 11. 12 πότνιαν Ἥρην Ἀργείην χρυσέοισι πεδίλοις ἐμβε-
βαυῖαν, wo die Kritiker an solcher Abundanz Anstoss nahmen. Diese Beispiele zeigen, dass fast nur Zeus und Hera
bei blosser Erwähnung durch Häufung der Epitheta geehrt wurden; die aus dem Proömium der Theogonie gehören
eigentlich nicht hierher, denn dort wird von Lobprei-
sung der Götter erzählt. — Formeln ähnlich diesem Vers
sind oft angewandt, wo sie uns bedeutungslos scheinen, da
wir den religiösen Sinn, womit die Griechen in allen Ereignissen des Lebens das Walten der Götter anerkannten
(Pind. Pyth. 1, 41), nicht genug beachten. Vgl. θ 82 Διὸς
μεγάλου διὰ βουλάς (verworfen von Nitzsch erkl. Anm. II
S. 178), dieselben Worte Th. 465, Sc. 318 Ζηνὶ βαρυκτύπῳ,
οὗ διὰ βουλὰς Ἥφαιστος ποίησε (verdächtigt von Bernhardy

gr. Lit.-Gesch. II S. 195), Th. 318 βουλῆσιν Ἀθηναίης ἀγελείης, 730 βουλῆσι Διὸς νεφεληγερέταο, Hymn. Apoll. Del. 99 Ἥρης φραδμοσύνῃ λευκωλένου, Hymn. Merc. 413 Ἑρμέω βουλῆσι κλεψίφρονος, Hymn. Ven. 214 Ζηνὸς ἐφημοσύνῃσι. Vgl. auch Her. 1, 62 θείῃ πομπῇ χρεόμενος, ebenso 3, 77.

Nach Schilderung des Unglücks der Menschen in Folge des Feuerraubes kehrt 105 wieder zum Gedanken von 47. 48, dem Grundgedanken der ganzen Episode (48 ὅτι μιν ἐξαπάτησε, 105 οὕτως οὔτι πη ἔστι — ἐξαλέασθαι). 105 scheint nicht dem Dichter eigenthümlich, sondern als vielgebrauchte und mehrfach variirte Sentenz zum Epiphonema verwandt worden zu sein. Vgl. ausser Th. 613 ὣς οὐκ ἔστι Διὸς κλέψαι νόον οὔτε παρελθεῖν auch ε 103. 4 ἀλλὰ μάλ' οὔ πως ἔστι Διὸς νόον αἰγιόχοιο οὔτε παρεξελθεῖν ἄλλον θεὸν οὔθ' ἁλιῶσαι. (137. 38 wieder ἀλλ' ἐπεὶ οὔ πως ἔστι κτέ.) Eine Reminiscenz daran scheint auch Hymn. Ven. 33 τάων οὐ δύναται πεπιθεῖν φρένας οὐδ' ἀπατῆσαι erkennbar.

Drittes Capitel.

Ueber V. 106—201.

Das nun folgende Gedicht über die Weltalter (ausgeschieden von Twesten, Göttling, Heyer, in verschiedene Fragmente zerlegt von Lehrs) müsste, auch wenn es nicht durch Wegfall der Pandora-Episode, an welche es durch die Verse 106—8 geknüpft ist, seinen einzigen Zusammenhalt mit dem ursprünglichen Gedicht verloren hätte, schon bloss wegen der Albernheit jener Flickverse von dem Vorhergehenden getrennt und damit als ein hier eingeschobenes besonderes Gedicht erkannt werden. Jene Verse sind kaum einer näheren Beleuchtung werth, obgleich einige Erklärer sie vertheidigt haben. Nirgends bringt Hesiodos das, was er zu sagen hat, unter der Bedingung vor: εἰ δ' ἐθέλεις, die bei dem interpolirenden Bänkelsänger gänzliches Verkennen der gegebenen Lehren und ihrer Bedeutung beweist; ebensowenig mit dem marktschreierischen Zusatz εὖ καὶ ἐπισταμένως (vgl. wegen des Tones und Geistes 661. 62). Gleich unpassend ist hier ἕτερόν τοι ἐγὼ λόγον ἐκκορυφώσω,

als ob es sich bloss um Unterhaltung des Zuhörers han-
delte, wenn auch ähnliche Uebergangsformeln, wo sie passten, in Lehrgedichten häufig angewandt sein mögen (Vollbehr
S. 34). Die beiden Verse sind zusammengestoppelt aus zum
Theil vielgebrauchten Phrasen: εὖ καὶ ἐπισταμένως = Κ 265,
υ 161, ψ 197; σὺ δ’ ἐνὶ φρεσὶ βάλλεο σῇσιν: Α 297 ἄλλο δέ
τοι ἐρέω, σὺ δ’ ἐνὶ φρεσὶ βάλλεο σῇσιν, ebenso Δ 39, Ε 259,
Ι 611, Π 444. 851, Ω 94, π 281. 299, ρ 548, τ 570 vgl.
auch Hymn. Apoll. Pyth. 83. 366.   Dagegen findet sich
ἐκκορυφώσω sonst wohl nirgends.   Sollte der Gebrauch von
ἀπεκορύφου in gleicher Bedeutung bei Herodot 5, 73 dazu
beitragen, in beiden Verben speciell neuionische Ausdrücke
zu erkennen und damit auf die Heimath des Rhapsoden
schliessen zu lassen? Vgl. z. 504. Die Stichwörter θεοὶ θνητοί τ’ ἄνθρωποι sind dem Anfang des eingeschobenen Gedichtes entlehnt, als dessen Inhalt jener Interpolator angibt
ὡς ὁμόθεν γεγάασι θεοὶ θνητοί τ’ ἄνθρωποι!

Diesen Vers haben neuere Ausleger vergeblich zu rechtfertigen gesucht durch Verweisung auf Pind. Nem. VI, 1 ἓν
ἀνδρῶν, ἓν θεῶν γένος· ἐκ μιᾶς δὲ πνέομεν ματρὸς ἀμφότεροι
(vgl. die Ausl. z. d. St., Preller im Philol. VII S. 5). Was
Pindar bestimmt sagt: dass die gemeinsame Mutter der Götter und Menschen die Erde sei, scheint der pseudo-hesio-
dische Vers allerdings andeuten gewollt zu haben, aber die
Erzählung selbst, weit davon entfernt es zu bestätigen,
spricht ja gleich 109 von Erschaffung der Menschen durch
die Götter (Heyer S. 24). Uebrigens ist in dem Gedicht
von den Weltaltern keine der Grundansichten streng und
unzweideutig festgehalten, welche Preller (S. 5) in den an-
thropogonischen Mythen der Griechen unterscheidet: ‘dass
die Naturkraft diesen Ursprung von selbst bewirkt, dass
göttliche Zeugung, deren Frucht das Geschlecht der Heroen
ist, hinzugetreten sei, endlich dass die Hand eines göttlichen Demiurgen den Körper des ersten Menschen gebildet
habe, wobei seine Seele aus einer besonderen Quelle abge-
leitet zu werden pflegt’ — sondern der Dichter war sich
entweder des Gegensatzes dieser Ansichten nicht klar be-
wusst oder wahrscheinlicher, er beachtete ihn hier absichtlich nicht, weil er bloss poetische und ethische Zwecke
hat und nicht wirklich mythologische Belehrung geben will.

Das Verbum, welches er für die Entstehung der einzelnen
Weltalter gebraucht, 110. 128 ποίησαν, 144. 158 ποίησε,
scheint freilich auf die dritte jener Grundansichten schliessen
zu lassen, welche jedenfalls der ersten, die Pindar befolgt,
am fernsten steht; aber 145 mischt er die Abart der ersten
wenigstens mit ein, wovon Preller S. 11—14 handelt, indem er von Entstehung der Menschen des dritten Weltalters aus Bäumen, ἐκ μελιᾶν, spricht; die Erschaffung
durch Zeus hatte er allerdings auch hier vorher ausgesprochen.   Veranlassung zur Vermischung sonst geschiedener
Ansichten gab der Gebrauch der eschenen Lanzen (vgl.
Preller S. 22 Anm. 52.   Anderer Meinung ist Schömann,
d. hes. Theog. S. 118. Opusc. II p. 134 f.).   Auf der andern
Seite soll 158 gewiss nicht die allgemein angenommene
Abstammung der Heroen von den Göttern in Abrede stellen, sondern Ζεὺς Κρονίδης ποίησε könnte höchstens von
denjenigen Heroen und ihren Geschlechtern als genauer Ausdruck gelten, die von Zeus selbst stammen — ist aber wohl
nur als allgemeine Bezeichnung der **göttlichen** Weltregie-
rung, die Menschengeschlechter entstehen und vergehen
lässt, zu fassen.   Doch zeigt dies Alles, wie wenig es Absicht des Dichters war, gerade über den Ursprung und
die Entstehung der Menschen zu belehren, wie es 108 angekündigt hatte.   Mit R. Roth (über d. Myth. von d. fünf
Menschengeschl. bei Hesiod u. d. indische Lehre von d. vier
Weltaltern S. 14) θεοί auf die δαίμονες von 122 zu beziehen, ist abgesehen von allem Andern desswegen unmöglich, weil d i e s e Dämonen eben nirgends θεοί heissen und
am wenigsten bei Erwähnung der θεοί schlechthin an sie
gedacht werden konnte.

Leicht zu erkennen ist, wesshalb das Gedicht über die
Weltalter hier eingeschoben wurde. Wie 90—105 hat es
Verschlimmerung des Menschenlooses zum Gegenstand, betrachtet sie aber von einer andern Seite (vgl. Schömann
opusc. II p. 317 f.).   In jenen Versen war nur von den
äusseren Verhältnissen die Rede, der Leichtigkeit des Lebens früher und den Schwierigkeiten, mit welchen die
Menschen jetzt zu kämpfen haben. Dieses Gedicht hingegen hebt vor Allem die zunehmende moralische Verderbniss hervor, doch nicht so ausschliesslich, dass es gleichsam

die andere Seite einer Gesammtdarstellung gäbe. Denn schon gleich bei dem goldenen Zeitalter schildern 112—20 die Mühelosigkeit des Daseins mit den glänzendsten Farben. Ausserdem aber wird eine andere Ursache der Verschlechterung angegeben. Nicht die Strafe für den Betrug des Prometheus, von Zeus über die unschuldigen Sterblichen verhängt, oder das Gefäss der Pandora brachte den Menschen Unglück, sondern ganz besonders αὐτοὶ σφῇσιν ἀτασθαλίῃσιν ὑπὲρ μόρον ἄλγε' ἔχουσιν (vgl. Twesten S. 26—47, Schömann a. a. O., Heyer S. 29). Ich gebe gern zu, der Widerspruch ist nicht von der Art, dass eine Ausgleichung unmöglich wäre (wie eine solche schon von dem schol. anon. z. V. 159 Vollb. versucht worden) und dass nicht derselbe Dichter recht gut beide Darstellungen an passender Stelle vorbringen konnte. Aber neben einander durften sie gewiss nicht ohne Verbindung und Zusammenhang gelassen werden und dem Zuhörer oder Leser frei bleiben die scheinbaren Widersprüche auszugleichen. Denn, wie oben bemerkt, Niemand wird meinen, der Dichter habe einen ernsten Gegenstand herabgewürdigt, indem er den Zuhörern zwei Mythen gleichsam zur Auswahl vortrug, mag sein eigner Glaube daran immerhin nur ein poetischer gewesen und vieles Einzelne seine Erfindung und Ausschmückung sein. Vielmehr hat ein Rhapsode seinem Vortrag durch Einlage eines scheinbar passenden Stückes neuen Reiz bei den Zuhörern zu geben gesucht. Dazu bot sich ihm das Gedicht über die Weltalter, vielleicht von demselben Verfasser dar und es bedurfte nur einer losen Anknüpfung; eine bessere als 106—8 brachte er eben nicht zu Stande. Durch Wahl der zweiten Person εἰ δ' ἐθέλεις — τοι fügte er sich der Dedication an Perses. Und auf ähnliche Weise ist auch die Episode von Pandora in den Text gekommen; ob durch denselben oder einen früheren Rhapsoden, gilt gleich, aber hier gaben wie es scheint die Worte des Dichters selbst eine für den ersten Eindruck genügende Anknüpfung in den vortrefflichen Versen 42—46.

Wenn nun auch die Weltalter vielleicht von Hesiod herrühren und nur durch Rapsodenhand in einen Zusammenhang geriethen, in den sie nicht passen, ist doch der

Standpunkt hier ganz verschieden von dem in den Werken und Tagen. Planck in seinem Aufsatz über Hesiod
(allgem. Monatsschr. 1854 S. 590 ff.) und viele Andere vor,
auch Manche nach ihm haben zu wenig beachtet, worauf
es für Beurtheilung Hesiods und den Vergleich mit Homer
vor Allem ankommt: die gänzliche Verschiedenheit des heroischen Epos und der didaktisch-gnomischen Poesie. Jenes
verfolgt einen idealen Zweck, das Thun und Treiben des
täglichen Lebens ist ihm gleichgültig und mögen auch viele
Züge daraus vorgeführt werden, so geschieht dies nur so
weit als nöthig zur Anschaulichkeit der Erzählung, die
durch alle wechselnden Lagen des Heldenlebens führt. Der
private Nutzen der Zuhörer vollends ist dem epischen Sänger etwas ganz Unbekanntes, er tritt vielmehr aus seiner
Zeit so viel er kann heraus, unbekümmert um Interessen
des Tages und Sorgen der Einzelnen, und verfolgt als einziges Ziel die Erhaltung des Andenkens an die Vorzeit,
die Verherrlichung ihrer Helden und Erhebung des Gemü-
thes durch Schilderung ihrer kühnen Thaten und erhabenen
Gefühle. In Wahrheit sind es unter den Zeitgenossen nur
die Edlen, für welche die Dichter der homerischen Schule
gedichtet haben und ihre Lieder sind wie die der Sänger,
welche sie darin erwähnen, wohl lange als ἀναθήματα δαιτός bei den Festen und Gelagen des Adels gesungen worden, ehe sie Gemeingut hellenischer Bildung wurden. So
ist der epische Dichter der grösste Bewunderer und Lob-
redner der Adelsgeschlechter, sich und das Volk, seine
Standesgenossen, vergisst er in der Hingebung an die von
ihm besungene und idealisirte Grösse jener. 'Das Epos hat
überhaupt mit dem Menschen, wie er von Natur und
durch die Natur ist, Nichts zu thun, sondern nur mit
der idealen Welt der Heroen, mit Göttersöhnen, gottgeweih-
ten Königen, Helden und Geronten, einer Art von specifi-
scher Menschenrace, die es sich selbst geschaffen
hat, mit solcher Consequenz, dass es das allgemeine Eh-
renwort δῖοι, obgleich es eigentlich einen Ursprung von
Zeus aussagt, bis auf die untersten Glieder dieser Race
ausdehnt. Auch das Volk existirt nur in der Bedeutung
des grossen Haufens, der eben nur numerus ist, fruges con-
sumere nati, und die quantitative Ausfüllung des Hinter-

grundes, auf dem sich die leuchtenden Gestalten der Heroen
bewegen' (Preller Philol. VII S. 19).

Der Krieg ist es, worin sich die ganze Tüchtigkeit und
Herrlichkeit der Edlen und Helden zeigen kann. Mag er
wegen seiner Grausamkeit πόλεμος κακός genannt werden,
mag das allgemein menschliche Gefühl einmal durchbrechen
in Sehnsucht nach einem ruhigeren Glück (Σ 107), so kann
doch der Krieg weder dem Dichter noch denen, für die er
gesungen, ernstlich als ein grosses Uebel erscheinen. Aber
nächst dem Heldenruhm ist höchstes irdisches Glück ein
heiteres, sorgenfreies Leben (s. Nägelsbach, homer. Theol.
S. 308. 9), umgeben von Glanz und Ueberfluss. Fehlt es
an den Mitteln, so gewährt ein Kriegszug reiche Beute für
kurze Anstrengung, hingegen Ackerbau und Handel, welche
lange Mühen kärglich lohnen, erscheinen als niedere Be-
schäftigungen (λ 489. 90. θ 161—64).

Ueberhaupt aber sind dem Homer im Vergleich mit den
Helden der Vorzeit die Menschen der Gegenwart unendlich
klein. Doch mit so hoher Bewunderung seine Seele an jener
hängt — die Rückkehr einer ähnlichen Heldenzeit kann er
nicht hoffen. Ja selbst seine Helden lassen oft schwere Klagen hören über die Vergänglichkeit menschlichen Glücks
und die Beschwerden des Lebens der ὀϊζυροὶ βροτοί, denn
auch die ἀργία der Edlen steht noch in weitem Abstande
von dem Glück der seligen Götter — θεῶν ῥεῖα ζωόντων
(vgl. Nägelsbach S. 319 ff. bes. 323).

Einen ganz andern Zweck verfolgt die didaktische
Poesie Hesiods. Sie hat erstens durchaus die Verhältnisse
des wirklichen täglichen Lebens vor Augen. Ferner wenn
auch die Didaktik, welche im Alterthum seit der alexandrinischen Zeit und in ähnlichen Zeiten immer wieder bei
Völkern des Occidents und Orients aufkam und einer bla-
sirten Generation für Alltägliches oder Abstractes und Ge-
lehrtes durch bunten poetischen Schmuck Interesse zu erwecken sucht, nicht belehren, sondern unterhalten will, so
ist doch die einfache, ernste Didaktik Hesiods davon grund-
verschieden. Trotz der kunstreichen Composition und nicht
selten angebrachten poetischen Schmuckes verfolgt der Dichter offenbar den Zweck wirklich zu lehren und geht desshalb in manchen Theilen des Gedichtes auf Vorschriften

ein, die ihm später den Vorwurf der μικρολογία zuzogen,
als sein Zweck nicht mehr verstanden und das Gedicht
hauptsächlich von solchen gelesen wurde, für welche es nicht
bestimmt war. Denn der 'Dichter der Heloten' hat ausser
der Stelle, wo die Edlen an die Gerechtigkeit erinnert werden, das Ganze wie gesagt für das Landvolk von Böotien
gedichtet und für ihre Belehrung berechnet und dadurch
nimmt dieses merkwürdige Gedicht in der griechischen Literatur bei allem Zusammenhang mit ihr und Einfluss auf
sie eine abgesonderte Stellung ein *). Wenn er selbst auch
nicht bloss Landmann ist, sondern zugleich als Aöde dem
Leben der Edlen nahe steht, so vergisst er dies hier und
ist eben nur δημότης, in Gedanken und Gefühlen auf die
Seite des Volkes tretend.

Jedoch kann seine Denkweise noch keine eigentlich
demokratische genannt werden. Gerade jener Glanz womit
Heldensage und epische Poesie die Adelsgeschlechter umgeben hatte, so dass ihnen alles gehörte, was Griechenland als Höchstes und Erhabenstes unter Menschen kannte,
sie selbst aber ihren Ursprung kühn an die Götter knüpften, war in jener Zeit noch eine starke Stütze der Adels-
herrschaft. Mag ihre Ungerechtigkeit und ihr Uebermuth
in vielen Staaten Unwillen erregt haben — in der Seele
Hesiods und seiner Standesgenossen dämmert noch nicht
einmal der Gedanke: es könne das Volk ein versagtes
Recht mit den Waffen in der Hand erkämpfen (vgl. Helbig, die sittl. Zustände des griech. Heldenalters S. 71).
Vielmehr steht ihnen die Ueberzeugung von ihrer Schwä-
che so fest, dass sie Hülfe nur von der Gottheit erwarten
(250 ff.), ja Hesiod spricht in gutem Glauben — wie ein
Orientale — den Gedanken aus, das ganze Volk müsse
für die Frevel jener büssen (260). Dies alles macht es
recht begreiflich, wie selbst später als der Druck uner-
träglich geworden und auch das Selbstgefühl des Volkes

---

*) Ich könnte nur ein anderes, freilich sehr kleines Gedicht nach
Ton und Inhalt mit einem Theil der Werke und Tage vergleichen:
das Lied des Schnitters bei Theocr. X, 42—55. Vgl. auch im Einzelnen 48 m. O. et D. 574 und wegen der Conformation der Gedanken
50. 51 m. O. et D. 368. 69.

durch Handels - und Gewerbthätigkeit gestiegen war, dieses
doch fast überall bei Einem der Edlen Hülfe und Schutz
suchte und so der Tyrannis den Weg bahnte. Als ein ganz
anderes erscheint es zur Zeit des Theognis und dieser vergleicht selbst (53)

λαοὶ δὲ δὴ ἄλλοι,
οἳ πρόσθ᾽ οὔτε δίκας ᾔδεσαν οὔτε νόμους,
ἀλλ᾽ ἀμφὶ πλευρῇσι δορὰς αἰγῶν κατέτριβον,
ἔξω δ᾽ ὥστ᾽ ἔλαφοι τῆσδ᾽ ἐνέμοντο πόλεος.

Obgleich aber Hesiod den Glanz und die Macht des
Adels unbestritten lässt, so nimmt doch das Volk an den
Erinnerungen der Heroenzeit kein lebhaftes Interesse. Den
Ruhm glücklicher Kriege theilte es zu wenig um noch nach
Jahrhunderten darauf stolz zu sein, hingegen muss der Krieg
an sich dem Landvolk geradezu als grösstes Uebel erscheinen. Desshalb wird er mit der Processsucht unter die Plagen der Menschheit gerechnet (14) und bei der Schilderung
höchsten Glückes steht voran (228)

εἰρήνη δ᾽ ἀνὰ γῆν κουροτρόφος, οὐδέ ποτ᾽ αὐτοῖς
ἀργαλέον πόλεμον τεκμαίρεται εὐρύοπα Ζεύς.

So liegt auch denen, welche der Dichter lehrt, wenig
daran, ob die Vorzeit eine grössere und edlere war als
die Gegenwart, vielmehr genügt es, dass sie in dieser zufrieden leben können. Denn mag oft Ungerechtigkeit des
Adels sie drücken, ein unvermeidliches Uebel ist sie nicht,
sondern Hoffnung auf Gerechtigkeit bleibt (225 ff.). Wenn
dann die Edlen den Staat fromm und gerecht regieren und
durch göttlichen Segen reicher Ertrag die Arbeit belohnt,
wenn ferner der Landmann durch Thätigkeit und Sparsamkeit zu Wohlstand gelangt und in Eintracht mit den
Seinigen und den Nachbarn lebt, fehlt nichts mehr zu seinem Glück. Wozu also andere Klagen als eben über die
Ungerechtigkeit der Richter und die Gefahren, welche
dann von den erzürnten Göttern auch dem Volke drohen?
Mit welchem Rechte können diese Klagen, eine ʻtrübe,
an die Scholle gefesselte Reflexion' genannt werden? Ueberhaupt — Reflexion liegt zwar jeder didaktischen Poesie
zu Grunde, aber wie weit geht die Hesiods? Fast nir-

gends weiter als bis zu kurzen treffenden Sentenzen über
die Beziehungen des gewöhnlichen Lebens. Hingegen ist
gerade Homer überreich an Reflexion und tiefen Gedanken
über das ganze Dasein mit seinen höheren und niederen
Zielen und gerade bei ihm finden sich sehr häufig Klagen
über menschliches Unglück, recht eigentlich eine 'trübe
Reflexion'. Freilich nennt Hesiod auch die Menschen κηρι-
τρεφέες (418), aber er gebraucht dieses Epitheton nur als
bekanntes und stehendes, das wo er es gebraucht am wenigsten einen tiefen Sinn hat. Selbst den Tod erwähnt er
nur einmal (378), als natürliches Ziel des Lebens, den
Wunsch hinzufügend, dass er möglichst spät eintrete. Dagegen verweilt er gern und lange bei dem Glück eines gerechten, von den Göttern gesegneten Volkes (225—37), dem
reichen Ertrag der Aecker und dem behaglichen Wohlstand
der Landleute (21—24. 300. 1. 307. 312. 13. 473—78. 589
—91). Dass ihr Leben verglichen mit dem der Edlen einfach und beschränkt erscheint ist gewiss, aber mit ihrer
Arbeit beschäftigt kennen sie kaum ein anderes und es gibt
für sie nichts als ἔργον das zu Wohlstand und ἀεργίη
die zu Mangel und Noth führt. Klagen ziemen um so weniger, weil in dieser Gegend von Böotien trotz des rauheren
Klimas am Helikon, wovon die unächten aber alten und
guten Verse 609. 10 zeugen, der Landbau offenbar kein allzu
mühsamer und kärglich lohnender war. Aber wäre er es
gewesen — abgehärtete Landleute würden, wenn das Land
sie nicht nährte, eher ausgewandert sein als in Klagliedern
über ihr Loos gejammert haben. Doch wie ist Alles in
dem ächten Gedicht selbst von dem Ton jener beiden Verse
verschieden! Die homerischen Helden freilich gleichen in
gewissem Betracht dem Sybariten, der den Anblick eines
ackernden Bauers nicht ertragen konnte; aber dem hesiodischen Landmann ist nicht αἰεὶ δαίς τε φίλη κίθαρίς τε χοροί
τε, sondern er ist nur nicht πολυξείνου δαιτὸς δυσπέμφελος
(722), doch auch dabei kommt ihm δαπάνη ὀλιγίστη besonders in Betracht.

Eben so irrig ist Plancks Meinung, dass aus Hesiod das
Eintreten einer 'grossen Wendung der hellenischen Ent-
wicklungsgeschichte' zu erkennen sei. Mag er ein oder
zwei Jahrhunderte nach den Dichtern der Ilias und Odyssee

gelebt haben und den ersten grösseren Aufschwung der gno-
mischen Dichtung bezeichnen, deren Blüthe eben mit dem
Absterben der epischen beginnt — von den Gedanken und
Empfindungen, welche in den folgenden Jahrhunderten zur
Geltung kamen, ist er wo sie sich bei ihm finden weder
Schöpfer noch erster Zeuge und ebensowenig schildert er
Zustände, die wesentlich verschieden sind von denen, unter
welchen Ilias und Odyssee entstanden, so weit sich der
wirkliche Zustand des Lebens aus jenen Gedichten, die ihre
Zeit nicht besingen, sondern nur in einzelnen Zügen ab-
sichtslos verrathen, noch erkennen lässt. Vielmehr geben
die ächten Werke und Tage ein Bild derselben Zeit, nur
mit einer andern Absicht entworfen und desshalb mit andern
Farben ausgeführt. Denn auch bei Homer finden sich besonders in der Odyssee nicht wenige Beweise, dass Lage
und Stimmung beim Volk kaum von jener der Landleute
Hesiods verschieden war. Nicht selten werden Könige der
Ungerechtigkeit, Edle des Uebermuths beschuldigt (s. Nägelsbach S. 243), hochgepriesen werden dagegen Gerechtigkeit, Mässigung und Leutseligkeit, was in solchem Grade
nicht geschehen, wären diese bei dem Adel allgemein oder
häufig gewesen. Hätten wir Gedichte ähnlichen Inhalts
wie das hesiodische aus der Heimath der Homeriden, wir
fänden dieselben Verhältnisse in demselben Licht. Denn
kein wesentlicher Unterschied ist, dass die homerische
Dichtung in griechischen Staaten überall das Königthum
voraussetzt, Hesiod unter der Herrschaft einer Aristokratie
lebte, da in Böotien das Königthum früh aufhörte, während
es in Ionien lange, zuletzt nur dem Namen nach fortbestand.
Am wenigsten aber nimmt Hesiod eine solche Stellung an
der Gränze zweier Zeitabschnitte ein, dass sein Gedicht den
'bewussten Uebergang zur friedlichen Culturbethätigung'
erkennen lässt. Ein solcher fand überhaupt nur insofern
statt, als nach dem heroischen Zeitalter und der dorischen
Wanderung Gewerbthätigkeit und Handel bedeutend zu-
nahmen, jedoch Kriege darum keineswegs selten wurden.
Aus den Werken und Tagen aber lässt sich jene Zunahme
nicht erkennen, vielmehr empfiehlt Hesiod den Ackerbau
allein, der Schifffahrt und dem Handel ist er abgeneigt, die
Gewerbe erwähnt er kaum, so dass die gelegentlichen An-

gaben in den homerischen Gedichten weit reichere Kenntniss ihres Zustandes gewähren — natürlich, da ihre Verfasser in den Gegenden der regsten Gewerbthätigkeit lebten,
von wo ein Aufschwung sich erst allmählich nach dem eu-
ropäischen Griechenland verbreitete.

Ist in dem Vorhergehenden Standpunkt und Zweck der
hesiodischen Poesie in den Werken und Tagen und ihr
Verhältniss zur homerischen richtig beurtheilt, so leuchtet
ein wie ganz verschieden die Gesinnung und der Geist ist,
welcher aus dem Gedichte über die Weltalter spricht. Hier
ist der Dichter ein ἀοιδός, begeistert für die Romantik der
Heroenzeit und den prosaischen Interessen der Gegenwart
abgewandt. Er hat sich in diese Stimmung so glücklich
versetzt, dass das Gedicht unter die schönsten Reste der
hesiodischen Poesie gehört.

Nachdem ich auf die gänzliche Verschiedenheit des
Auffassung in dieser Dichtung hingewiesen, wurde mir vor-
gehalten (von Susemihl Jahrb. f. Phil. 1864 S. 10), diese
spräche auch entschieden gegen Identität der Verfasser.
Wie bemerkt, ich will dieselbe nicht behaupten, aber wenn
wir sie nur aus jenem Grunde bezweifelten, müssten wir
doch gar zu naiv annehmen, die epischen Sänger hätten
fest an das geglaubt, was sie über die Vorzeit sangen und
zum Theil erst zur Sage hinzudichteten. Darf ich auf solche
Bedenken mit einer Frage aus der Literaturgeschichte unserer Zeit entlehnt erwidern? Wenn Uhlands Gedichte, die
mittelalterliche Stoffe behandeln, ohne den Namen des Dichters erschienen wären, würde ein künftiger Literarhistoriker
nicht mit gleichem Recht aus Uhlands politischer Gesinnung
die Unmöglichkeit beweisen, dass er diese Balladen verfasst
haben könne? Man erwidere mir nicht, es zeige ein Verkennen des ganzen Charakters jener Zeiten, wenn ich bei
den Dichtern ein ästhetisches Interesse von dem politischen
scheide, sondern man nehme einfach Act davon, dass ein
ἀοιδός wenigstens in einem Gedichte entschieden als δημότης fühlt und spricht.

In den Weltaltern ist nicht bloss der poetische Schmuck,
dem Gegenstand entsprechend, reicher als in den Werken
und Tagen und der Pandora-Episode, sondern nirgends in
jenen, auch nicht bei der höchsten Gemüthsbewegung, er-

hebt sich der Dichter zu gleicher Fülle, Erhabenheit und
Nachdruck, wie sie dieses Gedicht auszeichnen. Vgl. z. B.
112—19 mit 227—237, 176—201 mit 100—104, 238. 39,
248—62. Und auf der andern Seite steht es in kurzer und
geistreicher Schilderung bedeutend über der Theogonie und
dem Schild des Herakles und ist weit entfernt von jenem
Ἡσιόδειος χαρακτὴρ κατ᾽ ὄνομα.

Jedes der ersten vier Weltalter ist nach seinem Haupt-
charakter in wenigen·Versen gezeichnet, dabei ein gemeinsamer Gesichtspunkt festgehalten: die Gerechtigkeit, welche
sie gegen einander übten (Ranke, hes. Stud. S. 32), kein
Gedanke jedoch wiederholt, während die Nachahmer, Aratus
(100 ff.) und Ovid (met. I, 89 ff.), bei dem eisernen Zeitalter
nur das negative Gegenbild zum goldenen geben. Für Hesiod
ist die Schilderung des eisernen Alters — des fünften bei
ihm — eigentlicher Zweck und Ziel seiner ganzen Dichtung
und er stellt dessen Verdorbenheit besonders der Trefflich-
keit des heroischen gegenüber, von dem er ein wo möglich
noch grösserer Bewunderer als Homer ist (vgl. K. F. Hermann in Verhandl. d. dritten Phil.-Versamml. S. 66). In
der That aber ist durch Hereinziehung des Heroenalters In-
congruenz in das Gedicht gekommen. Der hier verarbei-
tete Mythus kannte nur vier Weltalter*), nach den Metal-
len benannt und jedes folgende den früheren nachstehend.
Der Dichter schob das heroische ein, weil er dieses durch
Sage und Lieder hoch verherrlichte nicht mit dem dritten,
dem eisernen, identificiren wollte, mit dem es doch im Sinne
der Erfindung jenes Mythus identisch war. So wird freilich der Gedanke desselben zerstört, denn es unterbricht
ein besseres Geschlecht die zunehmend schlechteren und
nun müssen sich die beiden Bilder der Heroenzeit zu einer
künstlichen Scheidung bequemen: die Recken des chernen
Alters werden mit ihren Thaten aus der Sagengeschichte
gestrichen — βῆσαν ἐς εὐρώεντα δόμον κρυεροῦ Ἀΐδαο νώ-
νυμνοι. Spuren des ursprünglichen Mythus sind auch sonst
noch genug geblieben. Die Schilderung des zweiten und

---

*) So urtheilt auch Preller, griech. Mythol. I S. 68 zweite Aufl.
Sehr zu beachten ist übrigens die abweichende Auffassung R. Roths,
über den Myth. von d. fünf Menschengeschl. bei Hesiod S. 19 f.

dritten Alters entspricht mehr seinen Zwecken als dem angegebenen Hauptzweck von Hesiods Darstellung und sogar
in Widerspruch damit scheint zu stehen die Erhebung der
Menschen des zweiten zu beinahe göttlicher Ehre 141. 42.
Müssig ist für Hesiods Absicht auch der Zusatz 151 μέ-
λας δ' οὐκ ἔσκε σίδηρος, im Widerspruch dagegen mit
dem ursprünglichen Mythus 175 bei ἢ πρόσθε θανεῖν der
Zusatz ἢ ἔπειτα γενέσθαι. Aber obgleich die mythologischen
Gesichtspunkte mit den ethischen nicht hinlänglich aus-
geglichen und verarbeitet sind, so ist kein hinlänglicher
Grund das Ganze in mehrere schlecht verbundene Frag-
mente zu zerreissen, wie Lehrs (S. 231—37) gethan hat.
Was er dafür geltend macht, ist von Schömann (a. a. O.
S. 307) und Vollbehr (S. 40—47) treffend widerlegt.

Das Gedicht beginnt mit dem wirklich reizenden Bilde
des goldnen Zeitalters (vgl. die Schilderung der Insel Syria
o 406—11 *), wo die Menschen vollkommen selig wie die
Götter lebten **), frei von Sorgen (112), Beschwerden (113)
und allen Leiden (115), in ewiger Jugend (113. 14) und
leicht und schmerzlos starben (116), gesegnet durch Ueberfluss an Allem (116. 17) und reichen, von selbst kommenden Ertrag der Erde (117. 18) ***), bei freiwilligem und
sorgenlosem Anbau (118. 19). — Drei Verse, in den Handschriften fehlend und nur durch Anführung bei alten Schriftstellern erhalten (120, womit vgl. frgm. 80, 2 Göttl., und
die beiden von Spohn und Vollbehr aufgenommenen, s.
Göttl. z. V. 120), fügen nach dem weiteren Beispiel des
Segens ἀφνειοὶ μήλοισι einen neuen Zug hinzu: sie waren
geliebt von den Göttern. Ich halte diese Verse nicht für
ächt, obgleich deren Sinn ganz passend. Wie aus obiger
Disposition der wohlgeordneten Gedanken hervorgeht, wird

---

*) Mit den Sagen über das goldne Zeitalter vergleiche man auch
die in Sinn und Ton ganz ähnlichen Alpensagen von den verlorenen
Thälern z. B. Vernaleken, Alpensagen S. 3. Rochholz, Naturmythen.
Neue Schweizersagen S. 221 ff.

**) Arat. 110 αὕτως δ' ἔζωον.

***) Wie 117. 18 lautet die Prophezeiung der Edda Völuspá 60
         munu ósánir
         akrar vaxa.

erst die Leichtigkeit des Lebens und des Todes erwähnt
112—16, dann der reiche Segen der Natur im Allgemeinen
ἐσθλὰ δὲ πάντα τοῖσιν ἔην, mit specieller Hervorhebung der
Hauptnahrung, des Getreides, woran sich schliesst, dass der
Ackerbau nur eine freiwillige Beschäftigung war und das
Leben ein ruhig glückliches, mit nochmaliger abschliessender
Erwähnung σὺν ἐσθλοῖσιν πολέεσσιν = ἐσθλὰ δὲ πάντα κτέ.
Die weitere specielle Angabe ἀφνειοὶ μήλοισι käme hier zu
spät und nach 115, wo Andere den V. 120 einschalteten,
zu früh. Gegen φίλοι μακάρεσσι θεοῖσι ist an sich Nichts
einzuwenden; es gäbe sogar mit den beiden andern Versen eine recht schickliche Vorbereitung für 121—26. Der
Einwand Göttlings, dass ja auch im heroischen Zeitalter
täglicher Verkehr der Götter mit den Menschen stattgefunden, ist nichtig, weil nur besonders Geliebte, die Aethiopen und Phäaken, noch dieses Verkehrs gewürdigt wurden.
Aber φίλοι μακάρεσσι θεοῖσι bezeichnet wenigstens nach sonstigem Gebrauch immer noch einen weiteren Abstand zwischen Göttern und Menschen, so dass es nicht passend
begründet ist mit Angabe ihres beständigen Zusammenwoh-
nens (wegen des Sinnes von θόωκοι vgl. Θ 439) und Zu-
sammenspeisens (vgl. Schömann, opusc. II p. 273. hesiod.
Theog. S. 209). Doch möchten die Worte ξυναὶ γὰρ τότε
δαῖτες ἔσαν, ξυνοὶ δὲ θόωκοι κτέ. sich zur Noth von häufigen Besuchen, wie eben bei den Aethiopen, erklären lassen. Solche hyperbolische Ungenauigkeit wird sich aber
schwer durch weitere Beispiele aus Hesiod belegen lassen
und es bleibt dann noch das Bedenken, welches mit ἀφνειοὶ
μήλοισι die folgenden Worte ausschliesst.

Auch ohne jene Verse fehlt nicht ein angemessener
Gegensatz zu 121—26. Die Worte über den Ackerbau
118. 19 sind so gewendet, dass sie die ganze Lebenslage
jener Menschen zusammenzufassen scheinen, woran sich die
Erwähnung ihres Looses nach dem Tode aufs Zweck-
mässigste schliesst. Hesiod hat in der Wahl der Züge,
womit er die Weltalter charakterisirt, viel feineren poetischen Sinn als seine Nachahmer bewiesen. Die blosse Nennung von Lastern und Verbrechen würde dies liebliche Bild
des unschuldigen goldenen Alters trüben und desshalb sagt
der Dichter auch nicht: damals gab es noch keine Laster.

Einen wirksamen Contrast bildet die Schilderung des zweiten Alters, und dessen trübseliges, mühevolles Dasein veranschaulichen die schönen Verse 130. 31 weit besser als die matte Geschichte von Erfindungen bei Ovid (121 ff.). Nicht einmal Erwähnung des Ackerbaus (wie 118. 19. 146) hat eine Stelle; sie hätte den Gegensatz gestört, worauf Alles ankommt: nach langer Unmündigkeit herangewachsen fanden sie durch frevlen Missbrauch der Kraft einen schnellen Untergang.

Mit stark aufgetragenen Farben und so ziemlich den Zügen, womit die Theogonie und der Schild des Herakles grässliche Ungethüme malen (s. oben S. 38 f.), wird das furchtbare Geschlecht des ehernen Alters vorgeführt. Nach kräftiger anaphorischer Verwendung des Namens des Erzes 150. 51 *) bildet den Schluss im Gegensatz gegen ihre gewaltige Kraft: durch eigne Hand fielen sie und namenlos gingen sie in den Hades. Vgl. wegen des ähnlichen Tones die Stellen über Kapaneus Soph. Ant. 131 ff. Eur. Phoen. 1172 ff.

Am wenigsten Originalität konnte der Dichter in der Skizze des Heroenalters zeigen **), wo es vielmehr galt die typischen Ideen des heroischen Epos in geschickter Verwendung anklingen zu lassen. So wenn er nicht ohne wehmüthiges Gefühl von den blutigen Kriegen spricht, die so viele edle Helden weggerafft (vgl. Ξ 85—87), dann wo er des Glückes der von Zeus Begnadeten auf den Inseln der Seligen gedenkt (vgl. δ 563—68).

Das fünfte, eiserne, Zeitalter betrachtet er auffallender Weise als ein jetzt erst recht beginnendes (s. d. Bem. von Ilgen II S. 23 zu μηκέτι 174). Denn obgleich er entschieden ausspricht νῦν γὰρ δὴ γένος ἐστὶ σιδήρεον und von den folgenden Futuren das erste οὐδέ ποτ' ἦμαρ παύσονται κτέ. von der Fortdauer eines schon bestehenden Zustandes gefasst werden könnte, so lässt das zweite χαλεπὰς δὲ θεοὶ δώσουσι μερίμνας und alle folgenden keine andere Deutung zu als die gegebene. Der Zustand der Menschen ist also ein zunehmend schlechter: nie endendes erfolgloses Mühen

---

*) Erinnerung an den früheren ausschliesslichen Gebrauch des Erzes (Petersen, über d. Verhältn. d. Broncealters z. hist. Zeit S. 5 f.) gebe ich zu.

**) Vgl. jedoch die Bemerkungen Prellers I S. 69.

(176—78), Schwinden der Liebe und Treue (182—84*),
der Dankbarkeit (185—88) und Gerechtigkeit (190—94).
Mit Wiederaufnahme des Gedankens von 176—78 malen
das wüste, verworrene Treiben 195. 96 und dieses Bild wie
das ganze Gedicht endet mit der schönen Allegorie von
Αἰδὼς καὶ Νέμεσις, den letzten göttlichen Wesen, die jetzt
die Erde verlassen (197—201). Verzweiflung bricht aus
in die Klage: κακοῦ δ' οὐκ ἔσσεται ἀλκή 201**); Hoffnung
auf eine bessere Zukunft war 175 angedeutet ἢ ἔπειτα γενέσθαι, aber die Ausführung unterbleibt, weil sie den Eindruck der düsteren Züge nur schwächen könnte.

Das zweite Alter brachte Mühsal, das dritte Gewaltthat, das fünfte Verderbniss. Vgl. Genes. 3, 16—19. 4, 8.
6, 5. — Die Zeit der Erfindung des Mythus zu vermuthen
ist unmöglich, weil er ausser Zusammenhang mit andern
steht.

Bedarf es noch einer weiteren Vergleichung um die
Unvereinbarkeit der Dichtung mit den ächten Werken und
Tagen zu beweisen, so zeigt doch in diesen jeder Vers, wie
für den böotischen Landmann das Leben keineswegs bloss
κάματος καὶ ὀιζύς ist, wie er die χαλεπὰς μερίμνας nicht
sehr zu fürchten Ursache hat; dafür ist er gegen Brüder
und Freunde weit weniger von edlen Gesinnungen erfüllt
(vgl. 371. 710 ff.). Endlich was soll ihm Belehrung über
die Vergangenheit und Zukunft, wie sie hier gegeben? 'Der
Gemeinfreie des Hesiod ist nicht in grosse Ereignisse ver-
flochten, deren Ursprung, Verlauf, Ende über das gemeine
Denken hinaus einer höheren Erklärung oder Lösung be-
dürfte'. (Lilie in Arch. f. Phil. Bd. 16 S. 331.)

Daher ist Plancks Ansicht so unrichtig als möglich,
wenn er (S. 599) in der Schilderung des fünften Weltalters den 'Gedanken einer noch unerfüllten, friedlich

---

*) Vgl. die Prophezeiung in der Edda: Völuspâ 45
    hroeðr munu berjask
    ok at bönum verðask,
    munu systrungar
    sifjum spilla —
    mun engi maðr
    öðrum þyrma.
**) Vgl. Th. 876 κακοῦ δ' οὐ γίγνεται ἀλκή.

bürgerlichen Culturaufgabe' zu entdecken glaubte. Ein
Dichter der die Vergangenheit bloss von der poetischen
Seite fasst und — sei es auch nur für den Zweck seines
Gedichtes — vergisst, dass harte Arbeit nicht erst mit seiner Zeit in die Welt gekommen, konnte von einem Fort-
schritt des täglichen Lebens sicher nicht die Rückkehr der
von ihm gepriesenen Tugenden erwarten und wenn er überhaupt Fortschreiten auf der betretenen Bahn wünschte,
warum sollte er so ungünstig über die Gegenwart und nächste
Zukunft urtheilen? Aber einige Aufmerksamkeit auf das
Einzelne zeigt, wie das Gedicht nicht nur von dem aristo-
kratischen Standpunkte des Epos gedichtet ist, sondern das
Leben der Edlen ganz allein berücksichtigt. Der Ackerbau, dessen Erwähnung Lehrs bei der Schilderung des
zweiten Alters vermisste, wird bei dem ersten als einzige
diesem zukommende Beschäftigung genannt, bei dem dritten
obenhin berührt 146 οὐδέ τι σῖτον ἤσθιον und nur wegen
des Gegensatzes ἀλλ' ἀδάμαντος κτέ. (wegen des Gedankens
vgl. Π 33—35). Und vollends 156—73 sprechen von den
Edlen, auf welche ja die ganze Stelle allein passt, so als
wäre das Volk überhaupt gar nicht vorhanden gewesen.

Ueber einzelne Verse ist weniger zu bemerken. 111 hat
Göttling ausgeschieden. Diesem stimmt Heyer (S. 25)
bei und schreibt denselben einem Orphiker zu. Göttlings
Grund: nusquam enim Saturnus in diis Olympicis habe-
tur, ist schwerlich ganz stichhaltig. Denn unter die eigentlich sogenannten olympischen Götter wird Kronos ja auch
hier nicht gerechnet, wohl aber könnte scheinen als ob
bei der Schöpfung des ersten und zweiten Weltalters 110
und 128 der Name 'Ολύμπια δώματ' ἔχοντες die Titanen,
wenn sie auch sonst nicht so genannt werden, als frühere
Bewohner des Himmels *) bezeichnen und dann 143 Ζεύς
δὲ πατήρ κτέ. den Zeus als Schöpfer des dritten Weltalters
im Gegensatz zu jenen hervorheben sollte. Jedoch verlöre dieser Gegensatz von seiner Bedeutung dadurch, dass
Zeus 138 genannt ist als der, welcher den Untergang des
zweiten Alters herbeiführt, und unmöglich wird er, weil
schon die Menschen des ersten ihre Ehren nach dem Tode

---

*) Vgl. Th. 820. Schömann, hes. Theog. S. 227 Anm.

122 Διὸς μεγάλου διὰ βουλάς erhalten, so dass wenigstens
128 Ὀλύμπια δώματ' ἔχοντες den Zeus mit bezeichnen muss.
Der Gegensatz 143 Ζεὺς δὲ πατήρ gilt dem abschliessen-
den und resumirenden τοὶ μέν 141, wie 122 τοὶ μέν — 127
δεύτερον αὖτε (vgl. χ 5. 6), 152 τοὶ μέν — 156 αὐτάρ,
170 τοὶ μέν — einen Gegensatz lässt die leidenschaftliche
Wendung 174 μηκέτ' ἔπειτ' ὤφειλον nicht zum Ausdruck
kommen. Ueberall wird mit τοὶ μέν angegeben, was schliesslich aus den Menschen des betreffenden Weltalters geworden. Vgl. Nägelsbach z. Il. I, 234. — Auch sonst erregt
111 Bedenken. Dem Subjectsnominativ οἱ μέν müsste ein
anderes Subject entgegengesetzt sein, nicht ein weiteres
Prädicat zu demselben Subject 112 ὥστε θεοὶ δ' ἔζωον.
Nur scheinbar ist von dieser Regel abgewichen α 144 f.
Denn dem οἱ μέν 144 f. steht nicht die Bezeichnung derselben Personen in 146 τοῖσι δέ gegenüber sondern die
neuen Subjecte κήρυκες 146, δμωαί 147, κοῦροι 148. —
Endlich die Verbindung einer chronologischen Angabe in
111 mit der Schilderung des Glückes 112 durch μέν und
δέ wäre höchst geschmacklos. Aus diesen Gründen halte
auch ich jetzt den Vers für unächt.

124. 25 sind verdächtigt worden von Brunck, Spohn
und Hagen, welche annehmen, sie seien aus der Stelle über
die Gerechtigkeit 254. 55 hierher gezogen. Dem würde ich
zustimmen, wenn die Weltalter ein ursprünglicher Bestand-
theil der Werke und Tage wären. Nach drei *) Epitheten
in 123 scheint die Hinzufügung des vierten πλουτοδόται
126 bei der Unterbrechung durch 124. 25 vielleicht matt.
Aber diese Verse enthalten die Ausführung des dritten Epitheton φύλακες θνητῶν ἀνθρώπων. Doch ist das Komma
nach ἔργα zu streichen.

132 ist seit dem Erscheinen der letzten Textesausga-
ben emendirt von Bergk, Philolol. XVI S. 582: ἀλλ' ὅτ'
ἀνηβήσειε statt ὅτ' ἂν ἡβήσειε. Schömann hat wie schon
Boissonade die Lesart einiger Handschriften ὅτ' ἄρ' vor-
gezogen. Ich möchte auch die geistreiche Conjectur Hagens
(II p. 20) ὑποχθόνιοι φύλακες θνητῶν aufnehmen. So

---

*) S. jedoch z. 141.

werden nicht bloss die grossen Schwierigkeiten der überlieferten Lesart gehoben, sondern die ἐπιχθόνιοι φύλακες 123
(das Komma zwischen beiden Worten fiele weg) erhalten
erst rechtes Licht durch den Gegensatz dieser ὑποχθόνιοι
φύλακες und auch 142 gewinnt Klarheit bei anzunehmendem
Bezug auf 126.

161 τοὺς μέν müsste, wenn man bloss auf das Vorhergehende achtet, die Gesammtheit der Helden bezeichnen,
doch gilt es nur von der Mehrzahl, ist aber hier zunächst
so angewandt, als wäre diese die Gesammtheit. Alsdann
wird die Mehrzahl selbst in zwei Hälften getheilt 162 τοὺς
μέν, 164 τοὺς δέ und beide wieder zusammengefasst 166
τοὺς μέν. Darauf folgt erst die Erwähnung der Minderheit
τοῖς δέ 167. In diesem Sinn verstanden die Verse 166. 67
Welcker (rhein. Mus. 1833 S. 244, dem Nitzsch beistimmt
erkl. Anm. III S. 341 gegen seine frühere Ansicht), Göttling
(z. 109 ff.), Schömann (a. a. O. S. 313), Vollbehr (S. 12), Bernhardy (griech. Lit.-Gesch. II S. 178) und Andere. Anders
erklärten Moschopulus (p. 112 Gaist.), Buttmann (Mythol. II
S. 3), Nitzsch (erkl. Anm. I S. 284), Helbig (die sittl. Zust.
d. griech. Heldenalters S. 40 Anm. 3), Haupt (Arch. f. Philol.
19 S. 498) und verstanden 166 und 167 von allen Heroen.
Diese Deutung widerspricht nicht nur der sonst gültigen
Sage (б 563 ff. und Nitzsch z. d. St.), sondern wohl auch
dem Gebrauch von μέν — δέ. Wollte man sich auf Ω 610
--12 berufen, so werden dort allerdings mit τοὺς δέ 612
dieselben bezeichnet wie vorher 610 mit οἱ μέν, aber entgegengesetzt sind sie den dazwischen erwähnten 611 λαοὺς
δέ. Wegen α 144 f. s. z. 111. Und wollte man durch Vergleich mit letzterer Stelle und Annahme eines bloss in
Subject und Prädicat des neuen Satzes Ζεὺς — κατένασσε
liegenden Gegensatzes den Beweis für Haltbarkeit jener
Auffassung erzwingen, dann bliebe nach so vielen τοὺς μέν
und τοὺς δέ die Wiederholung eines τοῖς δέ unschön und
für das Verständniss störend. Nicht zu verschweigen ist
übrigens bei der hier befolgten Annahme, dass der Satz
mit resumirendem τοὶ μέν 170 alsdann nicht wie sonst das
endliche Schicksal des Geschlechtes gibt.

169 (nach Proculus schon von einigen der Alten verworfen) halte ich jetzt, wie Heyer (S. 25), für Ein-

schiebsel desselben Interpolators, von dem 111 herrührt. Nun wird Buttmanns Conjectur ἐμβασιλεύει nicht zu entbehren sein, weil das Imperfect ἐμβασίλευε keinen angemessenen Sinn gibt. Denn Kronos scheint wirklich als Herrscher über die Inseln der Seligen wie Pind. Ol. II, 70 genannt zu werden. Die Unächtheit des Verses beweist seine ungeschickte Einfügung. Erstens ist das Asyndeton τοῖσιν Κ. ἐμβ. hier in der wohlgegliederten Gedankenreihe völlig unzulässig (vgl. Heyer a. a. O.). Ferner wäre unpassend die Wiederholung des τοῖσι, womit kurz vorher (167) dieselben Personen angedeutet worden waren, besonders da sie gleich wieder erwähnt sind: 170 τοί. — Ich erklärte den Vers früher anders. Ich verstand mit Heyer τοῖσιν als Relativum bezogen auf ἀθανάτων und glaubte die Lesart ἐμβασίλευε behalten zu können. Dann sind ἀθάνατοι τ. Κ. ἐ. die Titanen und der Sinn des Verses: fern vom Tartaros, dem Sitze der Titanen. Das fügt sich recht gut zu ἐν πείρασι γαίης, denn mit diesem oder dem gleichbedeutenden (Th. 622) ἐπ' ἐσχατιῇ findet sich bei Hesiod wie Homer sowohl der Tartaros (Th. 731. 736—38 vgl. 622 Θ 478. 79) als auch der Okeanos (Th. 274. 75. 335. 518. θ 563. 68. Ξ 200. 1 vgl. Völcker homer. Geogr. S. 156 ff.) bezeichnet. Aber diese Erklärung ist eine künstliche und Hesiod hätte den Wohnsitz der seligen Heroen an den πείρατα γαίης nimmermehr so beschrieben: fern von dem Tartaros — weil dort die andern πείρατα γαίης sind. Das 'fern von dem Tartaros' verstand sich von selbst, die ganze Erde ja auch der Hades sind fern genug von diesem (Th. 720—25). Und noch unnatürlicher, wenn hier nicht einmal der Ort genannt wäre sondern statt dessen die ihn bewohnenden Titanen, wo die Erwähnung gar keine Bedeutung hat, und obendrein mit einer für sie ungewöhnlichen Umschreibung. Aber auch jetzt scheint mir ἀθανάτων auffallend und hätten wir nicht den Vers eines ungeschickten Interpolators, so möchte ich dafür vermuthen ἀνθρώπων, was allein hierher passt; freilich wäre zu verwundern, wie es durch jenes verdrängt werden konnte. Und doch: sollte ἀθανάτων nicht eben durch falschen Bezug des τοῖσιν mit hereingekommen sein und dann auch das Imperfect ἐμβασίλευε?

179—81, wohl das albernste Einschiebsel in dem ganzen Gedicht, sind verworfen von Göttling, Lehrs (S. 236), 179 auch von Hagen (II S. 23) und Heyer (S. 27). Um mit diesem Vers zu beginnen, ist doch offenbar, dass in einem Zeitalter wie das 182—201 geschilderte unmöglich καὶ τοῖσι μεμίξεται ἐσθλὰ κακοῖσιν. Desshalb glaubte Proculus und unter den Neueren G. Hermann (Opusc. VI S. 169. 227), Vollbehr (S. 43) und Schömann (comm. crit. p. 26), mit 179 —81 endige die Schilderung des fünften, noch nicht ganz verdorbenen Alters und ein sechstes, das allerschlimmste, komme nach. Aber — um davon nicht zu reden, dass so die Stelle über das fünfte nach dem hochpathetischen Anfang mit wenigen Worten in den Sand verliefe — welcher irgend erträgliche Schriftsteller würde eine Beschreibung des neuen Weltalters beginnen ohne die leiseste Andeutung von dessen Eintritt? In richtigem Gefühl davon hatte G. Hermann früher seine Zuflucht zur Vermuthung genommen, es seien einige Verse ausgefallen — wozu jeder Grund fehlt. Vielmehr rühren 179—81 von einem Interpolator her, welcher den Dichter nicht verstand und mit 179 zu mildern suchte, was ihm übertrieben und vielleicht seinen Zuhörern anstössig schien. Der Vers scheint eine Reminiscenz von Ω 529. 30 zu sein. Ferner wollte er wohl Etwas über den 175 angedeuteten Untergang des jetzigen Weltalters sagen und gab darüber eine möglichst alberne Prophezeiung. Denn 180. 81 können nur heissen: wenn sie schon bei der Geburt graues Haar haben. Unverkennbar ist die Aehnlichkeit mit einigen Orakeln bei Herodot (1, 55. 3, 57). Dass der Sinn dieses εὖτ' ἂν κτέ. sein sollte: niemals (Lehrs a. a. O. vgl. auch den Schwur der Phokäer Her. 1, 165, die Prophezeiung 3, 151, ferner 6, 139), wäre an sich möglich; dann fiele natürlich der Bezug auf 175 weg.

Unächt sind auch 187—89 (vgl. Lehrs S. 237), die Theognis kannte (vgl. Th. 1139—42 mit 187—90). Wie diese Menschen σχέτλιοι οὐδὲ θεῶν ὄπιν εἰδότες sind, zeigt das Vorangehende und Folgende doch hinlänglich. Ferner ist ὄπιν εἰδότες mindestens ein auffallender Ausdruck. Es findet sich ὄπιν ἀλέγειν Π 388. O. et D. 251, αἰδεῖσθαι φ 28, τρομέειν υ 215, ὄπιδος δέος Ξ 88, ὄπιν πεφυλαγμένος εἶναι O. et D. 706, ἀποδοῦναι Th. 222, sogar φρονέειν Ξ 82, nirgends εἰδέναι oder ein ähnliches Verbum. Doch dies könnte als ἅπαξ εἰρημένον hingehen. Alsdann ist aber οὐδὲ — δοῖεν nur langweilige Wiederholung von 185. 86 und unterbricht durch seinen gerade hier unpassenden matten Optativus potentialis die Reihe der bestimmten Futura und χειροδίκαι sagt ganz dasselbe wie 192 δίκη ἐν χερσί*). Endlich ἕτερος — ἀλαπάξει passt für dieses nicht kriegerische, sondern gewinnsüchtige Zeitalter gar nicht. 189 ist auch von Hagen (II S. 24) verworfen worden.

Nach Entfernung des Unächten tritt die geschmackvolle Composition erst klar hervor. Die Aufzählung all des Schlimmen beginnt mit dem, was dem eisernen Alter eigen, der rastlosen, von den Göttern nicht mit Erfolg gesegneten Arbeit (176—78). Dazu kommen weitere Uebel: nicht nur ist die alte Pietät verschwunden (182—84), sondern selbst die heiligsten Pflichten werden frech verletzt (185. 86), nicht nur gelten Eid und Recht und Tugend Nichts mehr (190. 91), sondern Schlechtigkeit, Gewaltthat und Meineid sind sogar geehrt (191—94; in deutlich chiastischer Gegenüberstellung 190. 91: 1) εὐόρκου, 2) δικαίου, 3) ἀγαθοῦ, 191—94: 3) κακῶν ῥεκτῆρα, 2) ὕβριν **) vgl. 217, 1) ἐπὶ δ' ὅρκον ὀμεῖται). In der Zusammenfassung des Ganzen malen den heillosen Zustand wilder Verwirrung sehr gut 195. 96 mit den schwer ins Gewicht fallenden Attributen δυσκέλαδος — κακόχαρτος — στυγερώπης.

199 ist mit Bentley, Göttling und Vollbehr ἴτον zu lesen statt des von Lehrs (S. 232) vertheidigten ἴτην. Das Futurum passt allein in den Zusammenhang, das Imperfect ist durch Einfluss der abweichenden Darstellung Späterer (Theogn. 1135—50. Arat. 133. 34. Ovid. met. I, 150. Verg. Ecl. IV, 6 u. d. von d. Erkl. z. d. St. angef.) in den Text gerathen.

---

*) S. Schömann, comm. crit. p. 27 not.
**) Wegen ὕβρις — ὑβριστής s. Lobeck, paral. p. 41.

Viertes Capitel.

Ueber V. 202—285.

Nach Ausscheidung so langer Interpolationen findet
sich der unterbrochene Faden wieder in 203. Hesiod er-
gibt sich keineswegs (wie Merkel S. 125 annimmt) mit
Gleichmuth in Alles, was ihn bei dem Spruch der Richter
treffen kann, sondern jenes νήπιοι κτέ. war ironischer Ausdruck dafür, dass sie ihn doch nicht ganz zu Grunde
richten können. Aber die Bitterkeit in 40. 41 wird noch
gesteigert durch die Fabel vom Habicht und der Nachtigall,
welche unerwartet vorgebracht, für den ersten Eindruck
räthselhaft, bald ihren Sinn enthüllt und gleichsam die Antwort der Richter ist, voll herben Hohnes. Den ganzen
Abstand zwischen ihnen und einem Mann aus dem Volke
zeigen vortrefflich 204. 5 unter dem Bilde des gewaltthä-
tigen übermüthigen Räubers und des schwachen furcht-
samen Thieres, das ihm zur Beute geworden. Und die
Worte womit das Ebenbild der Edlen auf alle Klagen ant-
wortet, läugnen gar nicht sein Unrecht: ἔχει νύ σε πολλὸν
ἀρείων es hält dich oben einmal ein viel Stärkerer,
dessen Willkür der Schwächere gänzlich preisgegeben: δεῖπνον δ' αἴ κ' ἐθέλω ποιήσομαι ἠὲ μεθήσω. Warum er die
Nachtigall misshandelt, weiss der Habicht selbst kaum zu
sagen noch auch, ob er sie freilassen oder tödten wird.
Es bedarf keiner Ausführung, wie unpassend wäre,
wenn er sie irgend einer weiteren Belehrung würdig hielte.
Sie ist für ihn Nichts als ein Spielzeug, ihr Wohl oder
Wehe ist ihm gleichgültig. Am allerwenigsten aber passt
die wortreiche Fassung der an sich guten Sentenz 210. 11
(schon von Aristarch und ebenfalls von den meisten Neueren verworfen) zu der kalten Kürze des Tyrannen. —
202 (ausgeschieden von Twesten S. 21 und Göttling) ist
ein Flickvers wie 106—8 und rührt gewiss von demselben Rhapsoden her. Hetzel (S. 5) will ihn stehen lassen, nur statt νῦν δ' hergestellt haben ἀλλ', im Anschluss
an 39. Immerhin besser, als wenn neben ihm 40. 41 beibehalten werden. Denn diese geben schon die directe
Abfertigung der βασιλεῖς, nach welcher nur eine indirecte

weiter zulässig ist. — Ueber die Fabel bemerkt Vollbehr
(S. 49) treffend: 'quae fabula nisi huic loco composita ad
ipsum Hesiodum spectaret poetam, ex usu consueto co-
lumba lusciniae loco adhibita esset'. Man beachte den Zusatz καὶ ἀοιδὸν ἐοῦσαν 208. Der Dichter ist eine von den
Göttern geliebte Person Theog. 96 ff.
212 ὡς ἔφατ᾽ ὠκυπέτης ἴρηξ, τανυσίπτερος ὄρνις. Nachdem dieser Vers nochmals den stolzen Vogel, das Bild der
Edlen vorgeführt, wendet sich der Dichter wie verzwei-
felnd deren harte Gemüther rühren zu können, mit nach-
drücklichster Rede an Perses 213 ὦ Πέρση, σὺ δ᾽ ἄκουε
δίκης μηδ᾽ ὕβριν ὄφελλε. Hier werden zuerst δίκη und ὕβρις,
Recht und Unrecht, gegenübergestellt wie in der ganzen
Ausführung bis 285. Synonym für ὕβρις steht 219. 250 σκολιῇσι δίκῃσιν (Gegentheil ἰθείῃσι δίκαις 36 vgl. 224. Ψ 580
u. o.), 275 βίη (Beides verbunden Π 387. Solon. frgm. 36, 14),
238 ὕβρις — κακὴ καὶ σχέτλια ἔργα, 254 σχέτλια ἔργα. Die
Aufforderung wird begründet durch fünf Sentenzen 214—18.
1) Dem Mann aus dem Volke ist (wie die Processssucht 30—
—33) Unrecht verderblich: ὕβρις γάρ τε κακὴ δειλῷ βροτῷ.
2) Auch der Edle übt es nicht ungestraft; es ist wie eine
schwere Last, welche den der sie trägt niederdrückt: οὐδὲ
μὲν ἐσθλὸς ῥηιδίως φερέμεν δύναται, βαρύθει δέ θ᾽ ὑπ᾽ αὐτῆς ἐγκύρσας ἄτῃσιν. Die letzten Worte bezeichnen kein
Eintreten eines neuen Zustandes, sondern die ἄτη ist eben
Ursache der ὕβρις (Nägelsbach, hom. Theol. S. 270 f.); βαρύθει vgl. B 111 Ζεύς με — ἄτῃ ἐνέδησε βαρείῃ. 3) Weit
besser ist der Weg des Rechtes: ὁδὸς δ᾽ ἑτέρηφι παρελθεῖν
κρείσσων ἐς τὰ δίκαια. Die Metapher ähnlich wie 288. 90.
4) Denn zuletzt siegt Recht über Unrecht: δίκη δ᾽ ὑπὲρ
ὕβριος ἴσχει ἐς τέλος ἐξελθοῦσα. 5) Erkenne du dies nicht
zu spät, denn durch seinen eignen Schaden wird ein Thor
klug: παθὼν δέ τε νήπιος ἔγνω. Von diesen Sentenzen
wird die vierte, welche schon durch αἴτ᾽ ἐκ Διός εἰσιν ἄρισται 36 gewissermaassen angekündigt war, jetzt weiter erörtert und bildet so den Grundgedanken von 203—85.
Denn auch 203—12, obgleich an das Frühere anschliessend
und dem ausgesprochenen Grundgedanken vorhergehend,
stehen doch zu diesem in deutlichem Bezug, indem gerade
er auf die Thesis der Gegner ἔχει νύ σε πολλὸν ἀρείων

erwidert. Nicht ohne Bedeutung ist der Zusatz ἐς τέλος
ἐξελθοῦσα — die gerechte Sache ist ja für den Augenblick
unterdrückt. Die fünfte Sentenz ist ein Sprichwort (P 32)*),
wie Hesiod sie öfter als Epiphonemen anwendet.
Menschliche Macht vermag freilich Nichts gegen die Ungerechtigkeit der Edlen. Aber die Götter schützen das
Recht und durch die nun folgende Lehre von der göttlichen
Strafe der Ungerechtigkeit und Belohnung der Gerechtigkeit
wird der Beweis für den Satz δίκη δ' ὑπὲρ ὕβριος ἴσχει
geführt. Unter den Göttern sind jene zunächst Schützer
des Rechts, welche durch Ungerechtigkeit der Richter am
meisten verletzt werden, Ὄρκος und Δίκη. Sie sind nicht
bloss für die Stelle geschaffne Personificationen, sondern
wirkliche Gottheiten, wenn auch bei Hesiod zuerst nachweis-
bar als solche erscheinend, Ὄρκος auch Theog. 231, Δίκη
nur hier**). Ihr Walten ist erläutert durch Allegorieen***),
welche Hesiod wie Homer anwendet um abstracten Ideen Leben und Anschaulichkeit zu verleihen: Doch sind sie immer
ₑnur für den augenblicklichen Zweck bestimmt und werden
bei Wiedererwähnung der Sache nie weiter berücksichtigt
(vgl. oben S. 28). So wenig also die Pforten der Träume
(τ 562 ff.) oder die Allegorie von den Λιταί und der Ἄτη
(I 502 f.) bei Homer wiederkehren, ebensowenig darf es auffallen, dass die hesiodischen Allegorieen sich in einzelnen Zügen widersprechen (s. z. 256 ff.). Aber freilich das Widersprechende neben einander gesetzt ist auch in ihnen unzulässig.

Die erste Allegorie ist die von der Verfolgung unge-
rechter Richtersprüche durch Ὄρκος (219). 220. 21 sind
unächt (auch von Lehrs verworfen S. 240). Unrichtig ist
die Erklärung von ῥόθος in dieser Stelle: τὰς ὀρεινὰς ὁδοὺς
τὰς στενὰς καὶ δυσάντεις ῥόθους ὀνομάζεσθαι, welche Proculus aus Plutarch entnimmt. Es bedeutet Geräusch, hier
prägnant geräuschvolle Bewegung, passend von einem
Weggezerrten (Schömann, comm. crit. p. 30). Ob es im
böotischen Volksdialekt jenen andern Sinn hatte, ist gleich-

---

*) Vgl. auch Vit. Hom. 14 V. 1 τῶν μέν τε παθών τις φράσσεται αὖθις.
**) Vgl. Dissen z. Pind. Pyth. VIII introd. u. z. V. 1. Nägelsbach,
hom. Theol. S. 89. 90. Wachsmuth, hell. Alterth. II S. 449 und über
Ὄρκος d. v. Göttl. angef. St.
***) Vgl. über diese im Allgemeinen Nägelsbach S. 9.

gültig. Also besagen die Verse nur, dass die Richter
das Recht beugen können wie sie wollen und sprechen
diesen trivialen Gedanken zweimal aus. Denn σκολιῆς δὲ
δίκης κρίνωσι θέμιστας hängt ja noch von ἦ κ᾽ ab und hat
dann keinen weiteren Sinn als den schon in ἦ κ᾽ ἄνδρες
ἄγωσι δωροφάγοι liegenden. Hier in dieser Stelle heisst
κρίνωσι θέμιστας nicht: Urtheile fällen, wie Π 387 οἳ βίῃ
εἰν ἀγορῇ σκολιὰς κρίνωσι θέμιστας, sondern: Processe entscheiden, wie Theog. 85. 86 διακρίνοντα θέμιστας ἰθείῃσι δίκῃσιν (vgl. 87 μέγα νεῖκος — κατέπαυσε), wofür in unserm
Gedichte τήνδε δίκην δικάσσαι 39, in der Odyssee μ 440
κρίνων νείκεα πολλά gebraucht ist. So nur rechtfertigt
sich die Hinzufügung des Dativs σκολιῆς δίκης. — Den
Hauptanstoss gibt jedoch die Unvereinbarkeit der Allegorie
von dem gewaltsam fortgezerrten Recht mit dem gleich
darauf folgenden ἕπεται — ἠέρα ἑσσαμένη — οἵτε μιν ἐξελάσωσι. Es wird Nichts gewonnen, wenn man etwa δίκης
220 als Abstractum nehmen und dann erst 222 ἣ δ᾽ auf die
Göttin Dike beziehen wollte. Denn hier sind wie in der
Stelle von den Ἔριδες das Abstractum und die Personifi-
cation gar nicht deutlich geschieden und von dem, was
nicht als verschieden gedacht ist, kann auch nicht Verschiedenes ausgesagt werden. Und wenn sie verschieden
wären, könnte doch nicht die Göttin bloss mit ἣ δέ, welches sich eben auf das Abstractum zurückbezöge, diesem
entgegengesetzt werden — ganz abgesehen davon, dass auch
bei einem deutlichen Gegensatz die Bezeichnung derselben
Handlung einmal mit ἑλκομένης ἦ κ᾽ ἄνδρες ἄγωσι, dann
mit ἐξελάσωσι unmöglich bleibt. 224 passt freilich ἐξελάσωσι nur von der Göttin, οὐκ ἰθεῖαν ἔνειμαν nur von dem
Recht (Schömann, comm. crit. p. 31). Aber mit dem letzte-
teren Ausdruck ist das Gebiet der Allegorie überhaupt verlassen. Ein Grund zur Hinzufügung der beiden Verse ist
schwer zu entdecken, sie müssten denn eine anderswoher
genommene Parallelstelle sein.

Nach Ausscheidung derselben tritt der Zusammenhang
der übrigen Gedanken auch hier schön und klar hervor.
219. 222 ff. führen jenes δίκη δ᾽ ὑπὲρ ὕβριος ἴσχει κτέ. so
aus, dass zunächst kurz in dem ersten Verse von den aus
der ὕβρις entspringenden und hier synonym für sie gesetz-

ten σκολιαὶ δίκαι gehandelt, dann zur δίκη übergegangen (da diese kurz vorher genannt und in dem Satze δίκη δ' ὑπὲρ κτέ. Subject und wichtigster Begriff war, genügt zu ihrer Bezeichnung 222 ἡ δέ), mit 238 aber zu der ὕβρις zurückgekehrt wird. Die Stelle von der δίκη zerfällt wieder in zwei Hälften: die kurze Allegorie, wie die Göttin selbst unsichtbar die heimsucht und straft, welche sie verletzt haben 222—24 *), und die Schilderung des Glückes derer, welche gegen Alle gleiche Gerechtigkeit üben 225—37. Bei dieser Schilderung verweilt Hesiod, während er von den Strafen mit wenigen Worten gesprochen hatte, wie überhaupt aus dem Gedichte ein milder Sinn spricht, trotz aller Kränkung durch erlittenes Unrecht fern von Rachsucht (vgl. Ranke, de O. et D. S. 48).

Zwar wird der Gedanke von 222—24 wiederholt in 238. 39 und eingeschärft durch die gewichtigen Worte τοῖς δὲ δίκην Κρονίδης τεκμαίρεται εὐρύοπα Ζεύς, doch keineswegs um Androhung furchtbarer Strafen einzuleiten, sondern vielmehr um eine nachdrückliche Mahnung an die Edlen selbst vorzubereiten. Aber jene zwei Verse genügten den Späteren nicht; so machte ein Rhapsode in 240—47 (auch durch Lehrs S. 241 vom Früheren getrennt) den Versuch weiterer Ausführung. Sie ist ungeschickt genug ausgefallen. 240. 41 stehen zum Vorangehenden in falschem Gegensatz πολλάκι καὶ ξύμπασα πόλις κακοῦ ἀνδρὸς ἀπηύρα. Der Sinn davon kann nur sein: oft erleiden nicht bloss die Frevler Strafe, sondern die ganze Stadt mit ihnen. Aber 227 zeigt klar, dass nicht oft sondern immer die Bürger mit ihren Richtern Lohn oder Strafe erhalten (vgl. 260. 61 u. d. Bem. dazu). Also passte höchstens καὶ ἑνός ἀνδρός — selbst für einen Gottlosen müssen sie büssen, nicht bloss wenn alle ihre Richter ungerecht sind. An sich sind die Verse recht gut und gewiss anderswoher entnommen. Jetzt kommt aber eigenes Fabrikat des Interpolators. 244. 45 hielt schon Plutarch (bei Proc. z. 244 Vollb.) für unächt. Ob deren Nichtanführung bei Aeschines (adv. Ctes.

---

*) Ἔπεται mit Rücksicht auf αὐτίκα γὰρ τρέχει κτέ. οὔτε μιν ἐξελάσωσι wie Π 388 ἐκ δὲ δίκην ἐλάσωσι. — Dike erscheint als Rächerin auch bei Solon frgm. 4, 15. 16.

p. 135) beweist, dass er sie nicht kannte, bleibt ungewiss, weil sie für den Zweck seiner Anführung ohne Bedeutung sind, ja οὐδὲ γυναῖκες τίκτουσιν vielleicht lächerlich
gelautet hätte. 242 die Aufzählung der Plagen beginnend,
wiederholt nur den Gedanken von 239 (ähnlich urtheilt
Twesten S. 34); aber μέγα πῆμα, bei Hesiod ein häufiger
Ausdruck (s. S. 40), ist nach der Androhung göttlicher Strafe
(δίκην) matt. Auch das Folgende gibt nur ganz gewöhn-
liche Gedanken mit den bekanntesten Stichwörtern. Das
μέγα πῆμα welches οὐρανόθεν kommt wird näher bezeichnet als λιμός (vgl. 230) in alliterirender Verbindung mit
λοιμός wie Her. 7, 171 (vgl. Thuc. 1, 23. Schol. Ar. Plut.
1054). Dann ἀποφθινύθουσι δὲ λαοί etwa aus E 643. Zur
Vernichtung der von Hungersnoth und Seuche Heimgesuch-
ten kommt das Ausbleiben der Geburten: οὐδὲ γυναῖκες
τίκτουσιν. Vgl. damit Her. 3, 65 καὶ ταῦτα μὲν ποιεῦσι ὑμῖν
γῆ τε καρπὸν ἐκφέροι καὶ γυναῖκές τε καὶ ποῖμναι τίκτοιεν.
6, 139 ἀποκτείνασι δὲ τοῖσι Πελασγοῖσι τοὺς σφετέρους παῖ-
δάς τε καὶ γυναῖκας οὔτε γῆ καρπὸν ἔφερε οὔτε γυναῖκές τε
καὶ ποῖμναι ὁμοίως ἔτικτον ὡς καὶ πρὸ τοῦ. 9, 93 ἐπείτε δὲ
τὸν Εὐήνιον ἐξετύφλωσαν, αὐτίκα μετὰ ταῦτα οὔτε πρόβατά
σφι ἔτικτε οὔτε γῆ ἔφερε ὁμοίως καρπόν. Erklärer z. d. ersten
St. vergleichen Soph. O. T. 25. 269. Die Folge der aus-
bleibenden Geburten ist bezeichnet mit μινύθουσι δὲ οἶκοι
wie P 738 (dort aber in anderem Sinn); vgl. O. et D. 325.
Hinzugefügt ist die gerade hier sehr entbehrliche Formel
Ζηνὸς φραδμοσύνῃσιν Ὀλυμπίου (s. jedoch oben S. 49). Die
weiter aufgezählten Arten der Heimsuchung sind mit matter
Wendung ἄλλοτε δ' αὖτε angeknüpft, so dass Untergang
des Heeres oder der Schiffe fast wie etwas Zufälliges erscheint, unangemessen dem Wesen göttlicher Strafe (vgl.
Twesten S. 34 Anm. 2). Noch matter werden die Verse
durch unnöthige zweimalige Wiederholung des Subjects:
ὅτε und Κρονίδης (s. Tzetz. z. d. St.). — Vgl. übrigens mit
243 ff. den Fluch der Amphiktyonen bei Aesch. adv. Ctes.
p. 111.

Betrachten wir nach diesen mühselig zusammengeflick-
ten Versen das Gegenbild, ausgezeichnet durch Lebendig-
keit im Einzelnen wie durch passende Composition. Zuerst preist 227 im Allgemeinen frohes Gedeihen des Staates

und der Bürger, dann folgen die einzelnen Züge: Friede
herrscht im Land, der die Jugend aufwachsen lässt, nicht
Krieg, der sie tödtet (228. 29). Auch nicht Hungersnoth
oder eine andere Plage rafft das Volk weg, sondern sie
bauen ihre Felder, gesegnet mit Ueberfluss (230. 31). Und
nicht bloss die Aecker geben reiche Frucht; auch die wilden Bäume des Gebirges tragen essbare Eicheln und süssen
Honig (232. 33) und weiteren Ertrag bringt die Wolle der
Heerden (234). All dieser Segen dauert, denn die Kinder welche geboren werden sind den Eltern gleich (235.
36 *). So ist nicht nöthig mühsamen und unsicheren Erwerb
durch Meerfahrt zu suchen (236. 37 **), die Erde bringt ja
den nöthigen Unterhalt: καρπὸν δὲ φέρει ζείδωρος ἄρουρα.
Diese Worte sind keine müssige Wiederholung aus 232,
sondern geben den Grund an zu οὐδ' ἐπὶ νηῶν νείσονται
und δέ steht wie so oft statt γάρ.

Die Schilderung hebt solche Züge des Glückes hervor,
welche Landleuten den meisten Eindruck machen mussten,
dagegen findet sich 240—47 kein Wort von Unfruchtbarkeit
der Aecker oder Heerden. — Weiter ist der Mühe werth mit
225—37 die homerische Stelle τ 109—14 zu vergleichen.
Auch dort wird das Glück eines von gerechten Fürsten re-
gierten Staates verherrlicht, mit solcher Aehnlichkeit in einzelnen Versen (vgl. 227 mit τ 114, 232 mit τ 111. 12, 234 mit
τ 113), dass ich geneigt bin in Homers Schilderung das Vorbild der hesiodischen zu erkennen. Aber der Grundgedanke
und die Stimmung sind wesentlich verschieden. Die homerische Stelle gibt nicht die Empfindungen von Landleuten
sondern von Königen und Edlen und wie Hesiod zu aller-
erst den Frieden gepriesen, so erhebt Homer vor Allem die
kriegerische Tüchtigkeit: ἀνδράσιν ἐν πολλοῖσι καὶ ἰφθίμοισιν
ἀνάσσων. Desshalb ist der Tadel Plato's (de rep. II p. 363 B)
soweit er Homer trifft ungerecht, denn dass es für diesen ein weit höheres Glück gibt als blosses materielles Gedeihen, zeigen die herrlichen Verse 109—11 hinlänglich.

----

*) Bei ἐοικότα τέκνα γονεῦσιν ist hier schwerlich als Gegensatz
gedacht ἀλλὰ τέρατα wie Aesch. adv. Ctes. p. 111.

**) Arat. 110 χαλεπὴ δ' ἀπέκειτο θάλασσα καὶ βίον οὔπω νῆες
ἀπόπροθεν ἠγίνεσκον,

Mit den Stellen beider Dichter ist ferner zu vergleichen die Behandlung desselben Stoffes in Hymn. Hom. 30, 9—15, wo bei aller Schönheit im Einzelnen doch nicht wie bei jenen ein bestimmter Grundgedanke zu erkennen ist, endlich aus den Zeiten der Parteikämpfe Solons rein politisches Lob der εὐνομία (Sol. frgm. 4, 32 ff. Bgk.). Vgl. mit 225 ff. auch Levit. 26. Deuter. 28. — Die Betrachtung der homerischen und hesiodischen Stelle beweist ausserdem, wie Hesiod auch da, wo er Homers Spuren zu folgen scheint, nirgends ungeschickter und gedankenarmer Nachahmer wird. Er hat hier denselben Gegenstand absichtlich nicht mit gleich hoher Auffassung, doch mit derselben Kunst und Eleganz durchgeführt. Daher wenn die übrigen Gründe für Unächtheit von 240—47 nicht genügten, ginge diese hervor selbst aus Vergleichung der homerischen Stelle über die Bestrafung eines Volkes für Ungerechtigkeit seiner Richter, Π 384 ff., wo der Stoff so ernst, einfach und einheitlich behandelt ist wie in jenen Versen von Allem das Gegentheil.

Ich will schliesslich nicht unterlassen auf die Begründung zu verweisen, welche Hetzel (S. 7 f.) der von ihm vorgenommenen Umstellung (221. 239—47. 224—37) zu geben sucht.

Jetzt erst kann ich mich zu Bemerkungen über Einzelnes wenden. Die Fabel von dem Habicht und der Nachtigall ist das älteste bei griechischen Schriftstellern erhaltene Beispiel dieser Dichtungsart. Doch ziemlich nahe mag ihr in der Zeit kommen die in dem Orakel bei Herodot V, 92 *). Aber keine von beiden gehört zur Gattung der späteren äsopischen Fabeln, deren Eigenthümlichkeit darin besteht, dass sie eine gemeingültige Vorschrift durch ein Beispiel erklären und beweisen, sondern sie sind Allegorieen und zwar anthropomorphische, welche eine bestimmte Handlung bestimmter Personen im Auge haben und den äsopischen Fabeln nur darin gleichen, dass sie jene Personen unter der Gestalt von Thieren vorführen. Zur selbigen Gattung gehört die Fabel 2 Reg. 14, 9 und die des Cyrus

---

*) Ueber Fabeln des Archilochus und Simonides von Amorgos s. Keller, über die Gesch. der griech. Fabel in Jahrb. f. Phil. Suppl.-B. 4 S. 382 f. Bernhardy, griech. Lit. II S. 338.

bei Her. I, 141, während die Allegorie 2 Sam. 12, 1 ff.
auch nicht jene äussere Aehnlichkeit mit den Apologen hat.
Von den Arten der Allegorie ist bei Hesiod und Homer am
häufigsten die personificirende, zwischen dieser und der me-
taphorischen steht in der Mitte die von den Pforten der
Träume in der Odyssee. Eine andere dem Apolog und der
Allegorie verwandte Weise der Lehre, durch eine für den
bestimmten Zweck nicht erst erfundene Erzählung, die
gewöhnlichste in den Literaturen des Orients, findet sich
nach Ausscheidung der Pandora-Episode in den ächten
Werken und Tagen nirgends, in den homerischen Gedichten geben Beispiele davon I 524—600. T 95—133. Ω 602—
13, vgl. Th. 613. 14.

213. Dass δίκη den Begriff der Rechtschaffenheit und
Gerechtigkeit umfasst (Nägelsbach, hom. Theol. S. 201; vgl.
Theogn. 147. 48 ἐν δὲ δικαιοσύνῃ συλλήβδην πᾶσ' ἀρετή 'στιν,
πᾶς δέ τ' ἀνὴρ ἀγαθός, Κύρνε, δίκαιος ἐών) und ὕβρις das
Gegentheil davon (Nägelsbach S. 281) bedarf keiner Ausführung. Für den Begriff von δίκαιος steht 285 εὔορκος *),
wesshalb auch der Gott "Ορκος **) Beschützer des Rechtes ist.

214 hatte ich früher ohne Bedenken Gerhards Conjectur
οὐδέ μιν aufgenommen. Hagen (III S. 4) vertheidigt die
handschriftliche Lesart μέν. Doch bedurfte es statt Belehrung über die häufige Verbindung οὐδὲ μέν des Beweises,
dass das Object hier fehlen konnte. Beispiele mit ebenso
auffallender Auslassung desselben finden sich nun allerdings
in der epischen Sprache, s. Krüger, Dial. § 60, 7. Anm. 1,
besonders die dort angef. St. Z 123. 24, also ist kein Grund
zur Aenderung.

231. Nägelsbach (hom. Theol. S. 273) behauptet gegen
Buttmanns Erklärung von ἄτη in zwei hesiodischen Stellen, dass dieses auch bei Hesiod nie etwas Anderes bedeute als bei Homer, nämlich: Bethörung durch die Götter.
Doch scheint mir hier, wie 352 und 413, nur durch sehr
gezwungene Erklärung jene Bedeutung vertheidigt werden

---

*) Pind. Ol. II, 66 οἵτινες ἔχαιρον εὐορκίαις, z. welcher St. Dissen:
' probitate, pietate cf. Hemsterhus. ad Ar. Plut. v. 61'.
**) Eigentlich der Zeuge des Eides B 755. O 38. Th. 400. 784; vgl.
Buttmann, Lexil. II S. 73. Pind. Pyth. IV, 167.

zu können. Die ἄτη ist Ursache der ὕβρις (wie 216); denen, welche keine ὕβρις üben, schicken die Götter auch keine ἄτη, welche sie zu neuer ὕβρις verleiten könnte. Ein solcher Sinn ist nicht ganz unmöglich, aber gewiss nicht natürlich, sondern viel einfacher, unter ἄτη hier ein ähnliches Unglück wie λιμός, mit dem es verbunden, zu verstehen; vgl. Theogn. 103 οὔτ' ἄν σ' ἐκ χαλεποῖο πόνου ῥύσαιτο καὶ ἄτης, 133 οὐδεὶς — ἄτης καὶ κέρδεος αἴτιος αὐτός. Her. I, 32 ἄτην μεγάλην προσπεσοῦσαν ἐνεῖκαι.

Im engsten Zusammenhange mit 239 steht 248

ὦ βασιλεῖς, ὑμεῖς δὲ καταφράζεσθε καὶ αὐτοὶ
τήνδε δίκην

wo die Erklärer nicht zweifelhaft gewesen wären, auf was τήνδε δίκην zu beziehen, hätten sie die Unächtheit von 240—47 erkannt. Der Dichter hat in 239 allen Frevlern Zeus' Rache angedroht, dann wendet er sich mit noch eindringlicheren Worten, als vorher an seinen Bruder, an die Richter selbst. Perses hatte diese aus Gewinnsucht bestochen, grösser ist ihre eigne Schuld, weil sie die Heiligkeit des Rechtes vergessen und ihre Gewalt schnöde missbrauchen. Daher während er seinem Bruder auch den Lohn der Gerechtigkeit vorstellte, spricht er ihnen nur von den Strafen des Frevels und mit viermal variirter, stets gesteigerter Anwendung desselben Grundgedankens (249. 252. 256. 267, von Twesten S. 26 mit Unrecht getadelt) zeigt er, wie die göttlichen Mächte mit allgegenwärtiger Obhut das Recht schützen.

Allem Thun der Menschen nahe sind die ἀθάνατοι Ζηνὸς φύλακες θνητῶν ἀνθρώπων (252—55 *). Mit Nachdruck steht voran 249 ἐγγὺς γὰρ ἐν ἀνθρώποισιν ἐόντες und dann erklärt zunächst ἀθάνατοι Z. φ. 253 jenes allgemein gefasste ἐγγὺς — ἀθάνατοι φράζονται. Mit 249 ff. vgl. wegen des Gedankens ρ 485—87, welche Stelle Hesiod bei der Fassung von 254. 55 vorgeschwebt zu haben scheint. — Eine andere, noch mächtigere Schützerin des Rechts ist die jungfräuliche Dike, Zeus Tochter **), die jede Ver-

---

*) Wäre die Dämonenlehre wirklich nicht älter als die Zeit der sieben Weisen, so müssten natürlich auch diese Verse weichen.
**) Ἐστί 256 ist mit κυδνή τ' αἰδοίη τε zu verbinden.

letzung desselben ihrem Vater klagt (256--62). Doch bedarf es kaum ihrer Klage; Zeus selbst, der Alles sieht, wird auch sehen, welches Recht in dieser Stadt geübt wird (267 — 69).

Die Allegorieen der Stelle scheinen in Widerspruch sowohl mit 222 — 24 als mit sich selbst zu stehen. Aber fast Alles lässt sich ungezwungen ausgleichen. Erstens wird durch 252 — 55. 259. 60 keineswegs bewiesen, dass Zeus nicht Alles gewahrt, da er es auch dann gewahrt, wenn seine Diener und Boten es vor ihm gesehen. So wird in der Odyssee μ 374 dem Helios, ὃς πάντ' ἐφορᾷ καὶ πάντ' ἐπακούει, doch durch Lampetie die Nachricht gebracht, dass Odysseus Gefährten seine Rinder geschlachtet haben (vgl. Pind. Pyth. IX, 43—49). Zweitens aber ist 267. 68, wo von seinem Sehen mit eignen Augen die Rede, doch trotz nachdrücklicher Hervorhebung πάντα ἰδών angedeutet, dass er nicht Alles zugleich sieht sondern Jedes dann, wann er seine Aufmerksamkeit darauf richten will (αἴ κ' ἐθέλῃσ') und die Partic. Aor. ἰδών — νοήσας bedeuten nicht, dass er wie Helios Alles zugleich sieht, sondern dass er bisher noch Alles gesehen hat. Der Gedanke von seiner Allwissenheit musste so weit abgeschwächt werden; denn hat er dieses Unrecht schon gesehen, warum bestraft er es nicht? Die Stelle verliert dadurch im Ganzen kaum an Kraft; die Präsentia ἐπιδέρκεται οὐδέ ἑ λήθει sprechen von seiner Kenntnissnahme als unausbleiblich und die directe Androhung seines Gerichtes über die ungerechten Richter in Theben im folgenden Vers ist das Stärkste, was überhaupt gesagt werden konnte. — Auch die beiden Stellen über Dike enthalten keinen directen Widerspruch. In Wolken gehüllt, wie die Götter pflegen, weil sie unsichtbar unter den Menschen (223) und wenn Jemand sie verletzt (224 οἵτε μιν ἐξελάσωσι καὶ οὐκ ἰθεῖαν ἔνειμαν spricht von einer grösseren Beleidigung als 258 ὁπόταν τίς μιν βλάπτῃ σκολιῶς ὀνοτάζων), so straft sie selbst (223 κακὸν ἀνθρώποισι φέρουσα) oder klagt bei Zeus (259. 60). Demgemäss heisst es von ihr in jenem Falle 222 ἣ δ' ἕπεται κλαίουσα κτέ., in diesem 259 αὐτίκα πὰρ Διὶ πατρὶ καθεζομένη, in beiden Stellen angemessen dem Zweck der jedesmaligen Allegorie. In der ersten soll die Heimsuchung derer durch Dike, welche sie austreiben, und die unablässige Verfolgung des Unrechts bezeichnet werden, entsprechend dem kurz vorangegangenen ἐς τέλος ἐξελθοῦσα, der zweiten liegt die Idee zu Grunde, dass ihr der Zutritt bei Zeus jederzeit offen steht, was beweist, wie viel grösser ihre Macht ist als die der Edlen. Wirklicher Widerspruch liegt höchstens darin, wenn Ungerechtigkeit einmal als Austreiben, einmal als Verletzen der Dike bezeichnet wird. Doch nach dem oben über die Natur und Anwendung der Allegorieen Gesagten kann dies keinen Anstoss geben.

261. 62 hält Lehrs (S. 242) hier, wo die βασιλεῖς ermahnt und mit Strafen bedroht werden, für unpassend. Aber in jenen Zeiten bestand noch der Glaube, ein Volk werde mit den Regierenden zugleich gestraft (A 142. Π 386 —92. vgl. Pind. Pyth. XII, 12) und wie die damaligen Griechen dachten die Juden (2 Sam. 14) und übrigen Orientalen. — Ebensowenig beweist die Form des Genetiv βασιλέων späteren Ursprung. Vgl. O 660 τοκέων (663 τοκήων, Beides durch das Metrum nothwendig), Φ 587 τοκέων, Hymn. Cer. 241 γονέων (Epigr. Hom. 14, 12 κεραμέων).

Auch gegen 263 begründet zwar die Vocativ-Form βασιλεῖς kein Bedenken, die sich gerade so 248 findet, aber die daraufhin von Lehrs verdächtigten Verse 263. 64 sind aus andern Gründen zu verwerfen. Erstens steht μύθους, wie Göttling bemerkt, in ungewöhnlicher Bedeutung. Dieses bezeichnet wohl überall eine etwas längere Rede *) und kann nicht für die kurzen Aussprüche der Richter gebraucht werden. Wenn dieselben nicht mit ihrem eigentlichen Namen δίκαι oder θέμιστες genannt werden, sind sie nur ἔπεα (vgl. 262 δίκας ἐνέποντες, μ 266 ἔπος vom Orakel des Tiresias). Auffallend ist dann die nochmalige Anrede βασιλεῖς, da sonst in diesem Theil des Gedichtes nur am Anfang der einzelnen kurzen Particeen die angeredet werden, an welche sie gerichtet sind. Endlich geben die Verse eine Wiederholung von 248 und stechen durch matten Ton von dem Ernst und Nachdruck der ganzen Stelle sehr ab. Es sind wieder einmal Flickverse: ταῦτα

---

*) So auch 206, dann 194, wo es von der Aussage der Parteien steht,

φυλασσόμενοι ähnlich so vielen andern epischen Formeln und wohl von demselben Interpolator wieder gebraucht 561 vgl. 491. Mit ἰθύνετε μύθους vgl. 9. Das Epitheton der Richter δωροφάγοι ist hier unpassend wiederholt aus 39. Mit σκολιῶν δὲ δικῶν ἐπὶ πάγχυ λάθεσθε vgl. 275. Tyrt. frgm. 12, 17 Bgk. -- 265. 66 (abgesondert von Lehrs S. 242) sind vortreffliche Sentenzen, stehen aber im Widerspruch mit 261. Um diesen zu verdecken sind die beiden Flick-verse eingeschoben.

Nach Beseitigung der vier unächten Verse wird die angedeutete Steigerung der Gedanken (S. 81) erst klar und mit Androhung unmittelbarer Kenntnissnahme des Zeus geht die allgemein gehaltene Betrachtung wieder auf die Verhält-nisse des Dichters und seinen Rechtsstreit mit Perses über. Den grössten Effect erzielt er dadurch, dass dieser Ueber-gang erst in dem letzten Verse stattfindet:

269 οἵην δὴ καὶ τήνδε δίκην πόλις ἐντὸς ἐέργει

womit Zeus selbst als Beschützer des Hesiodos vortritt und das Gedicht zum zweiten Male wie in eine Spitze ausläuft; doch wieviel gehobener ist die Stimmung des Dichters jetzt als in 40. 41!

Anstoss gibt 267 das Asyndeton. Dies ist leicht zu beseitigen durch die Schreibung πάντα δ᾽ ἰδὼν κτέ., welche nach Ausscheidung von 263—66 auch durch den Gedanken fast nothwendig wird.

Auffallend erscheinen könnte die Verbindung οἵην δὴ καὶ τήνδε δίκην πόλις (die Worte ähnlich wie Sc. 106 οἷον δὴ καὶ τόνδε βροτόν), wofür man erwarten sollte οἵην δίκην καὶ ἥδε πόλις, aber der Gebrauch des Pronomen ist ganz derselbe wie α 185 νηῦς δέ μοι ἥδ᾽ ἕστηκεν ἐπ᾽ ἀγροῦ vgl. Φ 533. σ 44. E 175 u. s. Abweichung liegt nur darin, dass das deiktische τήνδε = hier in dieser Stelle nicht wie sonst mit einem Concretum, sondern mit dem Abstractum δίκην verbunden ist, welches freilich durch die ganze Fas-sung von 268. 69 eigentlich zum Concretum gemacht ist. — Weiteres Bedenken könnte πόλις geben, wenn Askra ge-meint wäre, eine κώμη. Aber Nichts hindert, darunter den ganzen Staat zu verstehen; dies ist ja auch 227 die pas-

sende Bedeutung. — Zum Gedanken von 267—69 vgl. die
von Nägelsbach, hom. Theol. S. 17 f. angef. St.

Diese Stelle, wo an der Gerechtigkeit nicht verzwei-
felt wird, glaubte ein geistloser Rhapsode, wohl derselbe,
der das Gedicht von den Weltaltern einschob, mit der düsteren Schilderung des gegenwärtigen, eisernen Alters ausgleichen zu müssen, und diesem Bestreben verdanken die
sauberen Verse 270—73 *) ihr Dasein. Er hat seine Sache
so schlecht gemacht, dass 273 sowohl mit 270—72 als auch
mit der Stelle vom eisernen Alter in absurdem Widerspruch
steht, der nicht mit der Gemüthsbewegung des Dichters
entschuldigt werden kann, wie Hetzel (S. 9 Anm.) thut.
Denn nach den Worten, welche festes Vertrauen auf Zeus'
Schutz aussprechen, wäre eine Gemüthsbewegung, die diesen Glauben sogleich wieder umstösst, höchstens Wahnsinn.
Was Wunder dann, wenn ἐπεί — ἕξει das gerade Gegentheil des Grundgedankens δίκη δ' ὑπὲρ ὕβριος ἴσχει sagt!
Ist es noch der Mühe werth auf Mängel im Ausdruck aufmerksam zu machen, so fehlt am Anfang die Adversativ-
partikel, denn νῦν δή heisst nur: jetzt eben. Ganz nichtssagend ist ἐν ἀνθρώποισι **), lächerlich μητ' ἐμὸς υἱός.
Endlich hat μείζω δίκην ἕξει in der epischen Sprache keinerlei Gewähr, die kaum fehlen würde für einen so nahe liegenden Ausdruck, welchen Hetzel mit Unrecht auf eine Linie
mit ἅπαξ εἰρημένα stellt. — Interessant sind die elenden
Verse desswegen, weil sie ziemlich weiten Umblick über
die Arbeit dieses Interpolators geben. Wenn er derjenige
ist, welcher die Weltalter einsetzte, müssen von ihm auch
die drei Flickverse vor diesen herrühren. Also wohl alle
oder fast alle solchen, die sich ja in Zweck, Ton und Geist
d. h. Geistlosigkeit so ähnlich sind. Ferner zeigen die
Flickverse 263. 64, dass er auch einzelne Verse aufnahm,

---

*) Schon von Plutarch bei Proc. z. 273 für unächt gehalten, aber
zugleich auch 267—69; von Ranke, hes. St. S. 39, ohne irgend einen
Grund für eine Schwurformel erklärt.

**) Ganz anders α 391 ἦ φῄς τοῦτο κάκιστον ἐν ἀνθρώποισι τε-
τύχθαι das Schlechteste, Geringste in der Welt, I 647 ὥς μ' ἀσύφηλον
ἐν Ἀργείοισιν ἔρεξεν vor oder unter den Argivern — wo beide Male
der Zusatz den Begriff wesentlich modificirt.

wo sich ihm gute darboten. So wird es möglich, dass
viele oder gar die meisten ·guten, aber nicht zur Sache
gehörenden Sentenzen von ihm eingeschoben sind. Als sein
eignes Product möchte ich ferner 179—81 ansehen, welche
den hier eingeschobenen so ganz und gar gleichen; vgl.
bes. 179 mit 273.

Nach der Apostrophe der Richter und dem Bezug der
verheissenen Vergeltung auf das Urtheil in Hesiods eigner
Streitsache wendet sich die Rede wieder an Perses und ihr
Ton, der zuerst herb und bitter, dann tiefbewegt und ein-
dringlich war, weicht der Gleichmässigkeit verständiger
Lehre, die von hier durch das ganze Gedicht herrscht.

Zunächst folgt und steht an der Gränze des ersten und
zweiten Theiles eine genaue ἀνακεφαλαίωσις, welche
die Hauptgedanken von 203—69 in kurzen Sentenzen zu-
sammenfasst und so die Reihe der bis 380 reichenden Sentenzen eröffnet. Diese Recapitulation beginnt damit, dass
275 die Stichworte des ganzen Abschnittes wiederholt werden δίκης — βίης (welches für ὕβρις steht, s. S. 73). Dann
wird der Sinn der Fabel endlich mit bestimmten Worten
angegeben 276—79. Am Ende dieser Verse wiederholt ἡ
πολλὸν ἀρίστη γίγνεται (welche weit mächtiger wird d. h.
endlich den Sieg davonträgt) den Grundgedanken δίκη δ᾿
ὑπὲρ ὕβριος ἴσχει ἐς τέλος ἐξελθοῦσα. Auch eine kurze
Zusammenfassung der Beweisführung fehlt nicht: 280—85,
worin der für die Gerechtigkeit verheissene Lohn, ὄλβος,
an die Ausführung dieses Gedankens 227 ff. erinnert. Hingegen erscheint als Strafe — oben in den ächten Versen
war keine genannt — hier ein Abnehmen des Geschlechtes,
allerdings eine harte Strafe nach der Ansicht des Zeitalters
(1 453 ff. Her. 4, 149. 1, 13 vgl. Nägelsbach, nachhomer.
Theol. S. 34 f.), aber sie scheint hauptsächlich gewählt um
einen passenden Uebergang zu gewinnen für das Epiphonema 285 ἀνδρὸς δ᾿ εὐόρκου γενεὴ μετόπισθεν ἀμείνων.

Dieser Vers kehrt wörtlich wieder in dem delphischen
Orakel bei Herodot VI, 86, das auch in seiner den hesiodischen so ähnlichen Allegorie entweder diesem Dichter
(219. 222 ff.), vielleicht auch der Ilias (1 504—6) gefolgt
ist oder mit ihm ein gemeinsames Vorbild hatte. Denn ein
gewisser verwandtschaftlicher Zusammenhang der gnomi-

schen Poesie mit den Orakeln lässt sich nicht läugnen; richtiger ausgedrückt: diese sind zum grossen Theil selbst gnomische Gedichte, nur für eine ganz bestimmte Veranlassung gedichtet. Aber mit Göttling (prol. p. XXIX ff.) Zusammenhang gerade der hesiodischen Lehrdichtung und des delphischen Orakels anzunehmen sind keine Gründe, vielmehr würde jedes gnomische Gedicht der Zeit wohl gleiche Verwandtschaft zeigen. Ueber 285 bemerke ich vorläufig, dass ich ihn für eine aus älteren Gnomologieen bekannte Sentenz halte.

Was das Einzelne betrifft, so geben 275—79 ein interessantes Beispiel der Art von parataktischer Gedankenverbindung, wo dem Gedanken auf welchen es eigentlich ankommt, ein ihn beschränkender oder durch Gegensatz hervorhebender mit μέν (277. 78) vorausgeschickt wird (s. Classen, Bem. über d. hom. Sprachgebr. Frankf. Progr. 1854 S. 8 f.).

Das Recht ist 280 bezeichnet mit τὰ δίκαι' ἀγορεύειν, das Unrecht 282 μαρτυρίῃσιν — ἐπίορκον ὀμόσσας ψεύσεται, Beides und besonders das Letztere mit speciellem Bezug auf dasjenige Unrecht, welches Perses begehen kann: falsche Aussage (μαρτυρίῃσιν also in eigner Sache), wobei der Eid, den er ablegen muss, ein Meineid ist. Nicht zu übersehen sind die Zusätze τιγνώσκων 281 und ἑκών 282. Sie sollen zu der Annahme leiten, Perses habe aus Unkenntniss gefehlt, so dass ihm Hesiod verzeihen will und aller Zwist der Brüder aufhören soll: βίης δ' ἐπιλήθεο πάμπαν (275). Diese Auffassung wird noch wahrscheinlicher durch die Worte, womit der zweite Theil des Gedichts beginnt: σοὶ δ' ἐγὼ ἐσθλὰ νοέων ἐρέω, μέγα νήπιε Πέρση. Perses also kennt das Rechte und Gute nicht (μέγα νήπιε s. unten z. 397) und hat Belehrung nöthig. Der Gegensatz von σοὶ δέ ist nicht von geringerer Bedeutung als sonst in dem Gedichte. Andere mögen in Unkenntniss verharren, Perses kann es nicht, denn Hesiod der es vermag (ἐσθλὰ νοέων) will ihm gute Lehren geben.

Aber nach der ἀνακεφαλαίωσις Hesiods ist Zeit auch die Hauptergebnisse der bisherigen Untersuchung zu ziehen und die etwas verwickelte Composition des ersten Theiles der Werke und Tage zu überblicken. — In der durch

eine Allegorie geschmückten Einleitung ist zwar der Inhalt des grösseren, positiven Theils des Gedichtes (von 286
an) schon bezeichnet: 23 ἀρόμμεναι ἠδὲ φυτεύειν οἶκόν τ'
εὖ θέσθαι, aber nebenbei und gelegentlich. Mit grossem
Nachdruck hingegen wird der Grundgedanke des ersten,
gleichsam negativen Theiles ausgesprochen 28 μηδέ — ἐρύκοι und zwar so, dass zugleich auf den Inhalt der Einleitung (ἔρις) und des zweiten Theiles (ἔργου) hingewiesen
ist, also dieser Vers eigentlich das ganze Gedicht zusammenhält. Nach kurzer mit Sentenzen untermischter Auseinandersetzung des Rechtsstreites folgt als Grundgedanke
von 203 — 85 δίκη — ἐξελθοῦσα und wird durch alle Theile
einer kunstgerechten Rede durchgeführt. Voran geht diesem
Gedanken die Thesis der Gegner, in den Worten der Fabel
207 ἔχει νύ σε πολλὸν ἀρείων. Widerlegt wird sie durch
den Grundgedanken selbst und dessen Tractation (213—69),
welche amplificirt (225—39) und mit Allegorieen ausge-
schmückt wird (219. 222—24. 249—69). Als Peroratio
steht die Recapitulation 274—85.

Nach der allgemeinen Einleitung sind die einzelnen Abschnitte wechselsweise an Perses und die Richter gewendet.
Denn obgleich Letztere nur einmal angeredet werden, gilt
die Fabel nur ihnen, nicht auch dem Perses, wie dies sogar der Interpolator von 202 einsah. So entsteht folgendes
Schema des ersten Theils:

1) Einleitung 11—24, ächte Verse 14.
2) Ermahnung des Perses 27—41, ächte Verse 15.
3) Gleichsam die Antwort der Richter 203—12, ächte
   Verse 8.
4) Ermahnung des Perses 213—239, ächte Verse 25.
5) Ermahnung der Richter 248—69, ächte Verse 18.
6) Lehren für Perses 274—85, ächte Verse 12.

Wenn ich kunstreiche Composition des Gedichtes angenommen und im Einzelnen nachzuweisen gesucht habe, will
ich doch nicht verschweigen, dass diese auch nach meiner
Ueberzeugung nicht in Allem auf Plan und Berechnung be-
ruht, sondern wenigstens zum Theil durch den Gegenstand
bedingt ist. Mag ferner die Disposition der Theile, die Be-
stimmtheit der Gedanken und die Durchführung bis ins Ein-

zelste nicht die Vollkommenheit erreichen, wie sie für ein Werk, bei dem der Verstand so viel mitzuwirken hatte, erst nach Ausbildung der Philosophie und kunstmässigen Beredsamkeit möglich war, so ist doch aus der Zeit vor derselben der erste Theil der Werke und Tage die bedeutendste Leistung in jener Richtung und von der höheren Kritik weit unterschätzt worden. Ich gebe zu, die Tractation der Beweisführung in den Allegorieen ist zu gedehnt oder fehlt wenigstens darin, dass den Versen 249 — 69 eine ganz ähnliche Stelle 219 ff. ohne genügende Rechtfertigung vorangeht. Aber in dem ganzen Gedicht, soweit es ächt·ist, findet sich kein einziger unpassender oder dunkler oder matter und nichtssagender Vers und in diesem ersten Theil ist der Wechsel zwischen ἦθος und πάθος, den lehrenden Stellen und den das Gemüth erregenden, sowie die verschiedenen πάθη selbst schön durchgeführt. Uebrig bleibt, auch in den andern Theilen eine kunstgerechte Composition und die Art ihres Zusammenhanges mit dem ersten nachzuweisen.

Erster Theil.

1) Einleitung.

11 Οὐκ ἄρα μοῦνον ἔην ἐρίδων*) γένος, ἀλλ᾽ ἐπὶ γαῖαν
εἰσὶ δύω· τὴν μέν κεν ἐπαινέσσειε νοήσας,
ἣ δ᾽ ἐπιμωμητή· διὰ δ᾽ ἄνδιχα θυμὸν ἔχουσιν.
ἣ μὲν γὰρ πολεμόν τε κακὸν καὶ δῆριν ὀφέλλει,
15 σχετλίη· οὔτις τήν γε φιλεῖ βροτός, ἀλλ᾽ ὑπ᾽ ἀνάγκης
ἀθανάτων βουλῇσιν Ἔριν τιμῶσι βαρεῖαν·
τὴν δ᾽ ἑτέρην προτέρην μὲν ἐγείνατο Νὺξ ἐρεβεννή,
θῆκε δέ μιν Κρονίδης ὑψίζυγος αἰθέρι ναίων
γαίης τ᾽ ἐν ῥίζῃσι καὶ ἀνδράσι πολλὸν ἀμείνω,
20 ἥτε καὶ ἀπάλαμόν περ ὁμῶς ἐπὶ ἔργον ἐγείρει.
εἰς ἕτερον γάρ τίς τε ἰδὼν ἔργοιο χατίζων
πλούσιον, ὅ**) σπεύδει μὲν ἀρόμμεναι ἠδὲ φυτεύειν
οἶκόν τ᾽ εὖ θέσθαι, ζηλοῖ δέ τε γείτονα γείτων
24 εἰς ἄφενον σπεύδοντ᾽· ἀγαθὴ δ᾽ Ἔρις ἥδε βροτοῖσι.

---

*) ἐρίδων von Hagen hergestellt, Göttl. änderte Ἐρίδων.
**) ὃ Lehrs at. ὅς.

2) Ermahnung des Perses.

27 Ὦ Πέρση, σὺ δὲ ταῦτα τεῷ ἐνικάτθεο θυμῷ,
μηδέ σ᾽ Ἔρις κακόχαρτος ἀπ᾽ ἔργου θυμὸν ἐρύκοι
νείκε᾽ ὀπιπτεύοντ᾽ ἀγορῆς ἐπακουὸν ἐόντα.
30 ὥρη *) γάρ τ᾽ ὀλίγη πέλεται νεικέων τ᾽ ἀγορέων τε
ᾧτινι μὴ βίος ἔνδον ἐπηετανὸς κατάκειται
ὡραῖος, τὸν γαῖα φέρει, Δημήτερος ἀκτήν·
τοῦ κε κορεσσάμενος νείκεα καὶ δῆριν ὀφέλλοι **)
κτήμασ᾽ ἐπ᾽ ἀλλοτρίοις· σοὶ δ᾽ οὐκέτι δεύτερον ἔσται
35 ὧδ᾽ ἔρδειν, ἀλλ᾽ αὖθι διακρινώμεθα νεῖκος
ἰθείῃσι δίκαις, αἵτ᾽ ἐκ Διός εἰσιν ἄρισται.
ἤδη μὲν γὰρ κλῆρον ἐδασσάμεθ᾽ ἄλλα τε πολλὰ
ἁρπάζων ἐφόρεις μέγα κυδαίνων βασιλῆας
δωροφάγους, οἳ τήνδε δίκην ἐθέλουσι δικάσσαι,
νήπιοι, οὐδὲ ἴσασιν ὅσῳ πλέον ἥμισυ παντός,
41 οὐδ᾽ ὅσον ἐν μαλάχῃ τε καὶ ἀσφοδέλῳ μέγ᾽ ὄνειαρ.

3) Gleichsam die Antwort der Richter.

203 Ὧδ᾽ ἴρηξ προσέειπεν ἀηδόνα ποικιλόδειρον
ὕψι μάλ᾽ ἐν νεφέεσσι φέρων ὀνύχεσσι μεμαρπώς·
ἡ δ᾽ ἐλεὸν γναμπτοῖσι πεπαρμένη ἀμφ᾽ ὀνύχεσσι
μύρετο· τὴν δ᾽ ὅγ᾽ ἐπικρατέως πρὸς μῦθον ἔειπε·
ʽδαιμονίη, τί λέληκας; ἔχει νύ σε πολλὸν ἀρείων·
τῇ δ᾽ εἶς ᾗ σ᾽ ἂν ἐγώ περ ἄγω καὶ ἀοιδὸν ἐοῦσαν·
209 δεῖπνον δ᾽, αἴκ᾽ ἐθέλω, ποιήσομαι ἠὲ μεθήσω᾽.
212 ὣς ἔφατ᾽ ὠκυπέτης ἴρηξ τανυσίπτερος ὄρνις.

4) Ermahnung des Perses.

Ὦ Πέρση, σὺ δ᾽ ἄκουε δίκης, μηδ᾽ ὕβριν ὄφελλε.
ὕβρις γάρ τε κακὴ δειλῷ βροτῷ· οὐδὲ μὲν ἐσθλὸς
215 ῥηιδίως φερέμεν δύναται, βαρύθει δέ θ᾽ ὑπ᾽ αὐτῆς
ἐγκύρσας ἄτῃσιν· ὁδὸς δ᾽ ἑτέρηι παρελθεῖν
κρείσσων ἐς τὰ δίκαια· δίκη δ᾽ ὑπὲρ ὕβριος ἴσχει
ἐς τέλος ἐξελθοῦσα· παθὼν δέ τε νήπιος ἔγνω.
219 αὐτίκα γὰρ τρέχει Ὅρκος ἅμα σκολιῇσι δίκῃσιν.
222 ἡ δ᾽ ἕπεται κλαίουσα πόλιν καὶ ἤθεα λαῶν,

---

*) ὥρη Lehrs u. Hagen mit einem Theile der Handschrr., ὥρη d.
meisten Handschrr., Güttl. u. Vollb.

**) ὀφέλλοι Conj. st. ὀφέλλοις. Jetzt auch Schömann.

ἤρα ἑσσαμένη, κακὸν ἀνθρώποισι φέρουσα,
οἵτε μιν ἐξελάσωσι καὶ οὐκ ἰθεῖαν ἔνειμαν.
225 οἳ δὲ δίκας ξείνοισι καὶ ἐνδήμοισι διδοῦσιν
ἰθείας καὶ μή τι παρεκβαίνουσι δικαίου,
τοῖσι τέθηλε πόλις, λαοὶ δ᾽ ἀνθεῦσιν ἐν αὐτῇ·
εἰρήνη δ᾽ ἀνὰ γῆν κουροτρόφος, οὐδέ ποτ᾽ αὐτοῖς
ἀργαλέον πόλεμον τεκμαίρεται εὐρύοπα Ζεύς,
230 οὐδέ ποτ᾽ ἰθυδίκῃσι μετ᾽ ἀνδράσι λιμὸς ὀπηδεῖ,
οὐδ᾽ ἄτη, θαλίης δὲ μεμηλότα ἔργα νέμονται.
τοῖσι φέρει μὲν γαῖα πολὺν βίον, οὔρεσι δὲ δρῦς
ἄκρη μέν τε φέρει βαλάνους, μέσση δὲ μελίσσας·
εἰροπόκοι δ᾽ ὄιες μαλλοῖς καταβεβρίθασι·
235 τίκτουσιν δὲ γυναῖκες ἐοικότα τέκνα γονεῦσιν·
θάλλουσιν δ᾽ ἀγαθοῖσι διαμπερές, οὐδ᾽ ἐπὶ νηῶν
νείσσονται, καρπὸν δὲ φέρει ζείδωρος ἄρουρα.
οἷς δ᾽ ὕβρις τε μέμηλε κακὴ καὶ σχέτλια ἔργα,
239 τοῖς δὲ δίκην Κρονίδης τεκμαίρεται εὐρύοπα Ζεύς.

5) Ermahnung der Richter.

248 Ὦ βασιλεῖς, ὑμεῖς δὲ καταφράζεσθε καὶ αὐτοὶ
τήνδε δίκην· ἐγγὺς γὰρ ἐν ἀνθρώποισιν ἐόντες
ἀθάνατοι φράζονται*) ὅσοι σκολιῇσι δίκῃσιν
ἀλλήλους τρίβουσι θεῶν ὄπιν οὐκ ἀλέγοντες.
τρὶς γὰρ μύριοί εἰσιν ἐπὶ χθονὶ πουλυβοτείρῃ
ἀθάνατοι Ζηνὸς φύλακες θνητῶν ἀνθρώπων,
οἵ ῥα φυλάσσουσίν τε δίκας καὶ σχέτλια ἔργα
255 ἤρα ἑσσάμενοι πάντη φοιτῶντες ἐπ᾽ αἶαν.
ἡ δέ τε παρθένος ἐστὶ Δίκη, Διὸς ἐκγεγαυῖα,
κυδρή τ᾽ αἰδοίη τε θεοῖς οἳ Ὄλυμπον ἔχουσιν.
καί ῥ᾽ ὁπόταν τίς μιν βλάπτῃ σκολιῶς ὀνοτάζων,
αὐτίκα πὰρ Διὶ πατρὶ καθεζομένη Κρονίωνι
γηρύετ᾽ ἀνθρώπων ἄδικον νόον, ὄφρ᾽ ἀποτίσῃ
δῆμος ἀτασθαλίας βασιλέων, οἳ λυγρὰ νοεῦντες
262 ἄλλῃ παρκλίνωσι δίκας σκολιῶς ἐνέποντες.
267 πάντα δ᾽**) ἰδὼν Διὸς ὀφθαλμὸς καὶ πάντα νοήσας
καί νυ τάδ᾽, αἴκ᾽ ἐθέλησ᾽, ἐπιδέρκεται, οὐδέ ἑ λήθει
269 οἵην δὴ καὶ τήνδε δίκην πόλις ἐντὸς ἐέργει.

---

*) λεύσσουσιν ist ebenso gut und ebenso beglaubigt. ·
**) δ᾽ Conj.

6) Lehren für Perses.

271 'Ω Πέρση, σὺ δὲ ταῦτα μετὰ φρεσὶ βάλλεο σῇσι,
καί νυ δίκης ἐπάκουε, βίης δ᾿ ἐπιλήθεο πάμπαν.
τόνδε γὰρ ἀνθρώποισι νόμον διέταξε Κρονίων·
ἰχθύσι μὲν καὶ θηρσὶ καὶ οἰωνοῖς πετεηνοῖς
ἔσθειν ἀλλήλους, ἐπεὶ οὐ δίκη ἐστὶν ἐν αὐτοῖς·
ἀνθρώποισι δ᾿ ἔδωκε δίκην, ἣ πολλὸν ἀρίστη
280 γίγνεται. εἰ γάρ τίς κ᾿ ἐθέλη τὰ δίκαι᾿ ἀγορεύειν
γιγνώσκων, τῷ μέν τ᾿ ὄλβον διδοῖ εὐρύοπα Ζεύς·
ὃς δέ κε μαρτυρίησιν ἑκὼν ἐπίορκον*) ὀμόσσας
ψεύσεται, ἐν δὲ **) δίκην βλάψας νήκεστον ἀασθῇ,
τοῦ δέ τ᾿ ἀμαυροτέρη γενεὴ μετόπισθε λέλειπται,
285 ἀνδρὸς δ᾿ εὐόρκου γενεὴ μετόπισθεν ἀμείνων.

Fünftes Capitel.

Ueber V. 286—382.

In dem mit V. 286 beginnenden zweiten Haupttheil
redet Hesiod nur seinen Bruder Perses an. Absicht des
Dichters ist den Ackerbauern von Böotien Lehren und Vorschriften für ihre Verhältnisse zu geben und zu zeigen, wie
sie zu Wohlstand und Zufriedenheit gelangen können. Dabei musste ihm schwer auf die Seele fallen, dass alle diese
Vorschriften keine sichere Grundlage haben würden, wenn
Processsucht von steter Thätigkeit abzog und willkürliche
Rechtspflege den Erfolg des Fleisses gefährden durfte. Desswegen hatte er seinen Process mit dem Bruder benutzt um
einestheils die Edlen, für deren Lebenslage sein Gedicht sonst
nicht berechnet ist, in directer Anrede an ihre Pflicht zu erinnern, anderntheils in der Person seines Bruders das ganze
Volk vor Streitsucht zu warnen und zu unverdrossener Arbeit zu ermahnen. Diese Ermahnung ist mit 285 nach der
negativen Seite erschöpft und es folgt nun im zweiten Theil

---

*) ἐπὶ ὅρκον Usener. Für den Sinn ebenso gut.

**) ἠδὲ Guyet. Ich möchte es vorziehen wie Schümann.

die positive Belehrung über Alles das, was im Begriffe ἔργον 28 enthalten war (vgl. Twesten S. 27, Ranke S. 48).

Den Uebergang von dem ersten zum zweiten Theil bilden schon 274—85 insofern als sie, ihrem Inhalte nach zwar ganz zum ersten gehörig, doch die Form der Vorschriften des zweiten zeigen. Diese — nach Entfernung des Unächten — unterscheiden sich von den Ermahnungen in jenem durch die viel kürzere Fassung, entsprechend dem gleichmässigen ruhigen Ton. Meist wird einfach eine Regel mit möglichst wenigen Worten aufgestellt und dann die Folgen der rechten oder unrechten Handlungsweise ebenso kurz als Grund der Vorschrift oder jene auch als Verheissung hinzugefügt*). So z. B. 349—51:

Vorschrift εὖ μὲν μετρεῖσθαι παρὰ γείτονος, εὖ δ᾿ ἀποδοῦναι
αὐτῷ τῷ μέτρῳ καὶ λώιον, αἴ κε δύνηαι

Verheissung ὡς ἂν χρηίζων καὶ ἐς ὕστερον ἄρκιον εὕρης gerade wie Exod. 20, 12: ʻdu sollst deinen Vater und deine Mutter ehren, auf dass du lange lebest in dem Lande, das dir der Herr dein Gott gibtʼ. Vgl. α 301. Diese einfachste Form zeigen — wenn wir die genauere Betrachtung auf die in diesem Capitel zu besprechenden Verse beschränken — ganz ebenso 336—41. Als Grund wird die Folge des richtigen oder verkehrten Handelns hinzugefügt 320—26 εἰ γάρ τις. 342—45 εἰ γάρ τοι. 327—34 τῷ δ᾿ ἤτοι. 370—73 γάρ (nicht δ᾿ ἄρ s. z. d. St.). 376. 77 γάρ. 373—75 δέ. 378. 79 δέ.

Erweitert wird sie durch Hinzufügung einer Begründung auch zu der Verheissung 299—313.

Vorschrift ἐργάζευ

Verheissung ὄφρα σε λιμὸς — καλιήν

Begründung λιμὸς γάρ τοι — ἔσθοντες

Wiederholung der Vorschrift σοὶ δ᾿ ἔργα — κοσμεῖν

Wiederholung der Verheissung ὥς κε — καλιαί

Steigerung derselben εἰ δέ κεν — ὀπηδεῖ.

Die Wiederholung fand hier statt, weil der Dichter sich nicht damit begnügt die Folgen der Trägheit zu bezeich-

---

*) Luc. disp. c. Hes. 6 εἴση γὰρ ὅσα ἐν τῷ ποιήματι τούτῳ μαντικῶς ἅμα καὶ προφητικῶς προτεθέσπισταί μοι τὰς ἀποβάσεις προδηλοῦντα τῶν τε ὀρθῶς καὶ κατὰ καιρὸν πραττομένων καὶ τῶν παραλελειμμένων τὰς ζημίας.

nen, sondern 306—13 den Lohn des Fleissigen als Gegenbild aufstellt und zwar über jene schneller hinweggehend,
bei diesem mit Liebe verweilend, wie 14—24. 214—37.
287—92.

Diese Compositionsweise ausgebildet führt zur Ent-
gegensetzung von Gebot und Verbot, beide mit Gründen,
Verheissung und Drohung. So gleich in 275—85:

Gebot δίκης ἐπάκουε
Verbot βίης δ' ἐπιλήθεο πάμπαν
Grund für beide τόνδε γὰρ — γίγνεται
Verheissung εἰ γάρ — Ζεύς
Drohung ὅς δέ — λέλειπται
Wiederholung der Verheissung ἀνδρὸς — ἀμείνων.

Aehnlich componirt ist 353—60, ferner 287—92 und
293—97, nur dass diese beiden Stellen statt der Vorschriften blosse Urtheile enthalten. (Vgl. damit von homerischen
Stellen E 529—32. T 162—70, ferner Herod. VII, 10 bes.
τὸ γὰρ εὖ βουλεύεσθαι — κακῶς βεβούλευται.) Aehnlich diesen sind wieder 361—69, doch mit lockererem Zusammenhang (s. z. d. St.).

Was den Inhalt betrifft, so enthält der erste Abschnitt,
286—383, Vorschriften welche durchaus ethischer Natur
zu sein scheinen. Aber schon die Art jener an sie ge-
knüpften Verheissungen kann uns über ihre wahre Tendenz
und damit zugleich über die Höhe von Hesiods ethischem
Standpunkt belehren. Dieser steht in weiter Ferne von der
viel reineren Weltanschauung des Pindar, Aeschylus und
Sophokles. Denn so sehr wir in den Versen 248—69 eine
würdige Auffassung der göttlichen Gerechtigkeit anerkennen
mussten, so finden wir doch besonders in den Lehren über
die Verhältnisse der Menschen zu einander manche, welche
allerdings minus liberalia (Göttling p. XXXV) zu nennen
sind.

Wie als letzter Lohn der Frömmigkeit in Aussicht gestellt wird 341 ὄφρ' ἄλλων ὠνῇ κλῆρον, μὴ τὸν τεὸν ἄλλος,
wie die Gerechtigkeit nur sinnliches Wohlbefinden bringt
(227—37) oder als allerhöchstes dem Menschen Erreich-
bares Forterben des Glückes 285, so hat überhaupt — und
das sprach eben jenes ὄφρα deutlich aus — die Befolg-
gung ethischer Vorschriften kaum einen andern Zweck als

die Erreichung eines solchen Glückes, also in Anwendung
auf den Landmann Gedeihen seines Hausstandes. So betrachten auch die Regeln über die Verhältnisse zu den
nächsten Blutsverwandten 371. 376—79 diese nur vom
Standpunkte des eigenen Vortheils. Demnach ist der ganze
Abschnitt in der That nicht ethischen, sondern vielmehr
ökonomischen Inhalts (vgl. Ranke S. 25. 42, Vollbehr S. 58).
Dies ist auch für das Verständniss der Composition des
Ganzen sehr wichtig. Erstens schliesst sich dann der mit
383 beginnende Abschnitt über die Geschäfte des Landbaus und der Schifffahrt natürlich und eng an, als specieller
Theil an den allgemeinen. Zweitens aber ist jener rein
ökonomische Zweck der Vorschriften zu beachten, um sie
von dem scheinbar ganz ähnlichen Abschnitt 695 ff. zu
unterscheiden.

370 ist nach dem Zeugniss des Aristoteles bei Plut.
Thes. 2 aus einer dem Pittheus von Trözen zugeschriebenen
Gnomensammlung entlehnt. Dies führt auf eine Frage,
welche von Schneidewin in der Abhandlung de Pittheo Troezenio (ind. schol. Gott. 1842 sem. aest.) erörtert, von den
Meisten aber, welche seitdem über das Gedicht gehandelt,
wenig beachtet worden ist.

Nämlich so wenig die homerischen Gedichte die ersten
Erzeugnisse der heroisch-epischen Poesie waren, ebensowenig dürfen wir dies Werk Hesiods als den Beginn gno-
misch-didaktischer Dichtung ansehen, welche Stellung ihm
Planck geben zu wollen scheint. Vielmehr sind ihm ältere
ὑποθῆκαι vorangegangen (Schn. S. 13. 14), aber wie Homers
Name die früheren κλέα ἀνδρῶν so verdunkelt hat, dass wir
ihr einstiges Dasein nur aus den homerischen Gedichten
selbst kennen, so hat auch Hesiod jene uralten ὑποθῆκαι weit überstrahlt und fast verdrängt. Was deren Beschaffenheit betrifft, so scheint durch Schneidewin festge-
stellt: 1) sie waren Edlen der Vorzeit, berühmt durch ihre
Weisheit, in den Mund gelegt, an andere, jüngere Edle
gerichtet und demnach auch ihr Inhalt wesentlich für die
Verhältnisse und Interessen des Adels berechnet (vgl. Welcker,
Theogn. rel. p. XXXI). 2) Sie beschränkten sich aber
nicht auf Lehren der Weisheit und Tugend, sondern ent-
hielten auch ökonomische Regeln (Schn. p. 14 not.). Ob die

Vorschriften beiderlei Art unabhängig neben einander standen oder unter denselben Gesichtspunkt gebracht waren, ist dunkel und auch das lässt sich nicht entscheiden, ob die einzelnen Sentenzen ohne Verbindung aufeinander folgten, wie die Sprüche des Phokylides, deren gewöhnlicher Anfang καὶ τόδε Φωκυλίδεω auf ursprüngliche Zusammenhanglosigkeit deutet, und wie die Elegieen des Theognis uns wenigstens überliefert sind, oder ob sie planmässig geordnet waren wie in allen ächten Theilen das hesiodische Gedicht.

Fragen wir nach dem Verhältniss Hesiods zu jenen Vorgängern, so erscheint er mit Sicherheit auf der einen Seite von ihnen abhängig, auf der andern als selbständig. V. 370 wird wie bemerkt der mit Pittheus Namen bezeichneten γνωμολογία zugeschrieben. Hesiod mag also diesen jedenfalls sehr bekannten Vers, auf den die unten anzuführenden homerischen Stellen anzuspielen scheinen, wörtlich so wie er eben Jedermann bekannt war aufgenommen haben. Ferner der Spruch 218 παθὼν δέ τε νήπιος ἔγνω und die fast gleichen Worte P 32 ῥεχθὲν δέ τε νήπιος ἔγνω sind an beiden Stellen nur als Beweis einer andern Lehre, demnach als ein selbst hinlänglich bewiesener Satz, wie ein Axiom aufgestellt. Vielleicht war also auch dies ein bekanntes Sprichwort. Ueberhaupt unterscheiden wir bei den hesiodischen Sentenzen solche, welche nothwendige Glieder einer längeren Gedankenkette und zwar meist Resultat der Erörterung sind, wie z. B. 312. 13. 325. 26. 361 —64. 366 — 69, von Sprichwörtern oder sprichwortähnlichen Sentenzen, wie ausser den angeführten noch besonders folgende: 40. 41. 285. 345. 372. 375. 471. 72. 694, welche meist als Epiphonemen zur Rechtfertigung des Gesagten (wie η 307. ρ 322. 23) *) oder als Beweis einer andern Lehre dienen. Dass Sprichwörter nicht bloss in einfachen Lebensverhältnissen die Kraft des vollgültigsten Beweises

---

*) Als solche Rechtfertigung dient auch die Versicherung 433 ἐπεὶ πολὺ λώιον οὕτω, 570 ὣς γὰρ ἄμεινον, 759 τὸ γὰρ οὔτοι λώιόν ἐστιν, 750 οὐ γὰρ ἄμεινον, wo es sich freilich nicht um moralische Lehren handelt. Vgl. damit d. Orakel bei Her. 1, 85 τὸ δέ σοι πολὺ λώιον ἀμφὶς ἔμμεναι. Her. 1, 187. 3, 82 οὐ γὰρ ἄμεινον.

haben, braucht kaum erinnert zu werden. Her. I, 8 extr. πάλαι δὲ τὰ καλὰ ἀνθρώποισι ἐξεύρηται, ἐκ τῶν μανθάνειν δεῖ· ἐν τοῖσι ἓν τόδε ἐστί, σκοπέειν τινὰ τὰ ἑωυτοῦ. 7, 51 extr. ἐς θυμὸν ὧν βαλεῦ καὶ τὸ παλαιὸν ἔπος, ὡς εὖ εἴρηται, τὸ μὴ ἅμα ἀρχῇ πᾶν τέλος καταφαίνεσθαι. Aesch. frgm. 305 Ddf. Ox. ὡς λέγει γέρον γράμμα. Ueber die rhetorischen Zwecke ihrer Anwendung s. Cic. de or. III, 25, 52. Longin. de subl. 4. 5. — Eine strenge Scheidung zwischen beiden Classen ist übrigens gerade bei Hesiod nicht zu machen, weil auch seine Sentenzen mehr das Gepräge praktischer Lebenserfahrung und gesunden Menschenverstandes tragen und nur der erste Theil des Gedichtes sich zu moralischer Speculation erhebt.

Es soll nicht behauptet werden, dass jene als Sprichwörter bezeichneten Verse nicht zum Theil von Hesiod selbst wenigstens in dieser Form zuerst ausgesprochene Gedanken enthalten, aber kaum kann zweifelhaft sein, dass er da wo sich eine seiner Lehren in ein treffendes Sprichwort gefasst fand oder durch ein solches begründen liess, zu diesem als Gemeingut hellenischer Bildung griff*), also weil solche Sprichwörter wohl selten als singulares versus **) umliefen (Schn. S. 14), sie aus ältern Gnomologieen entlehnte. Auch beschränkte er sich gewiss nicht auf Entlehnung solcher allbekannten Sprüche, sondern erlaubte sich, wie alle griechischen Dichter gethan haben, das was er nicht besser als ein anderer vor ihm zu geben wusste, mit ganz ähnlichen Worten wiederzugeben, wenn freilich auch nicht mit denselben. Denn aus Vergleichung der hesiodischen und homerischen Parallelstellen — nach Ausscheidung unächter Verse — sehen wir, dass zwar gleiche oder ähnliche Ausdrücke, die zum Theil in stehenden Verbindungen der ganzen epischen Poesie angehör-

---

*) Vgl. über die Anwendung von Sprichwörtern bei Theokrit Fritzsche z. X, 11.

**) Pind. Isthm. II, 17 χρήματα χρήματ' ἀνήρ — diese Worte führt Pindar als Ausspruch eines nicht genannten Argeiers an: τὸ τώργείου ῥῆμ', nach Angabe des Scholiasten z. d. St. hatte sie schon Alcäus (frgm. 50 Bgk.) citirt, aber dem Spartaner Aristodemus zugeschrieben. Hesiod wiederholt deutlich den gleichen Gedanken 686 χρήματα γὰρ ψυχὴ πέλεται δειλοῖσι βροτοῖσι.

ten, nicht vermieden werden, aber weder wörtliche Wiederholung ganzer homerischer Verse bei Hesiod selbst da,
wo er sie ohne Schaden des Zusammenhanges und Stand-
punktes hätte wiederholen können, noch Aufnahme auch
nur eines Wortes sich findet, welches dem Standpunkte des
'Dichters der Heloten' nicht angemessen wäre. Wie wenig übrigens die griechischen Dichter der besten Zeit sich
scheuten Gedanken früherer oft fast wörtlich aufzunehmen *), vielmehr gerade durch Aufnahme bekannter Stellen
theils als Axiome, theils als Schmuck der Rede, theils als
Ausgangspunkt für weitere Erörterung oder neue unerwartete Anwendung ihr eignes Gedicht zu erleuchten strebten,
ist bekannt aus dem häufigen Gebrauch homerischer und
eben auch hesiodischer Stellen bei allen Dichtern, von Gedanken des Aeschylus und Sophokles bei Euripides und aus
der namentlichen Anführung älterer Autoritäten durch die
Meliker, besonders Simonides und Pindar.

Die Selbständigkeit Hesiods gegenüber jenen früheren
Gnomendichtern zeigt sich besonders darin, dass er seine
Lehren nicht an die Edlen, sondern vielleicht als der aller-
erste an das Volk richtete. Demgemäss nahm er auch hier
Nichts auf, was mit dessen Verhältnissen unverträglich war
(s. z. 308), und ebensowenig eines Stichwortes wegen Sprüche,
welche nicht genau in den Zusammenhang passten **); nur
dass er es liebt als Beweis eine Erweiterung des Gedankens hinzuzufügen (471. 72. 483. 84. 694 vgl. auch z. 361.
62 u. 286), wo dann das einzelne Verhältniss diesem allgemeinen Grundsatz zu subsumiren ist und nicht eigentlich
eine μετάβασις εἰς ἄλλό γένος stattfindet.

Im ersten Abschnitt des zweiten Theiles sondern sich,
nach dem alles Folgende einleitenden V. 286, bestimmt als
erste Unterabtheilung die Verse über ἀρετή und κακότης
287—326 ab. Das Uebrige bildet zusammen eine zweite

---

*) Ueber den Diebstahl fremder Gedanken bei den arabischen
Dichtern vgl. die lesenswerthen Mittheilungen von Ahlwardt, über Poesie und Poetik der Araber S. 81 f.

**) Uebrigens mag uns in den bei Hesiod als unächt zu bezeich-
nenden Sentenzen und Sprichwörtern manches Fragment gerade aus
jenen alten Gnomologieen aufbewahrt sein.

Unterabtheilnng, denn die Vorschriften über Pietätspflichten
327—41 sind nur durch den Inhalt, nicht durch die Be-
handlungsweise des Dichters einigermaassen von den folgenden 342—79 geschieden.

286. Durch γιγνώσκων 281 und ἑκών 282 scheint wie
oben bemerkt Hesiod andeuten zu wollen, dass in manchen
Fällen Unkenntniss der Wahrheit und des Rechtes Ursache
des Unrechtes sei. Dann wäre σοὶ δ' ἐγὼ κτέ. 'dir aber
will ich, der es weiss (νοέων)' — man sollte erwarten:
sagen, was Recht und Unrecht ist: aber davon hat
das Vorhergehende besonders eben 275—85 gehandelt und
es folgt mit etwas äusserlichem Zusammenhang die allgemeine Ankündigung: gute und nützliche Lehren geben. ἐσθλὰ — ἐρέω in anderm Sinn als ρ 66 ἐσθλ' ἀγορεύον-
τες, κακὰ δὲ φρεσὶ βυσσοδόμευον.

Diese guten und nützlichen Lehren — der ganze Rest
des Gedichtes — umfassen alle Lebensverhältnisse des Perses und beginnen mit einer Erörterung über ἀρετή und κακότης 287—326, in passendem Anschluss an die über δίκη
und ὕβρις. Die ἀρετή ist dem Dichter, wie dem Homer
meist, Thatkraft und Rüstigkeit (anders nur 313:
Würde, Ansehen, s. Welcker, Theogn. rel. p. XXIX vgl.
v 45), κακότης Schlaffheit, Untüchtigkeit, nicht positive Lasterhaftigkeit. Die Stelle gliedert sich wieder in
vier Theile: 1) 287—92. 2) 293. 295—97. 3) 298—307.
312. 13. 4) 320—26.

1) Ueber die Leichtigkeit der κακότης und die Schwierigkeit der ἀρετή: 287—92. Das hier gebrauchte Bild entspricht einigermaassen wieder der Allegorie von den beiden
Ἔριδες und der Fabel (Heyer S. 15). Der Gedanke ist
nämlich in die Allegorie von einem schwierigen und einem
leichten Weg gekleidet, wobei nur das nicht ganz klar ist,
als was für ein Gegenstand die κακότης angeschaut wird,
indem es von ihr heisst καὶ λαβὸν ἐστιν ἐλέσθαι. Im Uebrigen zeigt alles Folgende, dass es auf die κακότης an sich
wenig ankommt; das von ihr Gesagte ist weder 296. 97
noch 302—5, wo wieder vom Unthätigen die Rede, deutlich
berücksichtigt, sie steht vielmehr nur als Gegensatz zur Hervorhebung der ἀρετή mit dieser in parataktischem Verhältniss (s. S. 87). Vorläufig bemerke ich, dass in diesem Ab-

7 *

schnitt auch folgende Worte streng genommen nicht zur
Sache gehören, sondern nur zur Hervorhebung des Haupt-
gedankens dienen: 299 ὄφρα — ἐχθαίρῃ, 349 εὖ μὲν — γείτονος, 366 ἐσθλὸν μὲν — ἑλέσθαι, 368 ἀρχομένου — κορέ-
σασθαι. Um dies zu erkennen ist überall auf den ganzen
Zusammenhang wohl zu achten, da sonst viele solche Gedanken selbständige Berechtigung haben, wie sie ja eben
die Parataxe mit μέν anerkennt. In 345 findet sich dasselbe Verhältniss, jedoch um das Paradoxon des Gedankens
recht kräftig hervortreten zu lassen, hat das vorauszu-
schickende Nebensächliche dort die Stelle des Hauptgedan-
kens eingenommen: ζώσαντο δὲ πηοί. — Mit zwei Versen
ist die κακότης kurz abgethan, für die ἀρετή ist die doppelte
Zahl verwandt. Hier wird der Gegensatz zu ῥηιδίως amplificirt in ἱδρῶτα θεοὶ προπάροιθεν ἔθηκαν, chiastisch sind sich
gegenübergestellt

λείη — ἐγγύθι

μακρός — ὄρθιος καὶ τρηχύς

und die ganze Stelle schliesst bedeutungsvoll mit dem Oxymoron 292 ῥηιδίη δὴ ἔπειτα πέλει, χαλεπή περ ἐοῦσα, wo
zugleich mit geistreicher Paradoxie ῥηιδίη wieder an ῥηιδίως
288 anknüpft. — Ob οἶμος Subject für diesen Vers und für
ἵκηται ist, wie Breitenbach zu Xen. Mem. II, 1, 20 annimmt,
wage ich nicht zu entscheiden, so lange mir kein Beispiel
bekannt, dass ein Substantiv wie hier οἶμος unmittelbar nach
einander mit verschiedenem Genus gebraucht ist. Allerdings aber würde die Stelle bei dieser Annahme sehr an
Deutlichkeit gewinnen, wenn an der Lesart ἵκηται festgehalten wird, weil dieses sonst des Subjects entbehrt, um so
härter, da nachher zu ῥηιδίη κτέ. aus dem Vorigen wieder
ἀρετή als Subject zu entnehmen wäre. Ausserdem hätte
zwar die soweit durchgeführte Allegorie von den zwei Wegen
ihren consequenten Abschluss nur, wenn dem ὄρθιος καὶ
τρηχὺς τὸ πρῶτον seine gegensätzliche Beschränkung unter
demselben Bilde gegeben wird. Aber doch möchte ich ἵκηαι,
wie ausser einigen Handschriften auch Plat. de leg. 719 hat,
vorziehen, wo dann zum folgenden Verse nur ἀρετή Subject
sein kann. — Es ist der Mühe werth die Verse 289—92
in ihrer Einfachheit mit der idealisirenden Nachbildung des
Simonides von Ceos frgm. 58 Bgk. zu vergleichen. Ausser-

dem haben offenbar sie dem Prodikos die Anregung zu seiner bekannten Allegorie von Herakles am Scheidewege gegeben (Xen. Mem. II, 1, 21 sqq.). Vgl. Xen. Cyr. II, 2, 24. Eine Reminiscenz an die Stelle möchte ich auch erkennen in dem delphischen Orakel bei Mai script. veter. nov. coll. t. 2 p. 2 (Diod. exc. Vat.), wenn nicht beiden Dichtern ein älterer Vorbild war.

2) Mit kräftigem Asyndeton folgen in raschem Fortgang des Gedankens wie selbständige Sentenzen 293—97, über zwei Stufen der ἀρετή: eigne Erkenntniss des Rechten (πανάριστος), Befolgung guten Raths (ἐσθλός), welchen als unterste Stufe die Schlaffheit (also κακότης) dessen entgegengesetzt wird, der sich nicht einmal zum Guten leiten lässt (ἀχρήιος). — 294 ist nur eine matte Umschreibung von 293, vielleicht aus einem andern Dichter entlehnt, den kräftigen Anschluss von 293 und 295 schwächend. Dies scheinen alle von Göttling citirten Schriftsteller (übersehen ist Her. 7, 16), welche auf diese Stelle Bezug nehmen, wohl gefühlt zu haben, Unkenntniss des Verses möchte ich aber bei späten Schriftstellern nicht annehmen. Wird er (mit Brunck) ausgeworfen, so stehen die beiden Verse über den πανάριστος und ἐσθλός den über den ἀχρήιος in gleicher Zahl entgegen.

3) Wie im ersten Theile den allgemeinen Belehrungen über beide Ἔριδες und dann über δίκη und ὕβρις die entsprechenden Aufforderungen an Perses sich anschlossen, so folgt auch hier nach der erst allegorischen, dann unmittelbaren aber allgemeinen Betrachtung über die ἀρετή in 298—313 die Anwendung auf Perses' Verhältnisse und Aufforderung zur Thätigkeit. Er solle gutem Rath folgen: ἡμετέρης μεμνημένος αἰὲν ἐφετμῆς, dem nämlich, den er ihm 28 gegeben und jetzt wiederholt mit dem einen Wort ἐργάζευ, worin sich für den Landmann die ἀρετή erfüllt. Der Befolgung dieses Gebots wird Wohlstand verheissen ὄφρα σε λιμὸς ἐχθαίρῃ, φιλέῃ δέ σ' εὐστέφανος Δημήτηρ αἰδοίη, βιότου δὲ τεὴν πιμπλῇσι καλιήν. Der Dichter will hauptsächlich sagen ὄφρα σε φιλέῃ ἐ. Δ., der parataktisch vorausgesandte Gegensatz ist dem gewählten Bild von der Liebe der Göttin zu dem Fleissigen angepasst. So sind zum vierten Male, wie 11 ff. 219 ff. 287 ff., moralische Betrach-

tungen in allegorisches Gewand gekleidet. Und die Allegorie wird noch 302 fortgeführt: 'λιμός hasst den Fleissigen, weil er durchaus der Gefährte des Trägen ist und diesen also liebt'. Denn σύμφορος ist hier der, welcher mit einem Andern etwas trägt. Theogn. 526 ή πενίη δὲ κακῷ σύμφορος ἀνδρὶ φέρειν. Theog. 593. Vgl. σειραφόρος Aesch. Ag. 842. 'Hingegen hassen ihn Götter und Menschen': 303. Dem Bilde in 304. 5, wo er mit den Drohnen verglichen wird *), stellt 306 die wiederholte Aufforderung an Perses (σοὶ δέ) zu arbeiten entgegen, kehrt also zum Gedanken von 299 zurück und 307 wiederholt auch die Verheissung von 300 mit ähnlichen Worten, doch ohne Allegorie, mit speciellem Bezug auf die Verhältnisse (ἔργα μέτρια):

300 σοὶ δ' ἔργα φίλ' ἔστω μέτρια κοσμεῖν,
     ὥς κέ τοι ὡραίου βιότου πλήθωσι καλιαί.

312 εἰ δέ κεν ἐργάζῃ, τάχα σε ζηλώσει ἀεργὸς
     πλουτεῦντα· πλούτῳ δ' ἀρετὴ καὶ κῦδος ὀπηδεῖ.

Nächster Erfolg der Thätigkeit ist also reicher Erndtesegen. Der führt bald durch seine Wiederkehr den Fleissigen zu neidenswerthem Wohlstand (πλοῦτος), dieser endlich zu Ehre und Ansehen (ά. κ. κ. ὀπ. wie P 251 τιμὴ καὶ κῦδος ὀπηδεῖ vgl. Π 84). Diese sind gleichsam die Verherrlichung des Thätigen und bilden so den schönsten Abschluss, womit man vergleiche 23. 24. 285. 477. 78. — In 312. 13 liegt der Hauptgedanke nicht in ζηλώσει, sondern in πλουτεῦντα, woran sich auch sogleich die Steigerung anschliesst πλούτῳ — ὀπηδεῖ, der ζῆλος ist nur das sichere Zeichen des πλούτος. Die Worte wiederholen übrigens deutlich den Gedanken von 21 εἰς ἕτερον --- ἰδὼν ἔργοιο χατίζων und 23 ζηλοῖ δέ τε γείτονα γείτων εἰς ἄφενον σπεύδοντα. — Den Sinn der vier Verse drückt der schöne Spruch des Phokylides aus fragm. 7 Bgk. χρηίζων πλούτου μελέτην ἔχε πίονος ἀγροῦ· ἀγρὸν γάρ τε λέγουσιν Ἀμαλθέης κέρας εἶναι.

Die Unächtheit der ausgeworfenen Verse 308—11 ist leicht zu erweisen. 308 würde wenn zulässig nur den Gedanken von 312 enthalten. Aber er gehört nicht in das Gedicht, da πολύμηλοί τ' ἀφνειοί τε nicht für die Verhält-

---

*) Reminiscenz dieser Stelle Ar. Vesp. 1114—16.

nisse des Perses passt. Dieser hat ἔργα μέτρια, grossen Heerdenreichthum konnte ein Landmann zur Zeit der noch fest begründeten Aristokratie nicht erwerben, weil ihm ja das Land zum Weiden der Heerden gefehlt hätte. πολύμηλος ist Epitheton der Edlen um ihren Reichthum überhaupt zu bezeichnen B 705. Ξ 490. vgl. Schol. Hes. p. 119 Gaisf. Ausserdem hat ἔργα 306, welches die Veranlassung zur Hereinziehung des wohl aus einem andern Gedicht stammenden Spruches gab, nicht die gleiche Bedeutung in beiden Versen. — 309. 10 sind nur matte Wiederholung von 303 und zwar scheint 309 einer andern Stelle entnommen, 310 von einem höchst ungeschickten Interpolator zur Vervollständigung der Construction hinzugefügt zu sein, denn μάλα — ἀέργους ist eine lächerliche Begründung für πολὺ φ. ἀθ. — Und ebenso unpassend ist, nachdem das Schmachvolle der Unthätigkeit 304. 5 kräftig durch das Bild der faulen Drohnen dargestellt war, das in den Text gerathene Sprichwort 311 (auch von Twesten S. 33 verworfen).

Einem Rhapsoden fiel ein, was den Perses von anhaltender Thätigkeit zurückhielt (28). Er glaubte es auch den Hörern in Erinnerung bringen zu müssen und that es durch die elenden Verse 314—16. Wenn selbst bei Hesiod δαίμονι = δαήμονι peritus keinen Anstoss gäbe, so wird ja diese Eigenschaft nicht verloren; also wäre οἷος ἔησθα widersinnig, ebenso die Scheidung zwischen den der Feldarbeiten Kundigen und Unkundigen, weil so ziemlich jeder von Perses' Standesgenossen sie verstehen musste. δαίμονι mit Tzetzes zu erklären: τῇ τύχῃ d. h. ἀτυχὴς ἢ εὐτυχής, ἢ πένης ἢ πλούσιος, wie Göttling thut, ist an sich ohne Gewähr und dann gibt das Imperfect denselben Anstoss. Ebensowenig hilft Lehrs dem Machwerk durch ein Ausrufungszeichen und Vollbehrs Erklärung ist mir noch unverständlicher als die Verse selbst. Der Interpolator scheint allerdings δαίμονι = δαήμονι gesetzt, aber den Sinn dieses Wortes nicht genau gekannt zu haben, wie es ihm oder seinem Collegen 263 mit μύθους gegangen. Für εἴ κεν sollte man wenigstens ὥς κεν erwarten, ἀλλοτρίων κτεάνων ist aufgelesen aus 34, ὥς σε κελεύω ein müssiges Versfüllsel. — Schömann (S. 35 f.) vermuthet δαίμονι δ' ἴσος ἔσῃ· τῷ (= διὰ τοῦτο) κτέ.

Die drei folgenden Verse 317—19 (verworfen von Twesten S. 33 und Lehrs S. 245, 317 auch von Vollbehr S.
58) scheinen durch die Erwähnung der αἰδώς 324, freilich in
anderem Sinne, in den Text gerathen zu sein. 317 ist aus
den von Göttling citirten Stellen 500 ἐλπὶς δ᾽ οὐκ ἀγαθὴ
κεχρημένον ἄνδρα κομίζει und ρ 347 αἰδὼς δ᾽ οὐκ ἀγαθὴ κε-
χρημένῳ ἀνδρὶ παρεῖναι ungeschickt zusammengesetzt, denn
αἰδὼς κομίζει gibt keinen passenden Sinn. Ferner von welchem κεχρημένος ἀνήρ soll denn hier die Rede sein? Doch
nur von dem Faulen, κηφήνεσσι κοθούροις εἴκελος ὀργήν.
Aber der ist ἀναιδέστατος. — 318 steht mit kleiner Verschiedenheit auch Ω 45, gibt aber dort etwas für den Zusammenhang so Gleichgültiges wie hier (s. Schol. A z. d.
St.). Er scheint ein bekanntes Sprichwort gewesen zu sein,
auf das wahrscheinlich auch Thucyd. V, 111, 3 anspielt.
Auch 319 ist sicher von ähnlicher Art. Hier sagt er in seinem ersten Theil ganz dasselbe wie 317, im zweiten kehrt
er den Satz nur um.

4) Warnung vor unrechtmässigem Erwerb 320—26.
Die Thätigkeit bringt allerdings πλοῦτος, doch nur indem
die Götter ihn als Lohn derselben verleihen (θεόσδοτα vgl.
mit 300. 301). Er kann nicht mit Gewalt erlangt werden
(χρήματα οὐχ ἁρπακτά); wer ihn erbeutet, sei es mit be-
waffneter Hand oder durch Meineid (ἀπὸ γλώσσης ληίσσε-
ται), dem nehmen ihn die Götter bald wieder. Der Meineid wird hier der ἀρετή entgegengesetzt, wie oben 282—84
der δίκη und mit derselben Strafe in ganz ähnlichen Worten
bedroht. In ἀ. γλ. λ. ist eine nochmalige Anspielung auf
Hesiods Rechtshandel, welche jedoch sogleich durch den
Zusatz οἷά τε πολλά — κατοπάζῃ verwischt wird, wie auch
μέγαν ὄλβον 321 allgemein gesagt ist, nicht mit Bezug auf
Perses. Nicht zu übersehen ist der absichtlich gleiche Aus-
gang von 326 ὄλβος ὀπηδεῖ (ὄλβος eben der in 321 erwähnte)
mit dem Ende des vorhergehenden Abschnittes 317 ἀρετὴ
καὶ κῦδος ὀπηδεῖ, durch welche Wiederholung das unter-
scheidende παῦρον δέ τ᾽ ἐπὶ χρόνον um so mehr Nachdruck
erhält. — Abweichend von sonstigem Gebrauch wäre 325
der Plural οἶκοι von der Familie des Einzelnen. Er steht
ω 417 in der Bedeutung Haus, doch läugnet Ameis z. d. St.
auch diesen Gebrauch bei Homer und hat οἶκον = οἰκόνδε

aufgenommen. Ohne Zweifel ist mit Bergk, Philol. XVI
S. 582 zu ändern: μινύθουσι δὲ οἶκον.

Auf den Abschnitt über die ἀρετή folgt ein kürzerer
über Pflichten der Pietät gegen Menschen und Götter 327
—41. Auszuscheiden ist 329, ein müssiger Zusatz zu 328
(desswegen verworfen von A. Straubel, s. krit. Not. Göttl.)
und weil der Genetiv κρυπταδίης εὐνῆς aus dem besseren
Sprachgebrauch nicht gerechtfertigt werden kann. Denn
mit Göttling ihn als Grund zu ἀνὰ δέμνια βαίνῃ zu fassen
ist unzulässig, da nur bei Verben des Gefühles ein solcher
Genetiv steht (vgl. Krügers Gr. § 47, 21). Nach Ausscheidung dieses Verses ist jede der sündhaften Handlungen in
einem Vers bezeichnet, nur die letzte in zwei (vgl. 182—
84 mit 185. 86, 293. 95 mit 296. 97 und zu 287—92) und
stehen sich die Bezeichnung jener und die Aufforderung
zu frommen Handlungen in je sieben Versen gegenüber.
Jene (327. 28. 330—34) handeln von Frevel 1) gegen ἱκέται
und ξεῖνοι (verbunden wie θ 546. ι 270. τ 134 vgl. Nägelsbach hom. Theol. S. 252 f., nachhom. Theol. d. gleiche
S.), 2) gegen die Ehe des Bruders (κασίγνητος ist im ganzen Gedicht überall deutlich Bruder und Hesiods einziges
Wort dafür, 707 ausdrücklich in Gegensatz zum ἑταῖρος, vgl.
183. 84; so urtheilt auch Nägelsbach nachh. Th. S. 239),
3) gegen Waisen, 4) gegen den greisen Vater. Alle diese
Frevel gelten gleich und werden von Zeus selbst (αὐτός
vielleicht mit Bezug auf das allgemeine θεοί 325), unter
dessen besonderem Schutze gerade diese Verhältnisse stehen
(s. Proc. z. d. St.), wenn auch oft spät (ἐς δὲ τελευτήν vgl.
218 ἐς τέλος ἐξελθοῦσα) doch streng bestraft (vgl. 239).

Jene Frevel waren ganz allgemein als solche bezeichnet
worden; an Perses wendet sich der Dichter erst jetzt wieder (ganz so wie 298) und belehrt ihn, was er thun solle
335—41. Hesiod kennt neben dem Unterlassen des Unrechts keine andere Bethätigung der εὐσέβεια als durch Opfer
und empfiehlt Brandopfer, wenigstens soweit es die Mittel
des Perses zulassen (κὰδ δύναμιν), ausserdem Rauchopfer
und Spenden (s. z. 336—38 Hermann, gottesdienstl. Alterth.
§ 25, 12). — 340. 41 ist von dem Finalsatze mit ὡς ein
zweiter mit ὄφρα abhängig, gerade wie 393. 94 ὡς — μή

und O 31. 32 τῶν σ᾽ αὖτις μνήσω, ἵν᾽ ἀπολλήξῃς ἀπατάων, ὄφρα ἴδῃ κτέ. Schoemann, opusc. II p. 479. not. 8.

Jetzt folgen 342—79 Sprüche von je zwei, höchstens drei Versen nach Ausscheidung des Unächten, in kurzem einfachem Ausdruck, nur zweimal, am Anfang und 357—60, mit einer längeren Begründung, als sie in diesen Verspaaren Platz fand, meist im Infinitiv ermahnend, womit schon 335 begonnen und wie es von nun an durch das ganze Gedicht vorherrschend bleibt. Sie enthalten Regeln, wie das Gedeihen des Hauswesens durch gutes Vernehmen mit den Nachbarn, Sparsamkeit, kluge Anordnung der Verhältnisse zu Hausgenossen und nächsten Angehörigen zu sichern ist. Ein kenntlicher grösserer Abschnitt ist nirgends mehr gemacht, vielmehr reiht sich ein Spruch an den andern durch einfache aber ziemlich äusserliche Uebergänge. 1) Zwei Verspaare: 342. 43, Begründung davon in 344. 45. Wohl durch die Erwähnung der ἱερά 336 veranlasst (so meint auch Proc. und Vollbehr S. 59) folgt 342 die Aufforderung τὸν φιλέοντ᾽ ἐπὶ δαῖτα καλεῖν, τὸν δ᾽ ἐχθρὸν ἐᾶσαι. Denn eine solche δαίς kann nach den Verhältnissen des Perses nur eine Opfermahlzeit sein (vgl. Xen. Mem. II, 3, 11). Besonders aber solle man den Nachbar durch Einladung dabei zu seinem Freunde *) machen. Dieser komme dann, wenn καὶ χρῆμ᾽ ἐγκώμιον ἄλλο (mit Bezug auf δαίς) seinen Beistand wünschenswerth mache. — Nach dem kräftigen sprichwortähnlichen Paradoxon 345 γείτονες ἄζωστοι ἔκιον, ζώσαντο δὲ πηοί sind drei Sentenzen mit dem Stichwort γείτων in den Text gerathen 346—48. Denn trotzdem dass 345 eben in praktischer Veranschaulichung den Nutzen eines guten Nachbars gelehrt, versteht es sich doch ganz von selbst, dass nicht alle Nachbarn gut sind, und die triviale Reflexion 346 **) schwächt nur den Nachdruck des vorhergehenden Gedankens, zu dem sie nicht einmal in gegensätzlichen Bezug gesetzt ist, wie Hesiod immer recht bestimmt thut. Den Vers verwirft auch Lehrs S. 185. Noch müssiger ist 347, Nichts als eine Parallelstelle zu 346. Und 348, ohne Zweifel ein

---

*) Vgl. auch Xen. Hier. 8, 3; die allgemeine Gültigkeit der Sitte beweist Luc. Tim. 43 extr.

**) Vgl. Alcman frgm. 50 μέγα γείτονι γείτων.

viel gebrauchtes Sprichwort, wendet diesen nun zweimal
ausgesprochenen Gedanken auf einen speciellen Fall an
und scheint obendrein wie er dasteht fast als ausgemacht
zu nehmen, dass die Nachbarn meist schlecht sind, was
übrigens als allgemeine Ansicht auch 701 andeutet, also
hier dem V. 345 zu widersprechen.

2) An 345 schliesst sich vielmehr in drei Versen, 349
—51, als Erweiterung der ersten Regel auf ein ähnliches
Verhältniss die Ermahnung, was man vom Nachbar ge-
borgt, richtig oder noch besser zurückzugeben. Das Gebot
ist enthalten in εὖ ἀποδοῦναι, diesem ist εὖ μὲν μετρεῖσθαι
parataktisch vorausgeschickt, dabei εὖ eigentlich nur der
völligen Gleichmässigkeit mit εὖ ἀποδ. wegen gesetzt: 'wann
du dir hast messen lassen'. — 352 (verworfen von Twesten
S. 32, Lehrs S. 246) ist eine höchst müssige Wiederholung
von 320 ff., wo die κακὰ κέρδεα von dem Standpunkte beurtheilt sind, wie sie beurtheilt werden müssen, als von
den Göttern verbotener Frevel. Hier ist dem ganzen Zusammenhange nach bloss von kleineren Aeusserungen des
Eigennutzes die Rede, die von den Menschen mit Gleichem
vergolten werden. Ganz unpassend ist hier ἄτῃσιν, sei dessen Bedeutung nun: 'von den Göttern als Strafe verhängte
Bethörungen' (Nägelsbach hom. Th. S. 271 f.) oder: Unglücke
(s. z. 231). An sich gibt der Plural keinen Anstoss; er
steht mit Bezug auf die einzelnen Fälle wie 413. Der Vers
mag aus einem andern Zusammenhang entnommen worden
sein, in den er passte.

3) Verspaar 353. 54 mit Begründung in zwei Verspaaren
357—60. Aus den beiden vorhergehenden Regeln wird 353.
54 der allgemeine Grundsatz gezogen, welcher scheinbar
derselbe ist wie Ev. Matth. 7, 12 πάντα οὖν ὅσα ἂν ἐθέλητε,
ἵνα ποιῶσιν ὑμῖν οἱ ἄνθρωποι, οὕτω καὶ ὑμεῖς ποιεῖτε αὐτοῖς,
doch zeigen die Worte καὶ μὴ δόμεν ὅς κεν μὴ δῷ wie weit
Hesiods Moral von christlicher Nächstenliebe entfernt ist
(vgl. Nägelsbach nachhom. Th. S. 261). Speciell beziehen
sich in 353 τὸν φιλέοντα φιλεῖν *) auf 342, τῷ προσιόντι
προσεῖναι auf 344. 45, hingegen 354 zwar auf 349—51,

*) Die Worte ähnlich dem Anfang des unächten Verses o 74 χρὴ
ξεῖνον παρεόντα φιλεῖν, ἐθέλοντα δὲ πέμπειν.

doch mit weniger genauem Anschluss und er wird auch noch
näher begründet in 357—60. — προσεῖναι entspricht hier
gerade so dem προσιέναι wie das gleichbedeutende παρέσσο-
μαι v 393 dem vorhergehenden παρασταίης 389.

355 (getrennt von Lehrs S. 247) wiederholt ganz den
Gedanken, fast auch die Worte von 354, wovon er eine
Parallelstelle ist. Wegen ἀδώτης s. Isler, quaest. Hesiod.
p. 22. — 356 δὼς ἀγαθή, ἅρπαξ δὲ κακή, θανάτοιο δότειρα.
Was dieser Vers (verworfen von Twesten S. 32, Lehrs S. 247)
hier soll, verstehe ich nicht. δὼς ἀγαθή kann an sich heissen
1) nützlich: das ist hinlänglich 349—51. 354 ausgesprochen;
2) moralisch gut *), aber dem widerspricht, soweit es sich
um Hesiods Ansicht handelt, καὶ μὴ δόμεν, ὅς κεν μὴ δῷ.
Der Zusatz zeigt, dass das Letztere anzunehmen ist. Dieser Zusatz selbst nun kann weiter keinen Sinn haben, als
den schon hinlänglich 320—26 · ausgesprochenen von der
Vergänglichkeit der unrechtmässig erworbenen Güter. Ferner wenn wir selbst an dem hier allein vorkommenden Gebrauch von ἅρπαξ als Abstractum keinen Anstoss nehmen
(welches wenigstens analog gebildet ist wie φρίξ und βήξ **),
so scheint doch θανάτοιο δότειρα dunkel und schwülstig,
wenn es nicht etwa da seine Rechtfertigung fand, wo der
Vers hergenommen ist ***).

354 καὶ δόμεν, ὅς κεν δῷ, καὶ μὴ δόμεν, ὅς κεν μὴ δῷ
erhält wie bemerkt seine nähere Begründung in 357—60
und zwar die erste Hälfte im ersten Verspaar 357. 58, welche
so zu lesen und zu interpungiren sind:

ὃς μὲν γάρ κεν ἀνὴρ ἐθέλων, ὅτε, κἂν μέγα δώῃ,
χαίρει τῷ δώρῳ καὶ τέρπεται ὃν κατὰ θυμόν.

Wer gern †) gibt ††), gibt mit Freuden selbst viel, Grund
genug um auch ihm zu geben. So steht die Freude am

---

*) Wie 2 Cor. IX, 7 ἱλαρὸν γὰρ δότην ἀγαπᾷ ὁ θεός.

**) Vgl. Lobeck Paralip. p. 131.

***) In ganz anderm Sinn Sc. 131 διστοὶ θανάτοιο δοτῆρες.

†) Wegen ἐθέλων vgl. besonders γ 272. Δ 300.

††) δῷ ist, als oben vorangegangen, auch zu ὅς — ἐθέλων zu beziehen, weniger hart, da es sogleich wieder folgt.

Geben nicht .in Widerspruch mit 354 καὶ μὴ — δῷˋ und
Hesiods sonstiger Denkweise, wie es allerdings auf den
ersten Anblick scheint und auch Plutarch schien (b. Proc.
z. 355). Der Andere: ὅς κεν μὴ δῷ ist 359 nicht in concinnem
Gegensatz zu ἐθέλων als ein solcher bezeichnet, der sich
selbst nimmt was er braucht; denn nur so kann ὅς δέ κεν
αὐτὸς ἕληται ἀναιδείηφι πιθήσας verstanden werden, vgl.
X 107. φ 315, nicht etwa: wer so unverschämt ist anzunehmen ohne selbst zu geben. In 360 muss δῶρον aus
358 als Subject genommen werden, etwas hart allerdings,
aber unzweifelhaft durch die sonstige Congruenz der Gegensätze in 357. 58 und 360: μέγα und σμικρόν, χαίρει — καὶ
τέρπεται ὃν κατὰ θυμόν und ἐπάχνωσεν φίλον ἦτορ. Es erfüllt also selbst eine kleine Gabe das Herz des Habsüchtigen mit Schauder᾽ oder Betrübniss *). Also wird kein
Vernünftiger ihm Etwas geben.

Sehr auffallend ist, dass in 361. 62 — wie sonst nichts
Aehnliches im ganzen Gedicht — die Handlungsweise des
Habsüchtigen nicht bloss erklärt wird, sondern scheinbar
gerechtfertigt mit Worten, die einen an sich gewiss un-
verwerflichen Satz aussprechen: aus Kleinem wird durch
Sparsamkeit Grosses. Von einer Ironie wie 33 ist keine
Andeutung, noch auch der Satz wie 207 bloss vom Standpunkte des Unrechthandelnden ausgesprochen. Eine Athetese wäre trotzdem unzulässig, da die Verse das vorher
357, wenn auch nicht in derselben Beziehung, erwähnte
μέγα recht schön mit dem ebenerwähnten σμικρόν verknü-
pfen (vgl. zu 292). —. Auch in den beiden folgenden Versen 363. 64, welche direct und unzweideutig zur Sparsamkeit ermahnen, ist keinerlei Gegensatz etwa gegen eine
Sparsamkeit verbunden mit Ungerechtigkeit, weder in dem
bloss anknüpfenden ὅς δέ, noch in der Wiederholung des
Subjects beim Nachsatze ὁ δέ**) (Krüger, poet.-dial. Synt.
§ 50, 1, 11), noch in ἐπ᾽ ἐόντι φέρει, welches nur dasselbe

---

*) παχνόω vom Schrecken P 111 τοῦ δ' ἐν φρεσὶν ἄλκιμον ἦτορ
παχνοῦται, von Betrübniss Aesch. Choeph. 81 κρυφαίοις πένθεσιν παχ-
νουμένη. Eur. Hippol. 803 λύπῃ παχνωθεῖσα.

**) Was aber Hesiod nur nach Subj. ὅς δέ anwendet 296. 97, ὅς δέ
— τοῦ δέ 282. 84, οἷς δέ — τοῖς δέ 238. 39.

bezeichnen kann, wie 361 σμικρὸν ἐπὶ σμικρῷ καταθεῖο. — Uebrigens stehen 361. 62 in eigenthümlichem Verhältniss zu dem Vorhergehenden und Folgenden, den letzten Gedanken von jenem begründend und zugleich die daran schliessende Reihe von vier zusammenhängenden Sentenzen eröffnend.

4) Diese Sentenzen sind in vier Verspaare gefasst: 361—64. 366—69. Ihr Sinn ist: 361. 62 aus Ersparniss von Kleinem entsteht allmählich Grosses. 363. 64 Ersparniss schützt vor Noth. 366. 67 Noth ist bitter zu ertragen. 368. 69 zu spätes Sparen nützt nicht mehr. So bilden diese Verse ein stufenweises Aufsteigen des Gedankens *), wie ähnlich schon 293—97, 312—13, nur tritt hier jedes Verspaar, eine selbständige goldne Lebensregel umfassend, ohne unmittelbaren Anschluss des Gedankens an das vorige auf, darin Gleichheit der Form zeigend und dabei doch den lebendigen Wechsel zwischen Vordersatz und Nachsatz (361. 62), Parallelismus, erinnernd an alttestamentliche Poesie, mit dem populären Witz οὐδὲ τόγ' ἐν οἴκῳ κατακείμενον ἀνέρα κήδει (363. 64), Satz und Gegensatz (366. 67) und endlich dreifachem Gegensatz, zweimal ohne Bezeichnung desselben (368. 69) in Verbindung mit allegorischer Einkleidung des Gedankens. Ueber die den Hauptgedanken parataktisch beigefügten s. S. 100. — In 367 ist ἅ σε φράζεσθαι ἄνωγα nicht müssig, sondern eine nachdrückliche Mahnung vgl. α 269. π 312. υ 43. Hymn. Apoll. 528. — Den Zusammenhang stört das durch die Worte 364 ἐν οἴκῳ hereingezogene Sprichwort 365, das wie auch immer verstanden, hier keine Stelle hat, ebensowenig als Hymn. Merc. 36, wohin es auf ähnliche Weise gerathen. (Verworfen auch von Lehrs S. 248, Vollbehr S. 60 not. 164.)

5) Drei Verse 370—72. Wenn ein näherer Gedankenzusammenhang mit dem Vorigen stattfindet, so kann es nur der sein, dass die Sparsamkeit nicht dahin ausgedehnt wer-

---

*) Vgl. I 318 wo ich der Athetese Friedländers (Jahrb. f. Phil. Suppl.-B. 3. S. 469 f.) nicht zustimmen kann. Die Verse enthalten gerade in ihrer Abgerissenheit den Ausdruck der allergrössten Bitterkeit und der Gedanke schreitet in ihnen stetig fort: der Thätige und der Unthätige erhalten gleichen Lohn, ja sogar gleiche Ehre, am Ende trifft der Tod den Einen wie den Andern.

den darf, wo sie schädlich ist. Am verdienten Lohn eines
Andern darf nicht gespart werden: 370 μισθὸς δ' ἀνδρὶ φίλῳ
εἰρημένος ἄρκιος ἔστω. Die Bedeutung von εἰρημένος und
ἄρκιος zeigen klar K 303 τίς κέν μοι τόδε ἔργον ὑποσχόμε-
νος τελέσειεν δώρῳ ἐπὶ μεγάλῳ; μισθὸς δέ οἱ ἄρκιος ἔσται.
Φ 443 ὅτ' ἀγήνορι Λαομέδοντι — θητεύσαμεν εἰς ἐνιαυτὸν
μισθῷ ἐπὶ ῥητῷ. σ 357 ξεῖν', ἦ ἄρ κ' ἐθέλοις θητευέμεν, εἴ
σ' ἀνελοίμην, ἀγροῦ ἐπ' ἐσχατιῆς, μισθὸς δέ τοι ἄρκιος ἔσται,
αἱμασιάς τε λέγων καὶ δένδρεα μακρὰ φυτεύων; 'Der aus-
bedungene Lohn soll dem Arbeiter zu Theil werden, so
gross, dass er genügen kann' (vgl. Lehrs S. 248. Schneidewin, de Pith. Troez. p. 12 not.). Das Verhältniss des ἀνὴρ
φίλος, wie er genannt wird, bezeichnet die letzte Stelle,
womit man vergleiche λ 489. 90. Es ist ein ärmerer Landmann, der auf den Aeckern eines Andern, welcher selbst
nicht reich zu sein braucht (ἀνδρὶ παρ' ἀκλήρῳ, ᾧ μὴ βίοτος
πολὺς εἴη), als θής arbeitet und dafür Unterhalt bekommt. —
So wird also vor ἀπιστία gegen diesen gewarnt, aber ebenso
vor einer zu weit gehenden πίστις selbst gegen den Bruder
371. Beides rechtfertigt 372. Desswegen ist statt δ' ἄρ zu
lesen γάρ, womit Hesiod fast durchaus seine Vorschriften
begründet; nur 375 und 723 ist statt dessen der begrün-
dende Gedanke mit δέ angereiht (vgl. 237). Hingegen ist
δ' ἄρ nur folgernd oder den Uebergang bildend.

6) An die Warnung vor unzeitiger πίστις schliesst der
weiberfeindliche Dichter sogleich die auch Weibern nicht
zu trauen, ebenfalls in drei Versen 373—75. Uebrigens
kann unter der γυνὴ πυγοστόλος — αἱμύλα κωτίλλουσα, τεὴν
διφῶσα καλιήν wohl nur eine buhlerische Dirne verstanden
sein. Statt γυναικί 375 wird γυναιξί zu lesen sein, weil
sonst der Plural φηλήτῃσι keine Rechtfertigung hätte.

7) Ueber die Verhältnisse der Söhne handeln die beiden Verspaare 376—79. Vor Allem sei hier gegen Proculus
und Ranke's (S. 24) Auffassung bemerkt, dass auch in diesen Versen kein blosser Wunsch, sondern eine Vorschrift
ausgesprochen wird. 'Ein einziger Sohn sei da um den
Wohlstand des Hauses zu mehren'. Der Sinn von 378 ist:
sorge dafür, dass vor deinem Tode im Alter noch ein zweiter Erbe dasei. Demnach hängt die Erfüllung des hier als

wünschenswerth Bezeichneten von der Macht des Perses ab. Göttling erinnert an das Gesetz des Philolaus und erklärt die Stelle so: 'optimum erit, si uni (i. e. maximo natu: Majorat nos dicimus) filio hereditatem relinquas; sed propterea non opus est, ut liberis procreandis supersedeas'. Dieser Erklärung widerspricht aber ganz offenbar ἐγκαταλείπων, was nicht wie καταλείπειν einfach: hinterlassen beim Tode, sondern ein Zurücklassen an dem gegebenen Ort zu einem bestimmten Zweck bezeichnet (vgl. Thuc. 1, 115, 3. 2, 6, 4), also hier: im Hause, natürlich als Erben, wenn vielleicht auch mit geringerem Antheil. (Vgl. auch Ε 154 υἱὸν δ' οὐ τέκετ' ἄλλον, ἐπὶ κτεάτεσσι λιπέσθαι. η 149 καὶ παισὶν ἐπιτρέψειεν ἕκαστος κτήματ' ἐνὶ μεγάροισι.) Dass der Jüngere dann seinen eignen Hausstand gründet, versteht sich; sonst wäre er ja der θής seines Bruders. — Bei dieser Auffassung gewinnt vielleicht auch 37 einiges Licht. Man könnte ihn so erklären: Hesiod als der ältere Sohn habe den κλῆρος des Vaters geerbt, Perses Anderes, habe aber dann durch ungerechten Richterspruch eine Theilung des κλῆρος erzwungen.

Die Gesetze des Philolaus erwähnt Aristoteles Pol. II, 9, 6—8 (12 pg. 1274 ed. Berol.). Ich setze die betreffenden Worte her: Ἐγένετο δὲ καὶ Φιλόλαος ὁ Κορίνθιος νομοθέτης Θηβαίοις. ἦν δ' ὁ Φιλόλαος τὸ μὲν γένος τῶν Βακχιαδῶν, ἐραστὴς δὲ γενόμενος Διοκλέους τοῦ νικήσαντος Ὀλυμπίασιν, ὡς ἐκεῖνος τὴν πόλιν ἔλιπε διαμισήσας τὸν ἔρωτα τὸν τῆς μητρὸς Ἀλκυόνης, ἀπῆλθεν εἰς Θήβας κἀκεῖ τὸν βίον ἐτελεύτησαν ἀμφότεροι. — νομοθέτης δ' αὐτοῖς ἐγένετο Φιλόλαος περί τ' ἄλλων τινῶν καὶ περὶ τῆς παιδοποιίας, οὓς καλοῦσιν ἐκεῖνοι νόμους θετικούς. καὶ τοῦτ' ἐστὶν ἰδίως ὑπ' ἐκείνου νενομοθετημένον, ὅπως ὁ ἀριθμὸς σώζηται τῶν κλήρων. — Sie werden im Allgemeinen als νόμοι θετικοί bezeichnet und mit den Bestimmungen über die Adoption standen in Verbindung die περὶ παιδοποιίας, welche uns hier zunächst interessiren. Der gemeinsame Zweck beider ὅπως ὁ ἀριθμὸς σώζηται τῶν κλήρων lässt keinen Zweifel; die letzteren waren Vorschriften zur Beschränkung der Kinderzahl. Von welcher Art? Arist. Pol. VII, 14, 10 (16 pg. 1335 ed. Berol.) gibt als Mittel gegen Uebervölkerung an: περὶ δὲ ἀποθέσεως καὶ τροφῆς τῶν γιγνομένων ἔστω νόμος μηδὲν πεπηρωμένον τρέφειν, διὰ δὲ πλῆθος τέκνων, ἐὰν ἡ τάξις τῶν ἐθνῶν κωλύῃ, μηδὲν ἀποτίθεσθαι τῶν γιγνομένων· ὥρισται γὰρ δὴ τῆς τεκνοποιίας τὸ πλῆθος. ἐὰν δέ τισι γίγνηται παρὰ ταῦτα συνδυασθέντων, πρὶν αἴσθησιν ἐγγενέσθαι καὶ ζωὴν ἐμποιεῖσθαι δεῖ τὴν ἄμβλωσιν. τὸ γὰρ ὅσιον καὶ τὸ μὴ διωρισμένον τῇ αἰσθήσει καὶ τῷ ζῆν ἔσται. Die Worte ὥρισται — πλῆθος und ἐὰν ἡ τάξις — γιγνομένων lassen kaum einen Zweifel, dass Aristoteles jenes Gesetz des Philolaus περὶ παιδοποιίας und das weitere, welches Kinderaussetzung verbot, demnach wohl auch von Philolaus herrührte, im Sinne hatte. Dann werden sich auch die folgenden Worte obiger Stelle auf dasselbe beziehen und eben die Mittel angeben, wodurch Philolaus, indem er die Aussetzung verbot, doch den Zweck derselben erreichen wollte. Vgl. im Uebrigen auch was Arist. Pol. II, 7, 7 über Gesetze in Kreta und die bei Hermann Privatalterth. § 29, 19 angeführten Schriftsteller über Böotien aussagen, mit dem in der ersten Stelle des Arist. von Philolaus selbst Erzählten.

Vom Verbote der Kinderaussetzung berichtet Aelian var. hist. II, 7. Νόμος οὗτος Θηβαϊκός, ὀρθῶς ἅμα καὶ φιλανθρώπως κείμενος ἐν τοῖς μάλιστα· ὅτι οὐκ ἔξεστιν ἀνδρὶ Θηβαίῳ ἐκθεῖναι παιδίον οὐδὲ εἰς ἐρημίαν αὐτὸ ῥῖψαι, θάνατον αὐτοῦ καταψηφισάμενος. ἀλλ' ἐὰν ᾖ πένης εἰς τὰ ἔσχατα ὁ τοῦ παιδὸς πατὴρ εἴτε θῆλύ ἐστιν, ἐπὶ τὰς ἀρχὰς κομίζειν ἐξ ὠδίνων τῶν μητρῴων σὺν τοῖς σπαργάνοις αὐτό. αἱ δὲ παραλαβοῦσαι ἀποδίδονται τὸ βρέφος τῷ τιμὴν ἐλαχίστην δόντι. ῥήτρα τε πρὸς αὐτὸν καὶ ὁμολογία γίνεται, ἦ μὴν τρέφειν τὸ βρέφος καὶ αὐξηθὲν ἔχειν δοῦλον ἢ δούλην, θρεπτήρια αὐτοῦ τὴν ὑπηρεσίαν λαμβάνοντα.

Demnach wird der Inhalt der betreffenden Gesetze des Philolaus und die daraus hervorgegangenen Zustände etwa folgende gewesen sein. 1) Jeder κλῆρος wurde ungetheilt an den ältesten Sohn vererbt. 2) Wo keine Söhne waren, trat das Recht der Erbtöchter ein. 3) Wo weder Söhne noch Erbtöchter da waren, war Adoption geboten. 4) Jüngere Söhne hatten nur Aussicht auf Erbtöchter oder Adoption. 5) Doch wurde den Eltern wenigstens empfohlen nicht viele Kinder zu zeugen und dabei selbst höchst unsittliche Mittel nicht gescheut. 6) Kindermord oder Aussetzung wurden mit dem Tode bestraft. 7) Töchter konnten von Jeder-

mann (vgl. Hermann, Privatalterth. § 32, 13), Söhne nur
von ganz Armen in Sklaverei gegeben werden. Vgl. Schömann, griech. Alterth. I S. 154.

Aber zur Erklärung unserer Stelle gehören die Gesetze
des Philolaus nicht, vielmehr wirft sie gerade eher einiges
Licht auf die Veranlassung dieser Gesetze. Denn das Gedicht ist sicher älter als Philolaus und dann gehörte zu
dessen Zeit Askra auch nicht zum thebanischen Gebiet, sondern wie wohl der ganze Helikon zu dem von Thespiä.
Dass die Gesetze des Philolaus nur früher geltende Verhältnisse befestigt hätten, wird Niemand behaupten; im Gegentheil, sie sind offenbar eine Uebertragung dorischer Sitte
nach Theben. Denn Gesetze zur Erhaltung einer gleichen
Zahl der κλῆροι werden sonst nur von dorischen Staaten
erwähnt (O. Müller, Dorier II S. 200).

Die hesiodischen Verse erklären sich leicht, wenn wir
eben an die von Philolaus in Theben verbotene, sonst
überall in Griechenland übliche Barbarei der Kinderaussetzung (Hermann, Privatalterth. § 11, 6) denken. Der älteste Sohn soll zur Unterstützung des Vaters in der Sorge
für das Besitzthum (πατρώιον οἶκον φερβέμεν) aufgezogen,
die folgenden ausgesetzt werden, bis der Wohlstand des
Hauses mit Unterstützung jenes Auferzogenen soweit ge-
wachsen ist, dass er noch einem Spätergeborenen Unterhalt gewährt. — 'Zeus kann, wenn er will, auch mehreren
selbst grossen Reichthum geben': καὶ α. ο., wie Lehrs
S. 182 verlangt, ist nicht nöthig; der Nachdruck des Gedankens liegt auf ῥεῖα und α. ο. tritt dagegen zurück. —
Der Dichter begnügt sich mit kurzer Andeutung, weil er
von einer bekannten, für ihn selbstverständlichen Sache
spricht. Dass aber wirklich alle oder doch die meisten Eltern so unmenschlich gewesen wären ihre nachgebornen Kinder auszusetzen, wird nicht behauptet, ja gerade diese Stelle
spricht gegen die Allgemeingültigkeit des Brauches.

Schömann S. 39 verwirft 377 und zieht in 376 die Lesart der meisten Handschriften σώζοι vor. μουνογενὴς δὲ
πάις σώζοι πατρώιον οἶκον gibt einen guten Sinn: 'nicht
mehr als ein Sohn ist nöthig zur Fortpflanzung des Geschlechtes'. Er kann sterben, aber auch 377 begegnet diesem Einwand nicht. Jedoch gerade der vollkommen genü-

gende Gedanke von 376 mit der Lesart σώζοι macht eine
Interpolation schwer begreiflich, während 377 womit nur
εἴη vereinbar im Gedanken passend und Begründung durch
kurzes Sätzchen mit γάρ so ganz im Tone Hesiods ist (vgl.
429. 437. 560 u. ö.), dass eher σώζοι durch Interpolation,
vielleicht unabsichtliche, entstanden zu sein scheint. Auffallend bleibt in den Handschriften die Beibehaltung von
377, welcher nach σώζοι weichen muss. — Wesentliches
fügt 377 nicht hinzu, denn das voranstehende μουνογενής
deutet nachdrücklich auf Zusammenhaltung des Vermögens
und wenn φερβέμεν und ἀέξεται πλοῦτος von Zunahme durch
Arbeit des Sohnes oder geringem Verbrauch sprechen, so ist
dies nur ein höherer Grad. — Die Schwierigkeiten in 378
sucht Schömann S. 40 nach Scaligers und G. Hermanns
Vorgang durch die Conjectur θάνοι σφέτερον zu heben.
Diese ist eine leichte; auch die Wiederholung des Gedankens in 378, wo γηραιός ohne besondere Bedeutung ist,
lässt sich rechtfertigen als Ausdruck dafür, dass es in alle
Zukunft bei einem Erben bleiben soll. Dann wäre 379
zu streichen, weil dieser nur zu ἕτερον passt.

Die Verse 378. 79 hatten mit Erwähnung des Todes im
Alter bei gesichertem Wohlstand einen passenden Abschluss
des allgemeinen ökonomischen Theils gemacht. Der Zusatz 380 ist aber nicht bloss desswegen verworfen, sondern
widerspricht auch 379. Dieser erregte die Hoffnung, dass
durch göttliche Gunst ein sorgsam vermehrtes Vermögen
auch getheilt beiden Erben Mittel zur selbständigen Existenz gewähren könne. Aber 380 hätte nur bei gemein-
schaftlichem Arbeiten derselben einen Sinn. Das Wort
πλεόνεσσι zog die an sich gute Sentenz herein. Endlich
381. 82, bloss zugesetzt, um als Einleitung des Ackerbaugedichtes zu dienen, lächerlich in ἔργον ἐπ' ἔργῳ ἐργάζεσθαι*), geben auch Anstoss durch ἧσιν für σῆσιν, was sich
bei Hesiod so wenig in einer ächten Stelle findet wie bei
Homer (s. d. Erkl. zu α 402. ι 28. ν 320). Es liesse sich

---

*) Vgl. Hymn. Merc. 120 ἔργῳ δ' ἔργον ὄπαζε. — Die Worte in 382
können doch nur heissen: eine Arbeit nach der andern verrichten. Das
passt, abgesehen vom Ausdruck, der immer unelegant bleibt, allein
vom Inhalt des Ackerbaugedichtes.

freilich leicht in σῆσιν ändern. Ein weiteres Bedenken fand
Isler, quaest. Hesiod. p. 4, darin, dass bei ἔργον zweimal
das Digamma beachtet ist, einmal nicht. Aber das Digamma
beweist in unserm Gedicht nirgends etwas für Aechtheit
oder Unächtheit. Hesiod wie die Interpolatoren haben sich
in dessen Gebrauch nur nach dem Bedürfniss des Verses
gerichtet und von keinem einzigen Wort darf behauptet
werden, es habe ein festes Digamma bei jenem oder komme
in unächten Versen nie mit Digamma vor. Am meisten
Festigkeit zeigt noch οἶκος, aber ohne Digamma 376, 632,
dagegen mit demselben in dem unächten V. 525; dann οἶνος, aber s. 589, 592, 744. Der Dativ οἱ, welcher 526
ohne Digamma steht, lässt sich so gebraucht freilich nicht
weiter nachweisen, weil er überhaupt nur in dieser einen
Stelle vorkommt, jedoch das Possessivum ὅς ist ohne Digamma 358. Dieselbe Inconsequenz zeigt sich bei ἔργον
und ἐργάζομαι, bei den Formen von οἶδα und ἰδών, bei
ἔπος, ἦθος, ἴσος, und es wäre zwecklos die Belege hierher zu setzen. Durch Conjecturen lässt sich das Digamma
auch nur in manchen Versen wiederherstellen. Vgl. übrigens Schömann S. 44 f. Die digammirten Wörter bei Hesiod
hat verzeichnet Ad. Sachs, de digammo ciusque usu apud
Homerum et Hesiodum, Diss. inaug. Berol. 1856, aber lange
nicht alle hesiodischen Stellen angegeben und auch nicht
bemerkt, wo das Digamma vernachlässigt ist.

Zweiter Theil.

I. Allgemeine ökonomische Vorschriften.

1) Ueber ἀρετή und κακότης.

286 Σοὶ δ' ἐγὼ ἐσθλὰ νοέων ἐρέω, μέγα νήπιε Πέρση.
    Τὴν μέν τοι κακότητα καὶ ἰλαδὸν ἔστιν ἑλέσθαι
    ῥηιδίως· λείη μὲν ὁδός, μάλα δ' ἐγγύθι ναίει.
    τῆς δ' ἀρετῆς ἱδρῶτα θεοὶ προπάροιθεν ἔθηκαν
290 ἀθάνατοι· μακρὸς δὲ καὶ ὄρθιος οἶμος ἐπ' αὐτὴν
    καὶ τρηχὺς τὸ πρῶτον· ἐπὴν δ' εἰς ἄκρον ἵκηαι,
    ῥηιδίη δὴ ἔπειτα πέλει χαλεπή περ ἐοῦσα.
293 Οὗτος μὲν πανάριστος, ὃς αὐτὸς πάντα νοήσῃ·
295 ἐσθλὸς δ' αὖ κἀκεῖνος, ὃς εὖ εἰπόντι πίθηται·

ὅς δέ κε μήτ' αὐτὸς νοέη μήτ' ἄλλου ἀκούων
ἐν θυμῷ βάλληται, ὃ δ' αὖτ' ἀχρήιος ἀνήρ.
Ἀλλὰ σύ γ' ἡμετέρης μεμνημένος αἰὲν ἐφετμῆς
ἐργάζευ, Πέρση δῖον γένος, ὄφρα σε λιμὸς
300 ἐχθαίρῃ, φιλέῃ δέ σ' ἐυστέφανος Δημήτηρ
αἰδοίη, βιότου δὲ τεὴν πιμπλῆσι καλιήν.
λιμὸς γάρ τοι πάμπαν ἀεργῷ σύμφορος ἀνδρί·
τῷ δὲ θεοὶ νεμεσῶσι καὶ ἀνέρες, ὅς κεν ἀεργὸς
ζώῃ κηφήνεσσι κοθούροις εἴκελος ὀργήν,
305 οἵ τε μελισσάων κάματον τρύχουσιν ἀεργοὶ
ἔσθοντες· σοὶ δ' ἔργα φίλ' ἔστω μέτρια κοσμεῖν,
307 ὥς κέ τοι ὡραίου βιότου πλήθωσι καλιαί.
312 εἰ δέ κεν ἐργάζῃ, τάχα σε ζηλώσει ἀεργὸς
313 πλουτεῦντα· πλούτῳ δ' ἀρετὴ καὶ κῦδος ὀπηδεῖ.
320 Χρήματα δ' οὐχ ἁρπακτά· θεόσδοτα πολλὸν ἀμείνω.
εἰ γάρ τις καὶ χερσὶ βίῃ μέγαν ὄλβον ἕληται,
ἢ ὅγ' ἀπὸ γλώσσης λήισσεται, οἷά τε πολλὰ
γίγνεται, εὖτ' ἂν δὴ κέρδος νόον ἐξαπατήσῃ
ἀνθρώπων, αἰδῶ δέ τ' ἀναιδείη κατοπάζῃ·
325 ῥεῖα δέ μιν μαυροῦσι θεοί, μινύθουσι δὲ οἶκον *)
ἀνέρι τῷ, παῦρον δέ τ' ἐπὶ χρόνον ὄλβος ὀπηδεῖ.

2) Sonstige Vorschriften zum Gedeihen des Hauswesens.

Ἶσον δ' ὅς θ' ἱκέτην ὅς τε ξεῖνον κακὸν ἔρξῃ,
328 ὅς τε κασιγνήτοιο ἑοῦ ἀνὰ δέμνια βαίνῃ,
330 ὅς τέ τευ ἀφραδίῃς ἀλιταίνεται ὀρφανὰ τέκνα,
ὅς τε γονῆα γέροντα κακῷ ἐπὶ γήραος 'οὐδῷ
νεικείῃ χαλεποῖσι καθαπτόμενος ἐπέεσσιν,
τῷ δ' ἤτοι Ζεὺς αὐτὸς ἀγαίεται, ἐς δὲ τελευτὴν
ἔργων ἀντ' ἀδίκων χαλεπὴν ἐπέθηκεν ἀμοιβήν.
335 Ἀλλὰ σὺ τῶν μὲν πάμπαν ἔεργ' ἀεσίφρονα θυμόν,
κὰδ δύναμιν δ' ἔρδειν ἱέρ' ἀθανάτοισι θεοῖσιν
ἁγνῶς καὶ καθαρῶς, ἐπὶ δ' ἀγλαὰ μηρία καίειν·
ἄλλοτε δὲ **) σπονδῇς θυέεσσί τε ἱλάσκεσθαι,
ἠμὲν ὅτ' εὐνάζῃ καὶ ὅτ' ἂν φάος ἱερὸν ἔλθῃ,
340 ὥς κέ τοι ἵλαον κραδίην καὶ θυμὸν ἔχωσιν,
ὄφρ' ἄλλων ὠνῇ κλῆρον, μὴ τὸν τεὸν ἄλλος.

*) οἶκον Conj. Bergk's.
**) δέ Conj. Dind. st. δή.

Τὸν φιλέοντ' ἐπὶ δαῖτα καλεῖν, τὸν δ' ἐχθρὸν ἐᾶσαι·
τὸν δὲ μάλιστα καλεῖν, ὅστις σέθεν ἐγγύθι ναίει.
εἰ γάρ τοι καὶ χρῆμ' ἐγκώμιον ἄλλο γένοιτο,
345 γείτονες ἄζωστοι ἔκιον, ζώσαντο δὲ πηοί.
349 Εὖ μὲν μετρεῖσθαι παρὰ γείτονος, εὖ δ' ἀποδοῦναι,
αὐτῷ τῷ μέτρῳ καὶ λώιον, αἴ κε δύνηαι,
351 ὡς ἂν χρηΐζων καὶ ἐς ὕστερον ἄρκιον εὕρῃς.
353 Τὸν φιλέοντα φιλεῖν καὶ τῷ προσιόντι προσεῖναι
354 καὶ δόμεν, ὅς κεν δῷ, καὶ μὴ δόμεν, ὅς κεν μὴ δῷ.
357 ὃς μὲν γάρ κεν ἀνὴρ ἐθέλων, ὅγε, κἂν μέγα δώῃ,
χαίρει τῷ δώρῳ καὶ τέρπεται ὃν κατὰ θυμόν·
ὃς δέ κεν αὐτὸς ἕληται ἀναιδείηφι πιθήσας,
360 καί τε σμικρὸν ἐὸν τόγ' ἐπάχνωσεν φίλον ἦτορ.
εἰ γάρ κεν καὶ σμικρὸν ἐπὶ σμικρῷ καταθεῖο
– καὶ θαμὰ τοῦτ' ἔρδοις, τάχα κεν μέγα καὶ τὸ γένοιτο.
Ὃς δ' ἐπ' ἐόντι φέρει, ὃ δ' ἀλύξεται αἴθοπα λιμὸν
364 οὐδὲ τόγ' εἰν οἴκῳ κατακείμενον ἀνέρα κήδει.
366 Ἐσθλὸν μὲν παρεόντος ἑλέσθαι, πῆμα δὲ θυμῷ
χρηΐζειν ἀπεόντος, ἅ σε φράζεσθαι ἄνωγα.
Ἀρχομένου δὲ πίθου καὶ λήγοντος κορέσασθαι·
μεσσόθι φείδεσθαι· δειλὴ δ' ἐνὶ πυθμένι φειδώ.
370 Μισθὸς δ' ἀνδρὶ φίλῳ εἰρημένος ἄρκιος ἔστω
καί τε κασιγνήτῳ γελάσας ἐπὶ μάρτυρα θέσθαι·
πίστεις γάρ τοι *) ὁμῶς καὶ ἀπιστίαι ὤλεσαν ἄνδρας.
Μηδὲ γυνή σε νόον πυγοστόλος ἐξαπατάτω
αἱμύλα κωτίλλουσα, τεὴν διφῶσα καλιήν·
375 ὃς δὲ γυναιξὶ **) πέποιθε, πέποιθ' ὅγε φηλήτῃσι.
Μουνογενὴς δὲ πάις εἴη πατρώιον οἶκον
φερβέμεν· ὣς γὰρ πλοῦτος ἀέξεται ἐν μεγάροισι.
γηραιὸς δὲ θάνοις ἕτερον παῖδ' ἐγκαταλείπων·
379 ῥεῖα δέ κεν πλεόνεσσι πόροι Ζεὺς ἄσπετον ὄλβον.

•

*) γάρ τοι Conj. Bentl. st. δ' ἄρα.
**) γυναιξὶ Conj. st. γυναικί.

Sechstes Capitel.

Ueber V. 383—617.

Nun folgen zwei Abschnitte mit speciellen ökonomischen Regeln, über Landwirthschaft 383 — 617 und über Schifffahrt 618 — 94, mit dem Hauptzweck die Zeit der alljährlich nöthigen Verrichtungen anzugeben.

Dem Abschnitt über Landwirthschaft · sind wieder als Einleitung mehrere Grundregeln vorangestellt: 383 — 414, in Form und Ton durchaus ähnlich denen des ersten, obgleich der Gegenstand hier nicht solche Kürze in Vorschrift, Verheissung und Drohung gestattete.

1) Ueber die Zeit der Erndte und Saat, welche durch den Frühaufgang der Plejaden — in Griechenland damals Mitte Mai — und ihren Frühuntergang — Anfang November — bestimmt werden 383. 84 *). Das Part. Aor. δυσομενάων (α 24) bezeichnet also nicht das Unsichtbarwerden dieses Gestirnes wie 386 κεκρύφαται, sondern den täglichen Untergang, welcher in dieser Jahreszeit kurz vor Sonnenaufgang stattfindet, und so ist ausser der Jahres- auch die Tageszeit durch die Participia angegeben: früh Morgens (Schol. anon.) vgl. 461. 577. — 385 — 87 bringen eine Notiz darüber, dass die Plejaden während der vierzig Tage vor dem Frühaufgang unsichtbar sind, und wiederholen dann mit der Angabe über ihr erstes Wiedererscheinen (τὰ πρῶτα) das eben in 383 Gesagte, beides an sich müssig und zumal den Landleuten, welche ihre Geschäfte nach den Himmelserscheinungen richteten, sicher bekannt, das Letztere auch etwas störend dadurch, dass das eben als Vorschrift Eingeschärfte (ἄρχεσθ' ἀμήτου) sogleich als selbstverständlich wiedererwähnt wird (χαρασσομένοιο σιδήρου). Die Verse sind für unächt erklärt auch von Schaubach und Lehrs (S. 189; doch ist, was er über die Genet. abs. bemerkt, schon von G. Hermann und Ranke S. 23 widerlegt worden). Die vorige Regel wird näher bestimmt 388 — 92, indem

---

*) Arat. 266. 67 ὅ σφισι καὶ θέρεος καὶ χείματος ἀρχομένοιο σημαίνειν ἐκέλευσεν ἐπερχομένου τ' ἀρότοιο. 1084. 85 μάλα κεν τότε χείμερον αὐταὶ Πληιάδες χειμῶνα κατερχόμεναι φορέοιεν.

für Ebenen, Meeresküsten und Thäler — nicht für die höheren Gebirgsgegenden — die Zeit der Feldarbeiten auf den Theil des Jahres beschränkt wird 'cum nudus facere potueris vel cum propter tempestatem nudare te potueris' (Göttl. cf. Proc., zur Erkl. der Sache Sc. 287 ἐπιστολάδην δὲ χιτῶνα ἐστάλατο), sollen anders diese Arbeiten zur rechten Zeit stattfinden 393 εἴ χ' ὥρια πάντ' ἐθέλησθα ἔργα κομίζεσθαι Δημήτερος *). So allein kann auch der Ertrag zur rechten Jahreszeit kommen: ὥς τοι ἕκαστα ὥρι' ἀέξηται: an welchen Worten Lehrs (S. 188) und Göttling die Absichtlichkeit der Wiederholung von ὥρια verkennend mit Unrecht Anstoss nahmen (vgl. Vollbehr S. 65). — 388—90 haben allerdings Bezug auf eine bestimmte Oertlichkeit, aber sicher nicht auf Attika wie Lehrs vermuthete (S. 187). Die dürre, unfruchtbare Diakria konnte nicht bezeichnet werden mit ἄγκεα βησσήεντα — πίονα χῶρον, wohl aber passt die ganze Stelle auf Hesiods Heimath, die Gegend um den Helikon (vgl. Ranke S. 33) mit weiten Ebenen und fruchtbaren Thälern (s. O. Müller, Orchomenos S. 88) in der Nähe der Meeresküsten. Denn πόντου κυμαίνοντος ἀπόπροθι soll nicht eine bedeutende Entfernung bezeichnen, sondern nur dass die Thäler am Nordabhang des Helikon durch diesen vom Meere getrennt sind.

Dem welcher nicht zur rechten Zeit seine Felder bestellt, droht Mangel 393. 94. Jedoch nöthigt der Ausdruck πτώσσῃς **) hier nicht ohne Weiteres in dem Sinn wie ρ 227. σ 363. Tyrt. 10, 4 Bgk. die Armuth des Bettlers zu verstehen, denn der eigentliche πτωχός verhält sich nur als eine Species zu dem generellen Begriff des Verbums. Vielmehr wenn Einer zu geringen oder nicht rechtzeitigen Ertrag von seinen Feldern erndtet, muss er von Andern borgen was ihm fehlt (349—51. 478). Aber es ist natürlich, dass diese dem, welchen sie als schlechten Wirth kennen, Nichts geben (395) und dass ein solcher allerdings nach und nach verarmt (341. 496. 97).

---

*) κομίζεσθαι ist wohl Passiv; wegen der Bedeutung von ἔργα κομίζειν = Geschäfte besorgen vgl. Z 490.

**) Mit der Constr. πτ. ἀλλοτρίους οἴκους vgl. Theogn. 922 πτωχεύει φίλους πάντας.

Unächt sind 396—400, sollte selbst Tyrtäus sie schon gekannt haben, vgl. Frgm. 10, 5. 6. 11. 12 Bgk. m. 399. 400. Vor allem enthalten 399. 400 nur matte und zwecklose Wiederholung von 394. 95. Ferner lässt zwar ἐπιδώσω, ἐπιμετρήσω eine doppelte Erklärung zu, entweder: geben zu dem, was Hesiod früher gegeben hat, oder: zu dem, was Perses geerndtet hat, wovon er aber nicht bis zur nächsten Erndte leben kann (vgl. 479—82). Nimmt man jenes an, so fragt sich wieder, ob er ihm bei seinem neulichen Ansuchen (ὡς καὶ νῦν ἐπ' ἔμ' ἦλθες) oder früher gegeben. Im erstern Falle ist die Verbindung mit ὡς unrichtig, denn dies soll ja ein Beispiel des μηδὲν ἀνύειν anknüpfen. Demnach wäre zu glauben, dass er allerdings früher gegeben, jetzt aber wo Perses wieder haben will und noch immer die Gewährung seiner Bitte erwartet, Nichts mehr geben wird. Statt dessen räth er ihm zu arbeiten mit der Warnung μήποτε — ἀμελῶσιν. Er stellt ihm also die Lage erst in Aussicht, in welche er bereits gekommen ist. Dies Bedenken bleibt auch dann, wenn ἐπιδώσω vom Hinzugeben zu einem geringen Erndteertrag oder auch ·in der allgemeinen Bedeutung: zutheilen (Theogn. 561) und ἐπιμετρέω zumessen (Luc. Im. 15) verstanden wird. Ausserdem scheint kaum glaublich, dass Perses, der seinen Bruder wieder mit einer ungerechten Klage bedrängt (35. 39), der nach dem Bisherigen und Folgenden zwar nur ἔργα μέτρια besass, aber nicht dürftig ist — dennoch zu derselben Zeit die Hülfe seines Bruders in Anspruch nehmen und in banger Ungewissheit der Unterstützung dessen harren soll, der viel weniger als er selbst besitzt! Die Unverträglichkeit beider Verhältnisse erkannte auch Twesten (S. 51) und sie leuchtet nur noch mehr ein, wenn man die Auseinandersetzung bei Heyer S. 20 liest. Wäre Perses wirklich gewesen, wie er dort aufgefasst ist, wozu ihm, der dann höchstens als θής das Leben fristen konnte, Vorschriften wie sie dieses Gedicht enthält? — Auch im Einzelnen geben die Verse Bedenken. Der Gebrauch der Anrede νήπιε Πέρση ist hier wie 633 abweichend von der sonstigen constanten Anwendung. Wo Perses zum ersten und in den ächten Theilen einzigen Male angeredet wird 286 μέγα νήπιε Πέρση soll durch diesen mehr scheinbaren Vorwurf die Aufmerksamkeit

für die folgenden Belehrungen durch den mit höherer
Einsicht Begabten erweckt werden wie in dem Orakel Her.
I, 85 vergl. Theog. 25. ζ 25, auch χ 226 vgl. m. 233. (Hor.
Carm. III, 1.) Im Uebrigen findet sich die Anrede mit
νήπιε bei Homer und Hesiod nur, wo das Wort (auch νη-
πίαχος und νηπύτιος) im epiphonematischen Nom. oder im
Voc. fast immer am Anfang des Verses (nur Π 46 nach der
Caesur) das Urtheil enthält, dass die vorher angegebene
Handlungs- oder Denkweise thöricht sei. Begründet wird
dann dieses Urtheil 1) meist mit οὐδέ: 40. 456. B 38. 873.
E 406. M 113. P 497. Υ 264. 296. Φ 410. (νηπύτιε nur in den
4 Stellen dieser Rhapsodie so gebraucht) 441 (hier allein
die Begründung nicht unmittelbar folgend: ὡς ἄνοον κραδίην ἔχες· οὐδέ). X 445. γ 146. δ 818 (οὔτε — οὔτε). Hymn.
Ven. 224. Auch Theog. 488 möchte man eher νήπιος als
σχέτλιος erwarten. 2) Mit Relat. οἵ O 104. α 8. Hymn.
Apoll. 532. οἵ ἄρα Θ 177. 3) Mit ἦτε P 236. Φ 585 od. ἥ
γάρ Π 46. 4) Mit δέ M 127. Π 262. 686. 833. X 333. 5) Mit
γάρ Z 311. Vereinzelt steht die Begründung durch eine
Frage Φ 585 τί νυ. — Auch der ungewöhnliche und ganz
allgemeine Ausdruck ἐργάζευ — ἔργα, τάτ᾽ ἀνθρώποισι θεοὶ
διετεκμήραντο fällt auf, besonders wenn man ihn mit 299.
306 vergleicht. Endlich ist 400 ἀμελῶσιν nicht an seiner
Stelle. Dieses Verbum bezeichnet in der älteren Sprache
immer eine Versäumniss und Unterlassen der Pflicht, erst
bei Xen. mem. II, 3, 9 ist es einfach: bei Seite lassen, unterlassen. Der durch eigene Schuld Verarmte aber hätte
keine ἐπιμέλεια zu beanspruchen. Gar keiner Vertheidigung
fähig sind die elenden Verse 401—4. δὶς μέν γάρ καὶ τρὶς
τάχα τεύξεαι kann nur heissen: du wirst dir, worum du
bittest, bald zwei- oder dreimal verschaffen d. h. zu zwei
oder drei verschiedenen Zeiten. Was der Interpolator ausdrücken wollte: zwei- oder dreimal so viel, heisst nothwendig δὶς τόσον 711. ι 491. Α 213. E 136 u. ö. Auch die
Auslassung des Objects und der Bedingung: wenn du ar-
beitest, ist sehr hart*). Ferner was ist ἦν δ᾽ ἔτι λυπῇς?

---

*) Die Worte könnten an sich auch bedeuten: 'zwei, drei Mal
magst du vielleicht (auf deine Bitte) Etwas erhalten: aber quälst du
öfter u. s. w.' (Classen). Dann würde aber der Gebrauch von τάχα

Der Interpolator muss sich den Perses gedacht haben wie einen zudringlichen italiänischen Bettler, der mit ohrenzerreissender Stimme den Fremden quält und nicht weicht, bis er ein Almosen erhalten hat. Vgl. das ähnlich gebrauchte ἀνιᾶν ρ 66. Ω 240 ὅτι μ᾽ ἤλθετε κηδήσοντες. Unerhört ist weiter χρῆμα = τι, ohne Adj. oder Pron. Es scheint eine ungeschickte Anwendung etwa von τ 323 οὐδέ τι ἔργον ἐνθάδ᾽ ἔτι πρήξει. Weiter ist ἀχρεῖος δ᾽ ἔσται ἐπέων νομός noch ungeschicktere Nachahmung von Υ 249 ἐπέων δὲ πολὺς νομὸς ἔνθα καὶ ἔνθα. Denn zweckloses Hin- und Herreden fände hier nicht statt, vielmehr würde der Bettler gar keiner Beachtung gewürdigt (ἀμελῶσιν). Der Interpolator scheint ἐπ. ν. von den vielen Worten des Letzteren selbst (ἐτώσια πόλλ᾽ ἀγορεύσεις) gebraucht zu haben. Falsch ist endlich der Gegensatz in dem matten Versfüllsel ἀλλά σ᾽ ἄνωγα, wo kein Wechsel der angeredeten Person, wie Hesiod ἀλλὰ σέ und σὺ δέ 402 gebraucht haben würde, und nur eine Rückkehr zum Gedanken des Vorigen stattfindet. Auch werden die Schulden hier allein erwähnt, von denen doch Hesiod sonst kaum geschwiegen hätte, wenn Perses solche gehabt hätte.

2) An die Vorschriften über die Zeit der Feldarbeiten schliessen sich einfach und naturgemäss weitere über die sonstigen Erfordernisse. Ein solches ist zuerst ein eignes Haus, dessen nothwendiges Zugehör die Frau zur Unterstützung in der Wirthschaft und die Zugochsen 405. Sehr auffallend ist hier der Singular βοῦν ἀροτῆρα, der unmöglich in collectivem Sinn verstanden sein kann. Das Ackergespann wird 436. 453 mit βόε bezeichnet (wie Ar. Ach. 1022 ff.), auch die dreschenden Ochsen 608; 452 wo es allerdings weniger auf die Zahl ankommt, sondern mehr von der Gattung die Rede ist, steht Acc. βοῦς, im Gen. u. Dat. sind nur die Formen des Plur. gebraucht: 468. 434. 454. Doch ist auch wohl hier zu lesen βοῦς ἀροτῆρας. Uebrigens sind die Zugochsen nur vorläufig erwähnt eben als zum Hause gehörig und genauer ist von ihnen 436 — 40 die Rede. — 406 ist unächt (s. Göttling). Der Interpolator er-

in seiner späteren Bedeutung noch entschiedener für die Unächtheit sprechen.

kannte nicht, wie eine Frau nothwendig zum eigenen Haus gehört, und noch weniger wie die Ochsen hierher gehören. Er glaubte, in diesem Zusammenhange könne nur eine Sklavin gemeint sein, welche die Ochsen triebe, und dies sollte sein Zusatz auch Andern deutlich machen. Abgesehen von der Unrichtigkeit dieser Vorstellungen liegt die Interpolation zu Tage dadurch, dass der Zusatz nicht gleich hinter γυναῖκα gemacht ist, wo er allein stehen konnte. Ganz anders Z 492. 93. I 125—27. Hymn. Merc. 309—11, weil in diesen Stellen eine Correctur oder Erweiterung des ersten Ausdrucks nicht wie hier β. ἀρ. etwas Verschiedenes zugefügt ist.

Umzustellen sind hierher 602—5, von den Lohnarbeitern (θής und ἔριθος s. Schömann, griech. Alterth. I. S. 42) und einem guten Hund als weiteren Erfordernissen des Hauswesens handelnd und nicht nur der Sache nach allein hierher gehörend, sondern auch in den Worten sich passend anschliessend. Allerdings scheint ποιεῖσθαι mit dem Object βοῦς in ungewöhnlicher Weise gebraucht zu sein = verschaffen, da es sonst nur solche Objecte hat, welche durch die Thätigkeit des Subjects erst geschaffen werden wie hier οἶκον (vgl. M 168) oder dadurch erst zu dem werden, was sie sind wie hier γυναῖκα, obgleich nicht ganz übereinstimmend mit dem sonstigen Gebrauch (dopp. Accus. Γ 409. ε 120. Theog. 921 u. ö.). Aber in der That findet ein Zeugma statt und ποιεῖσθαι ist zunächst nur mit Rücksicht auf θῆτα ἄοικον gesagt, was dann genau heisst: einen ohne eignen Hausstand zum θής machen. Wäre das Verbum hauptsächlich mit Rücksicht auf γυναῖκα gewählt, so hiesse es ἄγεσθαι, γαμεῖν oder ὀπυιέμεν, mit Rücksicht auf βοῦς wäre vorzuziehen κτήσασθαι oder κεκτῆσθαι. Dass dem so ist, zeigen die Verse sogar in ihrer jetzigen Verbindung, die Niemand Anstoss gegeben hat, obgleich ἄρμενα ποιήσασθαι nur zu χρήματα genau passt, gewiss nicht zu γυναῖκα oder βοῦς. — Ferner wenn θῆτα ἄοικον in einen Gegensatz zum Anfang des vorhergehenden Verses kommt: οἶκον μ. π., so ist dieser nicht unabsichtlich: 'du musst einen eignen Hausstand haben, aber nicht der θής, wenn er dir treu dienen soll' und dieser Gegensatz bleibt, mag 602 stehen wo er will. Eine Aenderung in θῆτα δ' statt τ' ist

aber nicht nöthig, vielmehr entspricht dem μέν 405 noch
immer am natürlichsten 407 χρήματα δ' εἰν οἴκῳ, so dass
alles Vorhergehende zusammen den οἶκος erst bildet. — Ich
will auch nicht mit Stillschweigen übergehen, dass 603
der einzige sonst unverdächtige Vers des ganzen Gedichtes ist, wo Hesiod eine direct gegebene Vorschrift (anders
307 ἅ σε φράζεσθαι ἄνωγα) durch den Indicativ eines Verbums des Befehlens ausdrückt: κέλομαι, wovon ποιεῖσθαι
und δίζεσθαι abhängen, während im Uebrigen wie bemerkt
von 336 an mit unverkennbarer Absichtlichkeit die bis dahin nicht angewandten Infinitive, entsprechend dem leiden-
schaftslosen Ton, fast durchaus an die Stelle der bisherigen
Imperative treten, der erste Infin. in unmittelbarer Verbindung mit dem Imper. des vorhergehenden Verses. Aber
ganz consequent ist Hesiod doch nicht, es finden sich nach
den Bedürfnissen des Metrums noch 7 Imper. bis zum Schluss
des Gedichtes (493. 502. 611. 627. 718. 797. 819) und als
ebenso vereinzeltes Vorkommen wie διζ. κελ. steht 475 der
Opt. ἐλάσειας, der Conj. Aor. 708 μὴ — ἔρξῃς. Sonst gestatten die Verse keinerlei Zweifel an ihrer Aechtheit und dass
sie weder an ihre jetzige Stelle noch anderswohin gehören,
darüber s. unten.

Von den Bewohnern des Hauses, wobei die sonst in
diesem Abschnitt häufig erwähnten Sklaven nicht mitgenannt sind, wird zu den Geräthen für die Landwirthschaft
übergegangen. Sie sollen alle im Hause bereit sein und
Unordnung in dieser Hinsicht wird mit der nothwendigen
Folge bedroht, dass die Arbeit nicht zu rechter Zeit ver-
richtet werden kann 407—9. Selbst vor Aufschub in der
Sorge dafür wird 410, wie oben vor dem in der Besorgung
der Feldgeschäfte überhaupt und wieder 479—82 vor zu
spätem Säen, gewarnt und als Grund hier der allgemeine
Satz aufgestellt, dass Aufschub überhaupt nie zu Wohlstand
gelangen lasse 411. 12. Dabei ist dem ἀναβαλλόμενος noch
der ἐτωσιοεργὸς ἀνήρ gleichgestellt, worunter nur der verstanden sein kann, welcher die Arbeit nicht zu Ende bringt
(s. 440). Der Gegensatz ist μελέτη δέ τοι ἔργον ὀφέλλει:
Sorgfalt fördert die Arbeit. Diese und die folgende Sentenz 413 αἰεὶ δ' ἀμβολιεργὸς ἀνὴρ ἄτῃσι παλαίει begründen
jede zur Hälfte die Worte οὐ γὰρ — ἀναβαλλόμενος, jene mit

Bezug auf den ἐτωσιοεργός, diese auf den ἀναβαλλόμενος;
mit einander stehen sie dadurch in einem Gegensatz, dass
jene die Folgen des rechten, diese des verkehrten Thuns
zeigt. Mit der Composition vgl. 298 — 307. Die letzte
Sentenz als die bedeutendste nach Sinn und Ton macht
passend den Schluss der einleitenden Grundregeln.

Diesen Grundregeln schliessen sich jetzt 414—617 die
eigentlichen Ἔργα an, ein Arbeitskalender für den Landmann, das ganze Jahr umfassend, an den Lauf der hellsten
Gestirne — Plejaden, Arktur und Orion — und Erschei-
nungen in der Thierwelt anknüpfend. Hier wechselt nicht
mehr bloss Vorschrift mit Begründung, Verheissung und
Drohung, vielmehr wird mit wenigen kräftigen Zügen die
Natur der Jahreszeit angedeutet oder geschildert, zum Theil
auch ihr Einfluss auf menschliches Befinden und daran
schliessen sich bald längere bald kürzere Regeln über die
in jeder vorzunehmenden Arbeiten. Zugleich sind die Jahreszeiten alle genannt mit Ausnahme der ὀπώρα 609—14
und zwar im zweiten oder dritten, einmal auch im sechsten
Verse des Abschnittes: 415 μετοπωρινὸν ὀμβρήσαντος, 450
χείματος ὥρην δεικνύει ὀμβρηροῦ, 493 ὥρη χειμερίη, 569 ἔαρος νέον ἱσταμένοιο, 584 θέρεος καματώδεος ὥρη. Dies bewegt mich die sonst ganz überflüssigen Verse 569. 584
unangetastet zu lassen. Denn eine nachträgliche Bezeichnung der Jahreszeit durch einen Interpolator scheint bei
dem geringen Geschick, welches diese im Anbringen ihrer
Zusätze bewiesen haben, nicht wahrscheinlich zu sein. —
Befremden könnte, dass gerade der Anfang des Herbstes
zum Ausgangspunkte gewählt ist. Er entspricht weder dem
Beginn des böotischen Jahres, welcher auf den Neumond
nach der Wintersonnenwende fiel (O. Müller, Art. Böotien
in Ersch und Grubers Encycl. Th. 11 S. 274), noch dem
ersten oben 383 bezeichneten Zeitpunkte, noch ist er überhaupt eine auf den Tag zu bestimmende Zeit. Der eigentliche Anfang ist auch in der That der ἄροτος; so erscheint
er deutlich beim Abschlusse des Jahres im Hinweis auf das
neue 615. 16 wie 384. Aber das μετόπωρον ist ihm hier
vorangestellt, weil dadurch die passendste Composition und
Verbindung mit der Einleitung gewonnen wird, zu der dieser Abschnitt in gewissem Betracht noch gehört.

1) Nachdem nämlich Hesiod rechtzeitige Sorge für die Ackergeräthschaften empfohlen, gibt er auch Anweisung zur zweckmässigsten Beschaffung derselben. Die Jahreszeit dazu ist der Frühherbst 414 — 47. Die glühende Hitze, welche alle menschliche Thätigkeit lähmt (586—88), hat nachgelassen *), das Walten des gluthbringenden Sirius (587, s. X 31 und dort die Erkl.) ist fast zu Ende: da ruft der erquickende Regen des Spätjahres aufs Neue zu rüstigem Schaffen hinaus **) und zur krafterfordernden Thätigkeit des Holzhauens. Denn im Herbst ist das Holz am gesundesten ***). Die Verfertigung der Geräthe selbst dürfen wir uns nicht nothwendig in den Herbst vor der Saatzeit fallend denken, sondern diese wie die übrigen einfachen Handarbeiten des böotischen Landmanns beschäftigten den Fleissigen hauptsächlich während des Winters (495). Die Vorschriften im Einzelnen betreffen das Material und die Verfertigung von 1) Mörser und Mörserkeule zur Bereitung des Mehles 423, 2) Wagen 424 — 26, zum Heimführen des Getreides (vgl. 482; davon allein passt auch die Lesart ἀγινεῖν 576 vgl. Ω 784), vielleicht auch (453) zum Hinausfahren des Saatkorns; bei der Verfertigung der Achse fällt wohl ein Stück für einen Schlägel ab (425). Zuerst ist von einzelnen Theilen des Wagens — Achse und Radfelge — die Rede, dann vom Ganzen, nur haben sich die Verse darüber in einen Zusammenhang verirrt, wohin sie nicht gehören 455—57. Vgl. z. d. St. — 3) Am genauesten wird wie billig vom Pfluge gehandelt 427—37, auch hier zuerst von den Theilen †), nachher von der Zusammen-

---

*) Lehrs S. 193 hat ohne Grund an 416 Anstoss genommen. χρώς ist allerdings nur 'Haut', aber der Einfluss der Hitze macht sich auf diese zunächst geltend, vgl. 576. 588. Ein Uebergang zum metonym. Gebrauch = Körper (s. d. Lex.) ist übrigens hier und in der von ihm selbst angeführten Stelle Ξ 164 nicht zu verkennen.

**) Zu 415. 16 vgl. die Reminiscenz Xen. Oec. 17, 2.

***) Auch bei uns werden von Sachkundigen zum Fällen des Werk- und Bauholzes die Monate November bis Januar als die geeignetsten empfohlen und ein Sprichwort lautet: 'wer sein Holz im Winter fällt, dem sein Gebäude zehnfach hält'.

†) 431 möchte ich schreiben πυκάσας, welches 624 ebenso mit der Bedeutung des Sicherns, Befestigens durch ringsherum angebrachte Halte gebraucht ist. πελάσας ist nicht mit A 134 zu rechtfertigen,

setzung zum Ganzen, dann noch von den Holzarten, woraus die einzelnen Theile bestehen sollen. 4) Ueber die Zug-ochsen handeln 437—40. Unächt ist 438, auch von Gött-ling verworfen und nur den Inhalt der beiden vorigen Verse wiederholend. Mit diesen vgl. die Parallelstelle σ 371—73. 5) Endlich tritt zum Pfluge noch der αἰζηός — wohl eher ein Sklave als ein θής — der ihn zu lenken hat 441—47.

2) Saatzeit 448—92. — So ist vor unsern Augen gleich-sam Alles zum Pflügen bereit. Nun erscheint hoch in den Lüften der Kranich*) wie ein von den Göttern gesandter Bote, welcher das Zeichen giht und an den nahen Winter erinnert. Dann müssen Alle zur Arbeit eilen und sich an-strengen um durch rechtzeitige Thätigkeit der Saat einen fruchtbaren Boten zu bereiten. Doch ehe der Landmann dieses wichtigste Geschäft beginnt, soll er in frommem Ge-bet erst den Segen des Gottes der dunkeln Erde (Ζεύς χθόνιος) und der Demeter erflehen. Sind diese ihm gün-stig und gibt dann auch noch Zeus selbst (474) Gedeihen, so wird der Fleiss durch den Ertrag belohnt, er bringt reiche Vorräthe zur Erndtezeit heim, die er ordentlich und reinlich aufbewahrt (475), und freut sich seines Wohlstandes und seiner Unabhängigkeit. — Das Hinübergreifen aus der Saat- in die Erndtezeit ist nothwendig, denn hier wie im-mer stellt der Dichter dem rechten Thun sicheren Lohn in Aussicht. Auch gibt er nicht Vorschriften für die Erndte, sondern spricht eben nur von ihrem Ertrag; allerdings aber

---

da es dort seine eigentliche Bedeutung vollkommen bewahrt hat. — 436 ist die von Göttling empfohlene Aenderung von γύην in γύης un-richtig. γύης und ἔλυμα wären dann mit dem Subject von 435 ἱστο-βοῆες zu verbinden und ἀκιώτατοι Prädicat zu allen. Aber ob eine Holzart mehr oder weniger von Insecten angegangen wird, hängt von der Natur des Holzes ab, nicht von der Verwendung, auch handelt es sich nur um Wurmfrass am lebenden Holz, nicht am Geräthe. Für die lange Pflugdeichsel kommt es besonders darauf an, dass sie nicht wegen innerer Schäden so leicht bricht. Richtig ist, dass Lorbeer und Ulmen von weniger Insecten bewohnt werden als andere Bäume, vor allen die Eichen. Deren Holz ist für den mit der Erde beständig in Berührung kommenden Scharbaum empfohlen, weil es am wenigsten fault.

*) Zu 448. 49 vgl. Arat. 1031. 32 ὑψοῦ γεράνων μακραὶ στίχες αὐτὰ κέλευθα τείνονται und 1075 ff.

wird sie dann, wo von den Geschäften des Sommers die
Rede ist, als schon erwähnt kürzer behandelt. — Das effect-
volle Gegenbild ist die Schilderung der mühseligen und doch
so erbärmlichen*) Erndte dessen, welcher zu spät gesäet
hat**). Doch bleibt für diesen noch eine Hoffnung, aber
nur auf die Gunst des Zeus. — Es braucht wohl kaum bemerkt zu werden, dass unter dem Getreide, von dessen Aus-
saat und Erndte im ganzen Gedicht allein gehandelt wird,
die Gerste verstanden ist (Δημήτερος ἀκτήν 32. 466. 597.
805 = ἀλφίτου ἀκτήν Λ 631. β 355. ξ 429), die Nahrung des
Volkes; Waizen wuchs πυροφόροις μακάρων ἐπὶ ἔργοις 549
(Hermann, Privatalterth. § 24, 11. Friedreich, die Realien
in d. Il. u. Od. S. 251 f.).

Nach dem Ueberblick der Composition dieser Stelle***),
wie sie bei Ausscheidung alles Unächten sich darstellt, sind
die zum Theil sehr störenden Interpolationen näher zu betrachten. 453. 54 (von Lehrs S. 196 verworfen) stehen
wenigstens nicht genau an ihrem Platz. Dies würde man
erkannt haben, wenn χορτάζειν ἕλικας βοῦς ἔνδον ἐόντας
richtig erklärt worden wäre. χορτάζειν kann entsprechend
den beiden Bedeutungen von χόρτος heissen entweder: im
Stall füttern (vgl. Λ 774) oder: mit Stroh (606. 7) füttern. Im letzteren Falle ist ἔνδον ἐόντας weniger müssig,
doch liesse es sich auch mit der andern Erklärung ver-
einigen, wo es dann proleptisch zu verstehen wäre (Dö-
derlein, homer. Glossar no. 802). Jedenfalls ist der Sinn,
dass die Rinder welche bisher im Freien auf den Matten
des Helikon weideten (vgl. 591. Φ 448. 49. Hymn. Ven.

---

*) ὀλίγον περὶ χειρὸς ἐέργων 480 bedeutet, dass sich wenige Aeh-
ren um seine Hand herum finden, welche er dann in die Hand zu-
sammendrängt. Dies gegen Schömann S. 49.

**) Wegen der Zeit der Saat vgl. Arat. 1053 ff.

***) Einige hesiodische Reminiscenzen bei Aratus, zu deren Ver-
gleichung sich oben keine Gelegenheit bot, will ich hier nachtragen.
O. et D. 418. 19 βαιὸν — ἔρχεται ἡμάτιος, πλεῖόν δέ τε νυκτὸς ἐπαυρεῖ
vgl. Arat. 580 μείων ἡμάτιος, τὸ δ' ἐπιπλέον ἔννυχος ἤδη. O. et D.
424 μάλα γάρ νύ τοι ἄρμενος οὕτως vgl. Arat. 247 μάλα γάρ νύ οἱ ἐγ-
γύθεν ἐστίν. O. et D. 430 Ἀθηναίης ὁμῶς vgl. Arat. 529 Ἀθηναίης
χειρῶν δεδιδαγμένος ἀνήρ. O. et D. 446 σπέρματα δάσσασθαι vgl. Arat.
9 σπέρματα πάντα βαλέσθαι. O. et D. 470 μακέλην vgl. Arat. 7 ὅτε
βῶλος ἀρίστη βουσί τε καὶ μακέλῃσι.

54. Hymn. Merc. 70. 71), vor der Saatzeit heruntergetrieben und in den Pferchen oder Ställen zum Pflügen bereit gehalten werden sollen. Die Verse 453. 54 handeln von dem, der keine Ochsen und Ackergeräthe hat, sondern einen Andern freilich vergeblich bittet sie ihm zu leihen. Das hat mit dem χορτάζειν Nichts zu thun. Sie gehören vielmehr nach 451 als passende Erklärung der Worte κραδίην δ' ἔδακ' ἀνδρὸς ἀβούτεω. Dass dann δὴ τότε nicht, wie gewöhnlich und gleich nachher 459, am Anfang des Nachsatzes zu einem temporalen Vordersatz, sondern nach einem Punkt = καὶ τότε δή (197. 631. καὶ τότε 536) zu selbständiger Bezeichnung des Momentes gebraucht ist, kann keinen Anstoss geben. Denn eigentlich ist bei der jetzigen Stellung der Verse das Verhältniss kein anderes, nur nach dem kurz vorhergehenden εὖτ' ἄν dem gewöhnlichen ähnlicher und auch sonst findet sich dieser Gebrauch von δὴ τότε und τότε δή (in hesiodischen Stellen jenes Sc. 370. Theog. 542, dieses Sc. 340 und in dem unächten Vers O. et D. 533. Verwandt ist der parenthetische Gebrauch von δὴ τότε 417). Früher hatte ich geglaubt die Verse nach 409 stellen zu müssen. Aber sie würden dort den Zusammenhang stören, da im Folgenden bis 436 bloss von Geräthen gehandelt wird im Anschluss an 407 und also auch 408 an das Borgen von solchen gedacht war. In diesen Versen aber ist die ἄμαξα nur miterwähnt und die Antwort zeigt, dass die Ochsen die Hauptsache sind. Demnach enthalten die beiden Verse, wie sie im Ausdruck originell sind, auch in der Sache keine blosse Wiederholung. Wollte man sie mit G. Hermann (Jahns Jahrb. 1837 S. 121) nach 413 stellen, so würde das gleiche Bedenken gelten und noch das weitere, dass dann der bei Hesiod immer bedeutungsvolle Abschluss mit Sentenzen, hier drei Verse füllend, seine Wirkung verlöre, indem die Betrachtung, die sich eben vom Besondern zum Allgemeinen und vom Concreten zum Abstracten (πίμπλησι καλιήν — ἄτῃσι παλαίει) erhoben, wieder in das Besonderste und Concreteste zurückfiele (vgl. z. 694).

455—57 (ebenfalls von Lehrs S. 196 für unächt erklärt) haben ihre Stelle nach 426 und sind merkwürdigerweise nur durch die Erwähnung der ἄμαξα 453 in den Zusammenhang eines ganz andern Gegenstandes gerathen.

Eine der störendsten Interpolationen des ganzen Gedichts sind die schon durch ihre Abgerissenheit (vgl. auch
Lehrs S. 197) verdächtigen Verse 462—64 *). Sie mögen
die aus Homer (Σ 542. ε 127) bekannte νειὸς τρίπολος, über
deren Bedeutung die Erklärer übrigens nicht einmal einig
sind (s. Ameis z. ε 127), im Sinne gehabt haben; so wie
sie dastehen, handeln sie nur von einem zweimaligen Pflügen. Nach dem zweiten müsste dann gesäet werden, denn
an die Worte welche dasselbe vorschreiben θέρεος δὲ νεω-
μένη οὔ σ' ἀπατήσει, schliesst sich mit unmittelbarstem
Bezug νειὸν δὲ σπείρειν ἔτι κουφίζουσαν ἄρουραν. So weit
erklärt Göttling z. 448 richtig, aber um das dritte Pflügen
herauszubekommen sah er sich gezwungen zur Annahme,
das im Herbst sei das erste und der Dichter schreibe Aus-
saat im Sommer vor, wie in unsern Gegenden das Korn
um den 24. August gesäet wird **). Hesiod kennt vielmehr nur die eine im früheren oder späteren (ἠελίοιο τρο-
πῆς 479) Herbst und nicht einmal die auch übliche im
Frühling (πρωίσπορα Hermann Privat-Alterth. § 15, 12). So
verstand ihn Ar. Av. 710, dessen Worte Göttling selbst unmittelbar vorher anführt. Auch findet noch heutigen Tages
dasselbe Verfahren in Griechenland statt (Vömel, Frankf.
Oster-Programm 1846. S. 8). — Dass der Sinn der Verse
sei: nach dem zweiten Pflügen im Sommer könne dann im
Herbst ohne neues Pflügen gesäet werden, möchte ich nicht
behaupten, weil dies an sich widersinnig und die ἄρουρα
nach dem inzwischen eingetretenen Regen keine ἔτι κουφί-
ζουσα ist. Uebrigens mag sich dies verhalten wie es will,
sie passen nicht bloss nicht in diesen Zusammenhang, sondern überhaupt nicht in das Gedicht. Schon das sonder-
bare und dunkle παίδων εὐκηλήτειρα ist viel mehr dem
Verfasser von Vers 356 als dem Hesiod angemessen. Wich-

---

*) Auffallend, aber wohl kaum zufällig ist, dass auch durch die
3 Verse Virg. Georg. I, 47—49 über dieselbe Sache 'nexum sententia-
rum quodammodo interrumpi coeptamque orationem mirum quantum in-
terpellari et turbari'. Forbiger z. d. St. vgl. Wagner z. IV, 203.

**) Luc. disp. c. Hes. 7 sagt um etwas Lächerliches und Wider-
sinniges zu bezeichnen beispielsweise: οὐ μεσοῦντος θέρους χρὴ ἀροῦν
ἢ οὐκ ἄν τι ὄφελος γένοιτο εἰκῆ ἐκχυθέντων τῶν σπερμάτων. Vgl.
Xen. oec. 17, 1, 2.

tiger ist, dass dieser eine Brache bei seinen mässig begü-
terten bäuerlichen Wirthen gar nicht kennt *). Während er
sonst so genau die Geschäfte jeder Jahreszeit angibt, auch
wenn schon die Rede davon gewesen (573 ff. vgl. m. 473
—78, 616 m. 448), würde er sicher da wo von denen des
Frühlings und Sommers gehandelt wird, das alsdann zu wie-
derholende Pflügen nicht unerwähnt lassen.

491. 92 sind ganz nichtssagend. Sie beziehen sich auf
486—88, aber dann ist für den ὀψαρότης Nichts mehr zu
beobachten, er kann nur noch hoffen oder fürchten. Auf
462 (Vollbehr S. 69) können sie desswegen nicht zurück-
deuten, weil dann ὥριος ὄμβρος gar keinen Sinn hat. Der
Interpolator hat nur einige Stichworte aus dem Vorigen her-
ausgenommen ohne Verständniss des Sinnes.

3) Winter 493—563. — Nicht mit einer Schilderung
der Jahreszeit beginnt der Dichter, sondern mit der ein-
dringlichen Warnung, in der Zeit wo keine Feldarbeiten
den Landmann hinausrufen und die Kälte ihn an das Dorf
fesselt, sich vor verderblichem Müssiggang zu hüten 493**).
94. Der Winter kann nützlich für viele häusliche Arbeiten
verwandt werden (495), er gewährt die nöthige Musse um
Ackergeräthschaften und Kleidungsstücke (537—46) zu ver-
fertigen und was sonst noch der Landmann dieser Zeiten
selbst zu machen verstehen musste. Wer nicht so thut,
wird durch die Gewöhnung an Müssiggang und Vernach-
lässigung aller seiner Geschäfte allmählich dahin kommen,
dass der Winter ihn arm und hülflos trifft 496. 97. Der
Aufforderung zum Fleisse wird auch hier wie 303. 479 das
Bild des Arbeitsscheuen entgegengestellt, wie er dasitzt
Mangel leidend, über nichtigen Hoffnungen brütend und
schlimmen Gedanken Zutritt gewährend 498. 99. — Unächt

---

*) Dass er auch vom Düngen der Felder Nichts erwähnt, ist
Cicero aufgefallen (Cat. maj. § 54).

**) 493 ist ἐπ' neben καί ebenso auffallend pleonastisch gebraucht
wie 559 neben δέ; zur Aenderung in ἐπαλέα, was nirgends vorkommt,
ist kein Grund. Anders ist die Sache 427. Dort könnte ἐπί bedeutungslos sein und in seiner Bedeutung passt es nicht, weil vorher
nicht von krummen, sondern von geraden Holzstücken die Rede war.
ἐπικαμπύλος findet sich, wie schon Andere bemerkten, Hymn. Merc. 90.

sind 500. 1. Der erste gibt eine Variation des Sprichwortes
ρ 347 (vgl. oben 317). Dies wäre kein Grund ihn zu verwerfen, aber er ist an sich zwecklos, denn ἐλπὶς οὐκ ἀγαθή
wiederholt nur κενεὴν ἐλπίδα und ebenso κεχρημένον ἄνδρα
das χρηίζων βιότοιο. Noch müssigere Wiederholung enthält
501, besonders nach dem eben vorausgegangenen κεχρ. ἀ.
der Relativ-Satz ᾧ μὴ βίος ἄρκιος εἴη, dessen Optativ vollends gar nicht zu rechtfertigen ist (vgl. Ameis z. α 47). —
Etwas sonderbar sind auch 502. 3 angefügt. Im Vorigen
war doch zunächst nur von Thätigkeit oder Unthätigkeit im
Winter die Rede. Es muss nun überraschen von einer
Thätigkeit schon im Sommer für den Winter zu hören, wenigstens wie hier die Aufforderung dazu nicht als etwas
Neues auftritt, sondern als blosse Anwendung des Vorigen.
Eben so wenig passend erscheint als Lehre gezogen aus der
Lage des ganz Herabgekommenen der Befehl an die Sklaven die Scheunen zu bauen, so dass also diese etwas
daraus lernen müssten. An sich enthalten die Verse einen
durchaus guten Gedanken; die Sprache gibt kaum ernstliche
Bedenken durch den prägnanten Gebrauch von δείκνυε:
zeige und befiehl. Eine Umstellung zu den Vorschriften für
den Sommer könnte nur so versucht werden, dass man die
beiden Verse vor 597 einschaltete. Aber dann würde zu
δείκνυε δὲ δμώεσσι der gleiche Gedanke δμωσὶ δ' ἐποτρύνειν in Gegensatz gerathen noch obendrein mit Hervorhebung des gemeinschaftlichen Objectes (vgl. z. 623). In der
That steht dieses in einem ganz andern Gegensatz; vgl. z.
d. St. — Sollte hier vielleicht wirklich eine Lehre für die
Sklaven beabsichtigt sein und καλιάς nicht wie sonst in dem
Gedicht die Scheunen sondern Hütten für jene neben der
Wohnung ihres Herrn bezeichnen? Das Medium ποιεῖσθαι
scheint fast dahin zu deuten. Obgleich auch so der Gedanke nicht passend anschliesst, denn die Sklaven sind un-
selbständig und handeln nur auf Befehl, haben also nicht
selbst Etwas aus dem verkehrten Thun eines Andern zu
lernen.

Von der rauhesten Zeit des Winters ist noch besonders
die Rede. Nämlich zur Verfertigung der nöthigen warmen
Kleidung geben 536—46 Anweisung und diese erhält ihre
Begründung durch eine Schilderung der winterlichen Natur

nach zwei Seiten hin. Die Stürme und Kälte der Jahreszeit schildern in grossen Zügen 504—12. Wann Reif die
Erde bedeckt, der Nordwind das Meer aufregt und die
höchsten Bäume entwurzelt und die Thiere des Waldes
schauern, müssen die Menschen Schutz in ihren Häusern
suchen. Die Noth der obdachlosen Thiere ist mit Absicht
hervorgehoben und an die letzte Stelle gesetzt. Sie bildet
den wirksamsten Gegensatz und Motivirung für das, was
der Mensch zu seinem Schutze thun kann. Die gemüthliche
Seite des Winters unter sicherem, warmem Obdach, welche
unsere Dichter in Contrast zur unwirthlichen Natur treten
lassen, kennt Hesiod nicht; sie erscheint zuerst bei Alcäus
(Frgm. 34 Bgk.), dem Horaz Carm. I, 9. Epod. 13 folgt. —
Einzelne Züge zu der grossartigen Naturschilderung in 507
—11 finden sich bei Homer: Ξ 394. 95. 98. 14. 5. Ψ 368,
aber wenn Hesiod sie benutzt hat, so hat er das Entlehnte
mit poetischem Geist zu selbständiger Schöpfung verarbeitet.
Vgl. noch 553 mit E 524—26. Dabei ist auch wohl zu beachten, wie er nirgends über den Ideenkreis des böotischen
Landmannes hinausgeht und wie verschieden die Erwähnung
derselben Sache ist bei ihm und Homer, der sich auf einen
viel höheren Standpunkt erhebt. So selbst die der Plejaden, des Orion, des Arkturos, wo Ausführungen so nahe
gelegen hätten. Man vgl. 383. 417. 566. 572. 587. 598. 609.
610. 615. 619. 20 mit Σ 486—89. ε 272—75. Χ 26—31.
Ueberall bei Homer die ausführliche Schilderung, bei Hesiod nur die leise Andeutung, selbst wo man weitere Ausführung sicher erwarten möchte: 568. 69 vgl. τ 518—23.
Recht belehrend ist auch die Vergleichung von 582—84 mit
Sc. 393—97. In letzterem Gedicht dient eine Schilderung
in vier Versen (die folgenden drei sind wohl unächt) zu
einer blossen Zeitbestimmung: τὴν ὥρην μάρναντο, und die
Natur der Jahreszeit ist ohne alle Bedeutung für den Gang
des Kampfes. Dagegen solche Kürze in den Ἔργοις, in
denen man gerade die Ausführung passend finden könnte.
Und doch befolgen die Dichter nur die Gesetze für beide
Dichtungsarten, welche dem Epos anschauliche Schilderung selbst des weniger Wichtigen vorschreiben (hier ist
freilich etwas gar weit darin gegangen), der gnomischen
Didaktik in Nebendingen meist nur kurze Andeutung ge-

statten. Dieses Verhältniss macht auch die Verse 385—87
verdächtig.

Kehren wir zum Abschnitt über den Winter zurück.
Die bei den homerischen Schilderungen besonders hervor-
gehobene Regenmenge, die Haupteigenschaft des südeuro-
päischen Winters, hatte Hesiod nicht miterwähnt, weil sie
ihre Stelle zweckmässiger im Folgenden findet. — In dem
ra.uheren Klima am Helikon muss auch die Kleidung der
Jahreszeit angemessen sein: Ober- und Untergewand, Schuhe,
Mantel aus Fellen und Hut, die beiden letzteren mehr zum
Schutz gegen die Nässe und die Böotien besonders eigen-
thümlichen Winternebel. Begründet wird dieses 547—56
durch die zweite Schilderung, welche eben von der Nässe
des Winters handelt und nicht wie die erste ein Bild der
ganzen Natur zu geben, sondern die meteorologischen Er-
scheinungen theilweise zu erklären sucht. Am kalten Mor-
gen breitet sich Nebel über die Ebenen und zieht die Dün-
ste der Flüsse an sich; im Lauf des Tages wird er durch
den Wind gehoben, gegen Abend bringt er bisweilen Regen,
bisweilen treibt ihn der Wind weiter. Wer dann etwa im
Felde zu thun hat, beeile sich heimzukommen, ehe der reg-
nerische Abend ihn überfällt. An das nachdrückliche Ge-
sammturtheil über diese Jahreszeit 557—58 μεὶς γὰρ χαλεπώτατος οὗτος κτέ. knüpft sich noch eine Vorschrift die
Portionen täglicher Nahrung betreffend, die dann für die
Menschen wie für das Vieh erforderlich sind 559. 60.

Auch hier sollte der Ueberblick des Aechten zeigen,
wie dieses in seinen Theilen wohl zusammenstimmt. Mit
Unrecht wird nämlich von Göttling der ganze Abschnitt
503—60 verworfen, nachdem schon Twesten (S. 56) 507—
35 für unächt erklärt hatte. (Lehrs S. 201 verwirft 505—35.)
Wir würden dann erstens die Schilderung der Natur der
Jahreszeit vermissen, die sonst in diesem Theile des Gedichtes bisweilen nur in Andeutungen, doch überall und
immer in Bezug auf die Vorschriften für jede Jahreszeit
gegeben ist, zweitens eben diese Vorschriften über die Arbeiten während des Winters. Die Angriffe im Einzelnen,
welche besonders darthun sollten, dieser Abschnitt könne
nicht in Böotien gedichtet sein, sind leicht zu widerlegen
und es lässt sich im Gegentheil beweisen, dass gerade er

ganz vorzüglich den böotischen Ursprung des Gedichtes be-
stätigt.

504 μῆνα δὲ Ληναιῶνα, κάκ' ἤματα, βουδόρα πάντα. —
'Hunc versum non ab Hesiodo Boeoto profectum esse sed
ab Ionico poeta ut multa alia in hoc carmine certum est.
Nam Boeotis hic mensis dicebatur Βουκάτιος. — Lenaeon
est nomen Ionicum. — Quod poeta adjecit κάκ' ἤματα, βουδόρα πάντα, minime propterea additum esse puto, ut βουδόρα
πάντα responderent Βουκατίου ἤμασι (nam Βουκάτιος est ἀπὸ
τοῦ βοῦς καίνειν); βουδόρα potius dicuntur ἤματα ob nutri-
menti per hiemem inopiam. Prov. Vatic. I, 22 βουδόρῳ
νόμῳ.' Göttling. Merkwürdig ist wie nahe Göttling der
Wahrheit kam und sie doch verfehlte, denn kaum kann
ein Zweifel sein, dass die Worte ursprünglich lauteten:
μῆνα δὲ Βουκάτιον, κακά τ' ἤματα β. π. Ionische Rhapsoden mögen den ihren Zuhörern unverständlichen, vielleicht selbst lächerlichen Monatsnamen mit dem ionischen
vertauscht haben, am Vers sonst nur ändernd, soviel das
Metrum forderte. Ohne gleiche Nothwendigkeit ist die böotische Wortform durch eine ionische verdrängt aber durch
auf sie allein passende Erklärung erhalten worden Theog.
200 φιλομμειδέα, ὅτι μειδέων (st. μηδέων) ἐξεφαάνθη: Bergk,
Philol. XVI S. 581 f. So wäre auch in unserm Gedicht 512
μείδε' statt μέζε' zu schreiben. Wie weit im Uebrigen Ver-
tauschung ursprünglicher äolischer Formen mit ionischen im
Text der hesiodischen Gedichte stattgefunden *) und wie
weit Hesiod selbst den ionisch-epischen Dialekt gebraucht
hat, lässt sich unmöglich entscheiden. Rein äolisch war
seine Sprache nicht, weil sie kein festes Digamma hat. S. z.
382. Uebrigens sind bei viel späteren Schriftstellern z. B.
in der Cyropädie an fünf Stellen poetische und dialektische
Wörter in der Mehrzahl der Handschriften durch die gewöhnlichen ersetzt worden: I, 6, 16 ἤπηταί durch ἀκεσταί,
II, 2, 4 ἄρταμος durch μάγειρος, II, 2, 15 ἀνησίμωκας durch
ἀνήλωκας, III, 3, 44 πέπασθε durch κέκτησθε, IV, 1, 11
νέονται durch ἔσονται. — Hier ist, was eben Göttling in

---

*) Das wäre das Gegentheil von dem, was in äolischen und dori-
schen Städten dem homerischen Epos widerfahren zu sein scheint. S.
Sengebusch, dissert. Homer. prior S. 189 ff.

Abrede stellte, der Zusatz βουδόρα πάντα Epexegese zu
Βουκάτιον und nur desswegen gemacht. Der Verfasser der
Theogonie liebt ebenfalls etymologische Ausführungen; dies
zeigen ausser den 'angeführten Versen 196—200 auch 207
und 209. Bedarf die Anknüpfung der Epexegese durch τε
in 504 eines Beleges, so vgl. Δ 158. 59. — Mit dem Gedanken von 503 und 558 vgl. P 549. 50 χειμῶνος δυσθαλ-
πέος, ὅς ῥά τε ἔργων ἀνθρώπους ἀνέπαυσεν ἐπὶ χθονί, μῆλα
δὲ κήδει.

In grösstem Gegensatz zur Einfachheit und Zweck-
mässigkeit der beiden Stellen, welche die winterliche Natur
schildern, stehen die Verse 513—35. Abgeschmackte Zu-
sammenstoppelung bedeutungsloser ja lächerlicher (bes. 515
—17) Züge, ohne Anschaulichkeit in irgend einem, Wortschwall (bes. 513. 14. 531—35*), Gemeinplätze (521 ἔργα
πολυχρύσου Ἀφροδίτης vgl. Hymn. Ven. 9. 21, 522 λοεσ-
σαμένη τέρενα χρόα vgl. Theog. 5. Hymn. Hom. 32, 7) und
Reminiscenzen (519. 20 vgl. Hymn. Ven. 14) mit geschmack-
loser Gelehrsamkeit (527 κυανέων ἀνδρῶν δῆμόν τε πόλιν
τε **) aufgeputzt, falsche Gedankenverbindung (519 der Gegensatz zum Vorigen mit καί, 529 καὶ τότε δή von dem
schon 512 Erwähnten, τότ' ἄρα wäre zu erwarten), beispiel-
lose Wortformen, wenn diese selbst zum Theil äolische sein
mögen (526 δείκνυ Praesens s. Ahrens in d. Verhandl. der
Göttinger Philol.-Versamml. S. 73, wegen 533 γλάφυ und
535 νίφα vgl. Ahrens, de dial. Aeol. S. 108, vgl. auch z.
220), Häufung von sonst nirgends (524 γένδω, 530 μυλιόων-
τες, 534 ἐπὶ — ἔαγε) oder doch weder bei Homer noch bei
Hesiod vorkommenden (516 τανύτριχες, 518 τροχαλός, 524
ἀνόστεος) Wörtern, neben welchen nur zwei der homerischen Sprache fehlende in unverdächtigen hesiodischen Stellen sich finden (523 νύχιος wie Theog. 991, 530 βησσήεις
wie O. et D. 389), falsche und geradezu lächerliche Construction (διάησιν s. ε 478 mit Thieren als Obj. 516 αἶγα,
πώεα und gar 519 διὰ παρθενικῆς; ganz anders Ζ 130. 31

---

*) Mit 532 οἳ σκέπα μαιόμενοι κτέ. vgl. Arat. 1126 σκέπαος χα-
τέοντι ἐοικώς vom Wolfe.
**) Vgl. λ 14. Sollen κυάνεοι ἄνδρες die Aethiopen sein, so ist
dies die einzige Stelle, in der κυάνεος von schwarzer Hautfarbe gebraucht wird.

λέων — ὑόμενος καὶ ἀήμενος, wie später χειμαζόμενος):
Alles zusammengenommen lässt keinen Zweifel an der Unächtheit, wenn selbst durch dieses Einschiebsel nicht der
schöne und klare Zusammenhang von 512 und 536 zerrissen würde.

Ungerechtfertigt sind die gegen 536 — 60 erhobenen
Bedenken. Göttling wollte deren Ursprung von einem ionischen Dichter auch aus 537 τερμιόεντα χιτῶνα beweisen.
τερμ. χ. trägt nach τ 242 Odysseus, der ihn angeblich von
einem Kreter als Gastgeschenk erhalten hat; also ist er gewiss nicht speciell ionische Tracht. Er ist aber höchstens
ein langes Gewand (doch vgl. Eust. u. Ameis z. d. St.),
noch kein Schleppgewand wie die Kleidung der Ἰάονες ἑλ-
κεχίτωνες. Längere Kleider würden sich hier, wo nur vom
Winteranzug die Rede, durch die Rauhheit des Klimas
rechtfertigen.

548—53 sind schon von Ruhnken, Brunck und Bentley verworfen worden, aber mit Unrecht. Denn 554 auf
547 zurückzubeziehen, so dass der Landmann im strengsten
Winter ἔργον τελέσας vor der ἠώς nach Hause zurückkehren soll, ist doch absoluter Unsinn. Jene Verse sind der
Natur des böotischen Landes so angemessen, dass wären
sie als Fragment überliefert, man auf Entstehung in Böotien schliessen müsste. Wir dürfen nur bei ποταμοὶ ἀενάον-
τες nicht bloss an die nächste Umgegend von Askra denken,
deren Bäche im Sommer vertrocknen (O. Müller, Orchomenos S. 44). Böotien hat ausser dem Kephisos noch andere
Flüsse, welche das ganze Jahr hindurch Wasser haben, und
über diese und die ganze Ebne erhebt sich im Winter
dicker Nebel. (Vergl. über den böotischen Winter Müller
S. 30 — 32.) — Was Göttling im Einzelnen gegen die Verse
vorbringt, ist nicht schwer zu widerlegen. 549 'μάκαρες
locupletes sic simpliciter apud Homerum non dicuntur, nam
Λ 68. α 217 versu sequente additur, cur sic dicatur homo'.
Λ 68 ist allerdings wie hier μάκαρ ohne Zusatz = reich,
wie später οἱ εὐδαίμονες; denn πυρῶν ἢ κριθέων 69 hängt
ab von ὄγμον und κατ' ἄρουραν gehört zu ἐλαύνωσιν. Aber
α 217 ist es = glücklich, wie 219 und die Sache selbst
zeigt; denn Odysseus ist zwar unglücklich aber nicht arm. —
ἀὴρ πυροφόρος mit dem Sinn 'nubes fecunda, quae triticum

procreat' konnte weder von Hesiod noch von irgend einem Dichter gesagt werden, denn die Winternebel befruchten schwerlich die Aecker. Vielmehr ist mit G. Hermann zu lesen πυροφόροις (vgl. M 314. Ξ 123. Φ 602. Hymn. Apoll. 228. Simonid. frgm. 15) und durch πυροφόροις μακάρων ἐπὶ ἔργοις werden die in der Ebne liegenden Güter der Reichen *) bezeichnet, auf denen hauptsächlich Waizen gezogen wurde zum Theil auch für die Pferde (ѣ 602—6). Ueber Böotiens Reichthum an Waizen (πεδία πυροφόρ' Ἀόνων Eur. Phoen. 644) von der besten Sorte s. O. Müller, Böotien in Ersch und Grubers Encycl. Th. 11. S. 256. Orchomenos S. 83. (Vgl. Ranke S. 33.)

561—63 sind ebenso ungeschickt und dunkel im Ausdruck als nichtssagend. Schon Plutarch hielt sie für unächt. τετελεσμένον εἰς ἐνιαυτόν = Theog. 795. vgl. 740. Ueber den wahrscheinlichen Sinn s. Schömann S. 51.

4) Frühling 564—81. — Endlich geht der Winter vorüber. Der helle Glanz des Arktur am Abend **) ist gleichsam erstes Zeichen der wiederkehrenden schönen Jahreszeit und bald kommt deren Botin, die Schwalbe ***) (s. Hermann, Privatalterth. § 3, 23). Aber die Thätigkeit des fleissigen Landmanns soll ihr noch zuvorkommen; vor ihrer Ankunft müssen die Weinstöcke beschnitten und die Weinberge umgegraben werden †). Wann die Hitze zunimmt, so dass

---

*) Wegen der attischen Pediäer vgl. Solon. Frgm. 24, 2 Bgk.

**) πρῶτον gehört zu ἀκροκνέφαιος. Ende Februar erscheint der Arktur schon in der Dämmerung, während er vorher erst in der Nacht aufging.

***) Statt Bezeichnung der Rückkehr ist ὦρτο gebraucht, weil ὀρθρογόη ihr Erwachen vor Tagesanbruch ausdrückte, vielleicht auch um durch dieses für Aufgehen der Sterne häufige Wort das Wiedererscheinen der Schwalbe mit dem Aufgang des Arktur näher zu vergleichen.

†) 570 ὡς γὰρ ἄμεινον als Begründung der vorangehenden Vorschrift 'rhapsodum sapit' Hetzel S. 7. — Aber ebenso schliesst Her. 3, 82 eine Rede mit den lakonischen Worten οὐ γὰρ ἄμεινον statt einer bedeutenden Sentenz wie in 3, 80. 81. Vgl. oben S. 96 Anm. — 572 τότε δὴ σκάφος οὐκέτι οἰνέων. Hetzel S. 7 bemerkt, im Vorherigen sei nicht vom Umgraben die Rede gewesen, also sei etwas ausgefallen. — Beschneiden und Graben fanden zu gleicher Zeit statt, s. das vaticanische Sarkophagrelief Denkm. u. Forsch. Lief. 50. Tf. 148.

Schnecken auf Büschen und Stauden Schutz suchen, ist Zeit
der Erndte. Dann soll die Arbeit schon in der Morgendämmerung beginnen.

Da von der Erndte 473 ff. die Rede war, wird wie bemerkt hier sehr kurz davon gehandelt. Erwähnung der
grossen Hitze veranlasst die Mahnung früh aufzustehen;
auch an den Lohn des Fleisses wird erinnert 577 ἵνα τοι
βίος ἄρκιος εἴη *). Weitere Ausführung müsste Wiederholungen veranlassen. — Klar liegt die Unächtheit von
579—81 zu Tage. Die Stelle schloss mit der schönen und
kräftigen Sentenz 578 ἠὼς γάρ τ' ἔργοιο τρίτην ἀπομείρεται
αἶσαν d. h. wer mit der Morgendämmerung (ὄρθρου) auf-
steht, hat bei Tagesanbruch (ἠώς) schon den dritten Theil
der Arbeit gethan **). Das Medium ἀπομείρεται kann nur
bedeuten abtrennen, absondern (Arat. 522. Schol. ἀπο-
λαμβάνει; das Pass. Theog. 801, das Act. Apoll. Rhod. 3,
186), wie das simpl. Arat. 657. 1054. — Mit 578 kehrte
zugleich der Gedanke zu der vier Verse früher erwähnten
ἠώς zurück ebenso wie 302 zu dem 299 erwähnten λιμός,
und hier wegen des Abschlusses mit noch grösserem Nachdruck. Die drei unächten Verse sind wohl aus andern
Dichterstellen entlehnt. Sie würden nur den Gedanken von
578 breit treten, wenn nicht 580. 81 obendrein zeigten, dass
sie von Einem zugesetzt sind, der den vorigen Vers falsch
verstand und die Bedeutung von ὄρθρος nicht kannte, sondern dies mit ἠώς verwechselte, indem 580. 81 ἠώς Anfang
der Arbeitszeit ist im Widerspruch mit 574. Denn ὄρθρος
ist ἡ ὥρα τῆς νυκτός, καθ' ἣν ἀλεκτρυόνες ᾄδουσιν (Theogn.
863. 64. Theocr. 7, 123). ἄρχεται δὲ ἐνάτης ὥρας καὶ τελευτᾷ

---

*) εἴη hier und 606 nach G. Hermanns Verbesserung statt εἴη,
gerechtfertigt zwar nur durch μετείω Ψ 47, scheint durchaus nöthig,
weil wenigstens Hesiod in Finalsätzen nach Haupttemp. ausschliesslich
Conj. gebraucht.

**) Eine ganz ähnliche Sentenz über den gleichen Gegenstand in
dem altnordischen Spruchgedicht Hâvamâl lautet:

　　58. ár skal risa
　　　　sâ er â yrkendr fâ
　　　　ok ganga sins verka â vit;
　　　　mart um dvelr þann
　　　　er um morgin sefr,
　　　　hâlfr er aubr und hvötum.

εἰς διαγελῶσαν ἡμέραν. ἕως δὲ τὸ ἀπὸ γελώσης ἡμέρας ἄχρις ἡλίου ἐξέχοντος διάστημα Bekk. an. p. 54. Ueber die Verwechselung Phryn. Epit. p. 275 (so z. B. Batrachom. 103 ὑπ' ὄρθρον, wofür 108 ἅμ' ἠοῖ *). Uebrigens findet sich ὄρθρος zuerst bei Hesiod und in den homerischen Hymnen (Hymn. Merc. 100 ὁ. δημιοεργός, 143 ὄρθριος), in Ilias und Odyssee steht für ὄρθρος H 433 ἀμφιλύκη νύξ (τὸ λυκαυγές Luc. ver. hist. II 12. gall. 33. philops. 14), statt ὄρθριος 567 ἀκροκνέφαιος **), ρ 25 ὑπηοῖος, sonst ἠέριος (ἦρι statt ὄρθρου Arat. 265).

5) Sommer 582—608. `— Die Zeit nach der Erndte ist die des Genusses; dann feierten die Athener das fröhliche Fest der Kronien, entsprechend den römischen Saturnalien (Schömann, gr. Alterth. II S. 411). Während der heissesten Jahreszeit mag auch der Landmann ruhen. Die Sklaven haben noch zu arbeiten; sie müssen das Getreide durch die Rinder austreten lassen und worfeln: 596—99, dann Körner, Stroh und Streu einbringen: 600. 1. 606. 7.. Danach soll ihnen und den Rindern Erholung gegönnt werden: 608. — Der Abschnitt geht wie der vorige kurz über die Geschäfte hinweg, länger verweilt er bei der einleitenden Schilderung der Jahreszeit. Das Satzgefüge ἦμος — τῆμος — ἀλλὰ τότ' ἤδη ist fast dasselbe wie 414—22 ἦμος — τῆμος — τῆμος ἄρα. Mit 583 vgl. den sehr ähnlichen Vers Hymn. Hom. 18, 18 (17 und 18 zu vgl. mit τ 519—21). — Die Erwähnung des σκόλυμος hat wohl keine Bedeutung, als dass in diesen Monaten wo alle andern Blüthen der Hitze gewichen und das Laub verdorrt oder verstaubt an den Bäumen hängt, wo auch die Stimmen der Vögel (568) längst verstummten, die dann blühenden häufigen Distelgewächse und das unaufhörliche theils schwirrende theils heisere Zirpen der Cicaden allein noch Leben in der Natur zu zeigen scheinen. 585. 86 sind nicht müssiges Beiwerk.

---

*) Vielleicht schon Hymn. Merc. 100 ὄρθρος δημιοεργός = ἡώς vgl. K 251. — Ar. Vesp. 771. 72 ἦν ἐξέχῃ εἴλη κατ' ὄρθρον, ἡλιάσει πρὸς ἥλιον, wo übrigens das Lemma des Schol.: γράφεται δὲ καὶ κατ' ὀρθὸν ἐν πολλοῖς. S. Richter, Ar. Vesp. Prol. p. 107 sq.

**) ἀκροκνεφές Luc. rhet. praec. 17. Derselbe Gegensatz wie zwischen ὄρθρος und ἡώς, Ev. Marc. 13, 35 ἢ ἀλεκτροφωνίας ἢ πρωΐ, vgl. Xen. de ven. VI, 6 εἰς ὄρθρον καὶ μὴ πρωΐ.

Die Ziegen zwar sind im Sommer in ihrer vollen Kraft,
aber den Menschen lähmt die Hitze; ein Gegensatz nicht
unähnlich dem zwischen 512 und 536. Mitten in der Naturschilderung kann sich der Dichter nicht versagen wieder einen Seitenhieb auf die Weiber anzubringen und der
schmutzige Witz μαχλόταται δὲ γυναῖκες ist mit herbem
Spott sowohl dem πιόταται αἶγες als dem ἀφαυρότατοι ἄνδρες entgegengestellt, um so mehr da er nach dem zunächst
vorhergegangenen οἶνος ἄριστος unerwartet genug kommt. —
Die Verse 582—86 sind von Alcäus nachgeahmt worden
(s. d. Frgm. b. Proculus).

Mit Behagen schildert Hesiod die Ruhe in schattiger
Felsenkluft beim Genuss reicher Vorräthe, ausführlicher und
passender hier nach der Erndte als oben 477. 78 nach der
Saatzeit. Doch sind 592—96, eine matte und wortreiche
Wiederholung der vorigen Verse, sicher unächt (vgl. Göttling, welcher aber mit Unrecht auch 591 *) verdächtigt).
Die Sprache gibt allerdings keinen Grund zur Verwerfung.
Auffallen könnte der Accus. ἑζόμενον, κεκορημένον, τρέ-
ψαντα, da Hesiod wo er Vorschriften direct an Perses richtet (anders 391. 92 bei der allgemeinen Regel οὗτός τοι πεδίων κτέ. γυμνὸν σπείρειν κτέ.) Partic. und Adj. zum Subj.
des imperativ. Infin. ganz überwiegend, an 20 bis 30 Stellen, in den Nomin. setzt. Doch findet sich der Accus. auch
715. 16. 735. 748. In 595 ἧτ' ἀθόλωτος kann das Fehlen
der Copula kein Bedenken erwecken (Krüger, poet.-dial.
Synt. § 62, 1, 3), wohl aber die Geschmacklosigkeit womit
das dritte, unwesentlichste Attribut zu den beiden ersten
durch Relativsatz hinzugefügt wird. — Noch zweckloser ist
596, wahrscheinlich aus einem andern Gedicht entnommen.
Ihn mit Göttling für eine alleinstehende Vorschrift zu halten ist unmöglich, da der Wein 589 erwähnt wurde. Noch
unmöglicher aber ist, darin Wiederanknüpfung an den Inhalt dieses Verses zu erkennen, weil solche in diesem Gedichte nirgends in so roher Weise geschieht, sondern immer
kunstreich vermittelt, ausserdem nicht in Kleinigkeiten sondern nur bei bedeutenden Gedanken stattfindet.

602. 3 sind mit Recht von Lehrs (S. 205) ausgeworfen

---

*) Vgl. dazu Theocr. I, 6 und Schol.

worden, denn nach der Erndte sind Arbeiter gewiss am
wenigsten nöthig. Aber auch 604. 5 gehören nicht hierher,
denn der Hund ist im ganzen Jahr unentbehrlich und soll
nicht besonders zum Bewachen des eingebrachten Getreides
dienen, welches auch nicht mit χρήματα 605 bezeichnet worden wäre. Ueber die richtige Stelle der Verse s. oben
S. 124. Ich hatte ihnen dieselbe früher mit 453. 54 nach
407—9 angewiesen, doch ist dies aus dem bei 453. 54 bemerkten Grunde unmöglich. — An 601 schliesst sich vortrefflich 606 als Nachsatz mit δέ, wie ebenfalls nach αὐτὰρ
ἐπεί Theog. 799. 800 (H 148. 49. Π 198. 99), nach ἦμος O.
et D. 679. 81, nach ὅς 740. 41 (einem δέ im Vordersatz
entsprechend 296. 97. 363), nach längeren Vordersätzen 321.
25. 327. 33. Also αὐτὰρ ἐπὴν δὴ πάντα βίον κατάθηαι ἐπάρμενον ἔνδοθι οἴκου, χόρτον δ' ἐσκομίσαι καὶ συρφετόν. Als
ich die Nothwendigkeit der Verbindung beider Verse einsah, war mir unbekannt, dass G. Hermann (Jahns Jahrb.
1837 S. 124) sie schon vorgeschlagen hatte.

6) Spätsommer 609 — 17. — Der Dichter eilt zum
Schlusse. Beim Frühaufgang des Arktur findet die Weinlese, nach 16 Tagen das Keltern statt 609 — 14. Wann
Plejaden, Hyaden und Orion untergehen ist wieder Saatzeit
615. 16. So ist wie das eine Geschäft vorüber schon bald
Zeit an das nächste zu denken; in diesem Sinne knüpfen
die beiden Verse passend an 448. Aber 617 ist unächt
(s. Göttling). Schömanns ziemlich gewaltsame Conjectur
πλειὼν δὲ κατὰ χρέος ἄρμενος εἴη (S. 52) liesse allerdings
die Erklärung zu: omnis annus ad necessitatem cujusque
operis commodus et opportunus sït. Doch so hätte Hesiod
diesen Gedanken nicht ausgedrückt, sondern von dem Segen
der Gottheit gesprochen wie 466. 474 oder wenigstens von
göttlichem Walten in den Ereignissen der Natur wie 416.
483. 565. Zweitens wäre der Gedanke am Ende des Abschnittes matt. Endlich ist mir das nur hier gebrauchte, erst
bei Alexandrinern wiederkehrende πλειών wenigstens verdächtig. Hesiod hätte, wenn mich nicht Alles täuscht, πάντα
τελεσφόρον εἰς ἐνιαυτόν oder eine ähnliche klar verständliche
Wendung genommen um das ganze Jahr zu bezeichnen.

Werfen wir einen Rückblick auf diesen Kalender länd-
licher Arbeiten, so erkennen wir, was auch die ersten Verse

aussprachen, als Hauptpunkte Saat- und Erndte-Zeit, haben überhaupt nur einen Kalender für Getreide- und Weinbau besonders für jenen, während die Vorschriften im letzten Abschnitte des Gedichtes 765 ff. auch die Viehzucht berücksichtigen. Desshalb ist unter den Feldarbeiten die Heuerndte (σ 368) nicht erwähnt. Fast nur auf den Getreidebau beziehen sich die allgemeinen Regeln zu Anfang des Abschnittes. Schon in den früheren Theilen war reicher Ertrag der Felder als Lohn für Rechtschaffenheit und Fleiss und als Grundlage des Wohlstandes in Aussicht gestellt (232. 300. 1. 32), nur gelegentlich wurde Baumpflanzen (22) und Segen der Schaafheerden (234) erwähnt und der Gewinn von Honig und essbaren Eicheln wie eine Reminiscenz des goldenen Zeitalters (233 vgl. 118 αὐτομάτη). Alles dies ist in einer getreidebauenden Gegend natürlich und wir erkennen, dass der Dichter Ackerbau für die den Menschen zuträglichste Beschäftigung hielt (Ranke S. 39), von den Göttern geliebt und geschützt, wie es so viele Mythen aussprechen. Bedeutsam aber für den Standpunkt Hesiods und seiner Zuhörer ist das vollständige Schweigen über diese. Den Namen der Demeter erwähnt er nicht selten — wie beim Weinbau den des Dionysos 614 — und nennt sie ausdrücklich als Schützerin des Ackerbaus (300 und neben Zeus Chthonios 465). Aber von den Demetermythen keine Andeutung, nicht einmal von ihrer Liebe zu Iasion, welche Theog. 969 ff. wie ε 125 ff. erzählen. Und doch war der Demeterkult einer der ältesten in Böotien wie in den übrigen ackerbauenden Landschaften (Preller, griech. Mythol. I S. 464 f.). Ausführung in der Weise der Theogonie, welche Πλοῦτος zum Sohne der Demeter von Iasion macht, hätte so nahe gelegen; Hesiod hätte durch diese mythologische Allegorie ähnlich seinen personificirenden dem Gedichte einen höheren Standpunkt gewinnen können, wenn er wie im homerischen Demeterhymnus durch eine Legende den Ackerbau an die Göttin geknüpft hätte. Aber er vermeidet mythologische Ausführung sichtlich. Uns kann dies nicht auffallen, da wir bei Erwähnung der Gestirne Aehnliches gefunden haben (S. 134). Aber wenn sich dies Bestreben nicht läugnen lässt, wer darf noch den ursprünglichen Zusammenhang der Episoden von Pandora und den Weltaltern mit dem Gedicht vertheidigen? — Dass bei Homer Dionysos und Demeter eine wenig bedeutende Rolle spielen, gehört nicht hierher, sondern ist in der Tendenz des heroischen Epos begründet (Preller im Philol. VII S. 19, Nägelsbach, homer. Theol. S. 109 ff., Welcker, griech. Götterlehre I S. 391).

Ueberblicken wir die Disposition der Unterabtheilungen, so gehört der über das Holzhauen, welches die Reihe der regelmässigen ländlichen Geschäfte eröffnet, doch wie bemerkt in sofern noch mit zur Einleitung, als er von den einzelnen Ackergeräthen handelt im Anschluss an die allgemeine Vorschrift diese bereit zu halten. Er hat also eine ähnliche Doppelstellung wie 274—85 (vgl. z. 361. 62). Den Anfang des eigentlichen Arbeitskalenders, an den auch das Ende wieder anknüpft, bildet der Abschnitt 2, der wichtigste von allen. Er handelt von der Saat zugleich mit dem Blick auf die Erndte. Der erste Abschnitt, welcher diesen bisher allein ins Auge gefassten Stoff verlässt, ist 3. Aber wie die vorhergehenden und folgenden zeigen was nützt und fördert, so warnt dieser hauptsächlich vor dem was schadet, dem Müssiggang. Desswegen ein von den übrigen so abweichender Anfang πὰρ δ' ἴθι χάλκειον θῶκον.

Nun kommt in den ersten Versen von 4. zum Getreidebau der Weinbau, welcher ebenfalls grosse Sorgfalt verlangt um befriedigenden Ertrag zu gewähren. Obstbaumzucht fordert minderen Fleiss, aber sie tritt auch in den meisten Gegenden von Südeuropa im Alterthum wie heutzutage hinter dem Weinbau zurück, und Oelbäume mögen in Böotien kaum in Betracht gekommen sein. Uebrigens wird selbst der Weinbau von Hesiod auffallend kurz besprochen. — Die letzten Verse von 4. kehren zum Getreidebau zurück. Der Abschnitt 5. entspricht 3. in mehrfachen Bezichungen, denn wie jener von der Zeit der grössten Kälte, so handelt dieser von der grössten Hitze und zu beiden Zeiten tritt gezwungene Ruhe der Feldarbeiten ein. Doch im Winter war völlige Unthätigkeit verderblich, im hohen Sommer nach den Anstrengungen der Erndte ist sie erlaubt und nothwendig. Ein ähnliches Gefühl wie bei dem Gebote Exod. 20, 9. 10 lässt sich nicht verkennen. — Der Abschnitt 6. kehrt zum Weinbau zurück und schliesst mit nochmaliger

Andeutung der Saatzeit. So wechseln die Vorschriften über
drei verschiedene Gegenstände: Ackerbau, Weinbau und
Ruhe von den Feldarbeiten nach folgendem regelmässigen
Schema:

1) Ackerbau 448—90, ächte Verse 37.
2) Ruhe der Feldarbeiten 493—560, ächte Verse 43.
3) Weinbau 564—70, ächte Verse 7.
1) Ackerbau 571—78, ächte Verse 8.
2) Ruhe der Feldarbeiten 582—608, ächte Verse 18.
3) Weinbau (und Wiederanknüpfung an den Ackerbau)
     609—16, ächte Verse 8.

Ob bei dieser Regelmässigkeit Absicht des Dichters
mitgewirkt hat oder ob sie zufällig ist, da sie ja den
Verhältnissen entspricht, lasse ich dahingestellt sein. Ein
Zahlengesetz in dem Umfang der Partien ist nicht erkennbar, die beiden ersten Abschnitte sind übrigens bei Weitem die längsten. Etwas ausführlichere Naturschilderungen
enthalten 3. und 5., auch darin sich entsprechend.

Rückbezug auf den Inhalt des ersten Theiles wäre im
Ackerbaugedicht nicht nur unnöthig, sondern unzweck-
mässig, denn was dem Gedeihen der Thätigkeit hinderlich
erschien, war dort erschöpfend behandelt, gleichsam beseitigt (275. 86). Hingegen waren im ersten Theil die öfteren
Bezüge auf den Hauptinhalt des Ganzen erforderlich. Sie
sollten zeigen, dass nicht über δίκη und ὕβρις an sich sondern mit Hinblick auf die Verhältnisse des Landmanns gehandelt wurde. Annahme einer Zudichtung des ersten Theiles
zum zweiten als ursprünglichem müsste bestimmtere Gründe
haben als die blosse Möglichkeit gesonderten Bestehens des
letzteren. Und einer 'directen Uebergangsformel etwa des
Sinnes: und so will ich dir denn, Perses, sagen, wie du
am gedeihlichsten bei der Arbeit zu Werke gehen wirst'
(Susemihl a. a. O. S. 7) bedurfte es nicht nach jener allgemeinen Ankündigung 286 σοὶ δ' ἐγὼ ἐσθλὰ νοέων ἐρέω.
Denn wie sich die kleineren Abschnitte 327 ff. durch ihren
Inhalt in verständlichem Bezug angeschlossen hatten, so
auch der neue Hauptabschnitt, um so mehr da gerade die
Hindeutungen auf ἔργον Belehrung über dieses erwarten
lassen. Auch näherten sich im Vorhergehenden die Gedanken immer mehr den speciellen ökonomischen Vor-

schriften des Ackerbaugedichtes in den Lehren über Sparsamkeit 361 ff., Lohn des Feldarbeiters 370, Zunahme des Wohlstandes 377. — Ganz anders verhält es sich mit den Regeln über die Schifffahrt. Diese wird im Ackerbaugedicht fast missbilligt; so bedurfte es einer Entschuldigung, wenn doch Vorschriften darüber folgen.

II. Ueber die Landwirthschaft.

1) Grundregeln.

383 Πληιάδων Ἀτλαγενέων ἐπιτελλομενάων
384 ἄρχεσθ' ἀμήτου, ἀρότοιο δὲ δυσομενάων.
388 οὗτός τοι πεδίων πέλεται νόμος, οἵ τε θαλάσσης
ἐγγύθι ναιετάουσ', οἵ τ' ἄγκεα βησσήεντα
390 πόντου κυμαίνοντος ἀπόπροθι πίονα χῶρον
ναίουσιν· γυμνὸν σπείρειν, γυμνὸν δὲ βοωτεῖν,
γυμνὸν δ' ἀμάαν, εἴ χ' ὥρια πάντ' ἐθέλησθα
ἔργα κομίζεσθαι Δήμητερος, ὥς τοι ἕκαστα
ὥρι' ἀέξηται, μή πως τὰ μέταζε χατίζων
395 πτώσσῃς ἀλλοτρίους οἴκους καὶ μηδὲν ἀνύσσῃς.
405 Οἶκον μὲν πρώτιστα γυναῖκά τε βοῦς τ' ἀροτῆρας *)
602 θῆτά τ' ἄοικον· ποιεῖσθαι καὶ ἄτεκνον ἔριθον
δίζεσθαι κέλομαι· χαλεπὴ δ' ὑπόπορτις ἔριθος·
καὶ κύνα καρχαρόδοντα κομεῖν· μὴ φείδεο σίτου·
605 μή ποτέ σ' ἡμερόκοιτος ἀνὴρ ἀπὸ χρήμαθ' ἕληται.
407 χρήματα δ' εἰν οἴκῳ πάντ' ἄρμενα ποιήσασθαι,
μὴ σὺ μὲν αἰτῇς ἄλλον, ὁ δ' ἀρνῆται, σὺ δὲ τητᾷ,
ἡ δ' ὥρη παραμείβηται, μινύθῃ δέ τοι ἔργον.
410 μηδ' ἀναβάλλεσθαι ἔς τ' αὔριον ἔς τ' ἔννηφιν·
οὐ γὰρ ἐτωσιοεργὸς ἀνὴρ πίμπλησι καλιήν,
οὐδ' ἀναβαλλόμενος· μελέτη δέ τοι ἔργον ὀφέλλει·
αἰεὶ δ' ἀμβολιεργὸς ἀνὴρ ἄτῃσι παλαίει.

2) Die Geschäfte des Landmannes.

1) μετόπωρον.

Ἦμος δὴ λήγει μένος ὀξέος ἠελίοιο
415 καύματος ἰδαλίμου μετοπωρινὸν ὀμβρήσαντος

---

*) βοῦς τ' ἀροτῆρας Conj. st. βοῦν τ' ἀροτῆρα.

Ζηνὸς ἐρισθενέος, μετὰ δὲ τρέπεται βρότεος χρὼς
πολλὸν ἐλαφρότερος· δὴ γὰρ τότε Σείριος ἀστὴρ
βαιὸν ὑπὲρ κεφαλῆς κηριτρεφέων ἀνθρώπων
ἔρχεται ἠμάτιος, πλεῖον δέ τε νυκτὸς ἐπαυρεῖ·
420 τῆμος ἀδηκτοτάτη πέλεται τμηθεῖσα σιδήρῳ
ὕλη, φύλλα δ' ἔραζε χέει πτόρθοιό τε λήγει·
τῆμος ἄρ' ὑλοτομεῖν μεμνημένος ὥριον ἔργον.
ὅλμον μὲν τριπόδην τάμνειν, ὕπερον δὲ τρίπηχυν,
ἄξονα δ' ἑπταπόδην· μάλα γάρ νύ τοι ἄρμενος οὕτως·
εἰ δέ κεν ὀκταπόδην, ἀπὸ καὶ σφῦράν κε τάμοιο.
426 τρισπίθαμον δ' ἄψιν τάμνειν δεκαδώρῳ ἁμάξῃ.
455 φησὶ δ' ἀνὴρ φρένας ἀφνειὸς πήξασθαι ἄμαξαν,
νήπιος, οὐδὲ τόγ' οἶδ'· ἑκατὸν δέ τε δούραθ' ἁμάξης·
457 τῶν πρόσθεν μελέτην ἐχέμεν οἰκήια θέσθαι.
427 πόλλ' ἐπικαμπύλα κᾶλα· φέρειν δὲ γύην, ὅτ' ἂν εὕρῃς,
εἰς οἶκον, κατ' ὄρος διζήμενος ἢ κατ' ἄρουραν,
πρίνινον· ὃς γὰρ βουσὶν ἀροῦν ὀχυρώτατός ἐστιν,
430 εὖτ' ἂν Ἀθηναίης δμῳὸς ἐν ἐλύματι πήξας
γόμφοισιν πελάσας προσαρήρεται ἱστοβοῆι.
δοιὰ δὲ θέσθαι ἄροτρα πονησάμενος κατὰ οἶκον
αὐτόγυον καὶ πηκτόν, ἐπεὶ πολὺ λώιον οὕτως·
εἴ χ' ἕτερον ἄξαις, ἕτερόν κ' ἐπὶ βουσὶ βάλοιο.
435 δάφνης δ' ἢ πτελέης ἀκιώτατοι ἱστοβοῆες·
δρυὸς ἔλυμα, γύην πρίνου, βόε δ' ἐνναετήρω
437 ἄρσενε κεκτῆσθαι, τῶν γὰρ σθένος οὐκ ἀλαπαδνόν·
439 οὐκ ἂν τώγ' ἐρίσαντ' ἐν αὔλακι κὰμ μὲν ἄροτρον
ἄξειαν, τὸ δὲ ἔργον ἐτώσιον αὖθι λίποιεν.
τοῖς δ' ἅμα τεσσαρακονταετὴς αἰζηὸς ἕποιτο
ἄρτον δειπνήσας τετράτρυφον ὀκτάβλωμον,
ὅς κ' ἔργου μελετῶν ἰθεῖαν αὔλακ' ἐλαύνοι
μηκέτι παπταίνων μεθ' ὁμήλικας, ἀλλ' ἐπὶ ἔργῳ
445 θυμὸν ἔχων· τοῦ δ' οὔτι νεώτερος ἄλλος ἀμείνων
σπέρματα δάσσασθαι καὶ ἐπισπορίην ἀλέασθαι.
κουρότερος γὰρ ἀνὴρ μεθ' ὁμήλικας ἐπτοίηται.

2) ἄροτος.

Φράζεσθαι δ' εὖτ' ἂν γεράνου φωνὴν·ἐπακούσῃς
ὑψόθεν ἐκ νεφέων ἐνιαύσια κεκληγυίης,
ἥτ' ἀρότοιό τε σῆμα φέρει καὶ χείματος ὥρην
451 δεικνύει ὀμβρηροῦ, κραδίην δ' ἔδακ' ἀνδρὸς ἀβούτεω·

453 ῥηίδιον γὰρ ἔπος εἰπεῖν· Βόε δὸς καὶ ἅμαξαν·
454 ῥηίδιον δ' ἀπανήνασθαι· Πάρα δ' ἔργα βόεσσιν.
452 δὴ τότε χορτάζειν ἕλικας βοῦς ἔνδον ἐόντας.
458 εὖτ' ἂν δὲ πρώτιστ' ἄροτος θνητοῖσι φανείη,
    δὴ τότ' ἐφορμηθῆναι ὁμῶς δμῶές τε καὶ αὐτὸς
    αὔην καὶ διερὴν ἀρόων ἀρότοιο καθ' ὥρην,
461 πρωὶ μάλα σπεύδων, ἵνα τοι πλήθωσιν ἄρουραι.
465 εὔχεσθαι δὲ Διὶ χθονίῳ Δημήτερί θ' ἁγνῇ
    ἐκτελέα βρίθειν Δημήτερος ἱερὸν ἀκτήν,
    ἀρχόμενος τὰ πρῶτ' ἀρότου, ὅτ' ἂν ἄκρον ἐχέτλης
    χειρὶ λαβὼν ὅρπηκι βοῶν ἐπὶ νῶτον ἵκηαι
    ἔνδρυον ἑλκόντων μεσάβῳ. ὁ δὲ τυτθὸς ὄπισθεν
470 δμῷος ἔχων μακέλην πόνον ὀρνίθεσσι τιθείη
    σπέρματα κακκρύπτων· εὐθημοσύνη γὰρ ἀρίστη
    θνητοῖς ἀνθρώποις, κακοθημοσύνη δὲ κακίστη.
    ὧδέ κεν ἁδροσύνη στάχυες νεύοιεν ἔραζε,
    εἰ τέλος αὐτὸς ὄπισθεν Ὀλύμπιος ἐσθλὸν ὀπάζοι.
475 ἐκ δ' ἀγγέων ἐλάσειας ἀράχνια· καί σε ἔολπα
    γηθήσειν βιότου αἱρεύμενον ἔνδον ἐόντος.
    εὐοχθέων δ' ἵξεαι πολιὸν ἔαρ, οὐδὲ πρὸς ἄλλους
    αὐγάσεαι, σέο δ' ἄλλος ἀνὴρ κεχρημένος ἔσται.
    εἰ δέ κεν ἠελίοιο τροπῆς ἀρόῳς χθόνα δῖαν,
480 ἥμενος ἀμήσεις, ὀλίγον περὶ χειρὸς ἐέργων,
    ἀντία δεσμεύων κεκονιμένος, οὐ μάλα χαίρων,
    οἴσεις δ' ἐν φορμῷ, παῦροι δέ σε θηήσονται.
    ἄλλοτε δ' ἀλλοῖος Ζηνὸς νόος αἰγιόχοιο,
    ἀργαλέος δ' ἄνδρεσσι καταθνητοῖσι νοῆσαι.
485 εἰ δέ κεν ὄψ' ἀρόσῃς, τόδε κέν τοι φάρμακον εἴη·
    ἦμος κόκκυξ κοκκύζει δρυὸς ἐν πετάλοισι
    τὸ πρῶτον τέρπει τε βροτοὺς ἐπ' ἀπείρονα γαῖαν,
    τῆμος Ζεὺς ὕοι τρίτῳ ἤματι μηδ' ἀπολήγοι
    μήτ' ἄρ' ὑπερβάλλων βοὸς ὁπλὴν μήτ' ἀπολείπων·
490 οὕτω κ' ὀψαρότης πρωτηρότῃ ἰσοφαρίζοι.

3) χειμών.

493 Πὰρ δ' ἴθι χάλκειον θῶκον καὶ ἐπ' ἀλέα λέσχην
    ὥρῃ χειμερίῃ, ὁπότε κρύος ἀνέρας ἔργων
495 ἰσχάνει, ἔνθα κ' ἄοκνος ἀνὴρ μέγα οἶκον ὀφέλλοι,
    μή σε κακοῦ χειμῶνος ἀμηχανίη καταμάρψῃ
    σὺν πενίῃ, λεπτῇ δὲ παχὺν πόδα χειρὶ πιέζῃς.

πολλὰ δ' ἀεργὸς ἀνήρ, κενεὴν ἐπὶ ἐλπίδα μίμνων,
490 χρηίζων βιότοιο, κακὰ προσελέξατο θυμῷ.
502 δείκνυε δὲ δμώεσσι θέρευς ἔτι μέσσου ἐόντος·
Οὐκ αἰεὶ θέρος ἔσσεται, ποιεῖσθε καλιάς.
Μῆνα δὲ Βουκάτιον κακά τ'*) ἥματα, βουδόρα πάντα,
505 τοῦτον ἀλεύασθαι καὶ πηγάδας, αἵτ' ἐπὶ γαῖαν
πνεύσαντος Βορέαο δυσηλεγέες τελέθουσιν,
ὅστε διὰ Θρήκης ἱπποτρόφου εὐρέι πόντῳ
ἐμπνεύσας ὤρινε· μέμυκε δὲ γαῖα καὶ ὕλη·
πολλὰς δὲ δρῦς ὑψικόμους ἐλάτας τε παχείας
510 οὔρεος ἐν βήσσῃς πιλνᾷ χθονὶ πουλυβοτείρῃ
ἐμπίπτων καὶ πᾶσα βοᾷ τότε νήριτος ὕλη.
512 θῆρες δὲ φρίσσουσ', οὐρὰς δ' ὑπὸ μέζε' ἔθεντο.
536 καὶ τότε ἔσσασθαι ἔρυμα χροός, ὥς σε κελεύω,
χλαῖνάν τε μαλακὴν καὶ τερμιόεντα χιτῶνα·
στήμονι δ' ἐν παύρῳ πολλὴν κρόκα μηρύσσασθαι·
τὴν περιέσσασθαι, ἵνα τοι τρίχες ἀτρεμέωσι,
540 μηδ' ὀρθαὶ φρίσσωσιν ἀειρόμεναι κατὰ σῶμα.
ἀμφὶ δὲ ποσσὶ πέδιλα βοὸς ἶφι κταμένοιο
ἄρμενα δήσασθαι πίλοις ἔντοσθε πυκάσσας.
πρωτογόνων δ' ἐρίφων, ὁπότ' ἂν κρύος ὥριον ἔλθῃ,
δέρματα·συρράπτειν νεύρῳ βοός, ὄφρ' ἐπὶ νώτῳ
545 ὑετοῦ ἀμφιβάλῃ ἀλέην· κεφαλῆφι δ' ὕπερθεν
πῖλον ἔχειν ἀσκητόν, ἵν' οὔατα μὴ καταδεύῃ·
ψυχρὴ γάρ τ' ἠὼς πέλεται Βορέαο πεσόντος·
ἠῷος δ' ἐπὶ γαῖαν ἀπ' οὐρανοῦ ἀστερόεντος
ἀὴρ πυροφόροις **) τέταται μακάρων ἐπὶ ἔργοις,
550 ὅστε ἀρυσσάμενος ποταμῶν ἀπὸ ἀεναόντων,
ὑψοῦ ὑπὲρ γαίης ἀρθεὶς ἀνέμοιο θυέλλῃ
ἄλλοτε μέν θ' ὕει ποτὶ ἕσπερον, ἄλλοτ' ἄησι
πυκνὰ Θρηικίου Βορέου νέφεα κλονέοντος.
τὸν φθάμενος ἔργον τελέσας οἶκόνδε νέεσθαι,
555 μήποτέ σ' οὐρανόθεν σκοτόεν νέφος ἀμφικαλύψῃ
χρῶτά τε μυδαλέον θείη κατά θ' εἵματα δεύσῃ.
ἀλλ' ὑπαλεύασθαι· μεὶς γὰρ χαλεπώτατος οὗτος
χειμέριος, χαλεπὸς προβάτοις, χαλεπὸς δ' ἀνθρώποις.

---

*) Βουκάτιον κακά τ' Conj. st. Ληναιῶνα κάκ'.

**) πυροφόροις Conj. G. Hermanns st. πυροφόρος.

τῆμος θῶμισυ βουσίν, ἐπ' ἀνέρι δὲ πλέον εἴη
560 ἀρμαλιῆς· μακραὶ γὰρ ἐπίρροθοι εὐφρόναι εἰσί.

4) ἔαρ.

564 Εὖτ' ἂν δ' ἑξήκοντα μετὰ τροπὰς ἠελίοιο
χειμέρι' ἐκτελέσῃ Ζεὺς ἤματα, δή ῥα τότ' ἀστὴρ
Ἀρκτοῦρος προλιπὼν ἱερὸν ῥόον Ὠκεανοῖο
πρῶτον παμφαίνων ἐπιτέλλεται ἀκροκνέφαιος.
τὸν δὲ μέτ' ὀρθρογόη Πανδιονὶς ὦρτο χελιδὼν
ἐς φάος, ἀνθρώποις ἔαρος νέον ἱσταμένοιο.
570 τὴν φθάμενος οἴνας περιταμνέμεν· ὣς γὰρ ἄμεινον.
ἀλλ' ὁπότ' ἂν φερέοικος ἀπὸ χθονὸς ἂμ φυτὰ βαίνῃ
Πληιάδας φεύγων, τότε δὴ σκάφος οὐκέτι οἰνέων·
ἀλλ' ἄρπας τε χαρασσέμεναι καὶ δμῶας ἐγείρειν.
φεύγειν δὲ σκιεροὺς θώκους καὶ ἐπ' ἠῶ κοῖτον
575 ὥρῃ ἐν ἀμήτου, ὅτε τ' ἠέλιος χρόα κάρφει.
τημοῦτος σπεύδειν καὶ οἴκαδε καρπὸν ἀγινεῖν
ὄρθρου ἀνιστάμενος, ἵνα τοι βίος ἄρκιος εἴη.
578 ἠὼς γάρ τ' ἔργοιο τρίτην ἀπομείρεται αἶσαν.

5) θέρος.

582 Ἦμος δὲ σκόλυμός τ' ἀνθεῖ καὶ ἠχέτα τέττιξ
δενδρέῳ ἐφεζόμενος λιγυρὴν καταχεύετ' ἀοιδὴν
πυκνὸν ὑπὸ πτερύγων, θέρεος καματώδεος ὥρῃ,
585 τῆμος πιόταταί τ' αἶγες καὶ οἶνος ἄριστος,
μαχλόταται δὲ γυναῖκες, ἀφαυρότατοι δέ τε ἄνδρες
εἰσίν, ἐπεὶ κεφαλὴν καὶ γούνατα Σείριος ἄζει,
αὐαλέος δέ τε χρὼς ὑπὸ καύματος. ἀλλὰ τότ' ἤδη
εἴη πετραίη τε σκιὴ καὶ βίβλινος οἶνος
μᾶζά τ' ἀμολγαίη γάλα τ' αἰγῶν σβεννυμενάων
591 καὶ βοὸς ὑλοφάγοιο κρέας μήπω τετοκυίης.
597 δμωσὶ δ' ἐποτρύνειν Δημήτερος ἱερὸν ἀκτὴν
δινέμεν, εὖτ' ἂν πρῶτα φανῇ σθένος Ὠρίωνος,
χώρῳ ἐν εὐαεῖ καὶ ἐυτροχάλῳ ἐν ἀλωῇ·
μέτρῳ δ' εὖ κομίσασθαι ἐν ἄγγεσιν· αὐτὰρ ἐπὴν δὴ
601 πάντα βίον κατάθηαι ἐπάρμενον ἔνδοθι οἴκου,
606 χόρτον δ' ἐσκομίσαι καὶ συρφετόν, ὄφρα τοι εἴη
βουσὶ καὶ ἡμιόνοισιν ἐπηετανόν· αὐτὰρ ἔπειτα
δμῶας ἀναψῦξαι φίλα γούνατα καὶ βόε λῦσαι.

6) ὀπώρα und Wiederanschluss an den ἄροτος.

Εὖτ' ἂν δ' Ὠρίων καὶ Σείριος ἐς μέσον ἔλθῃ
610 οὐρανόν, Ἀρκτοῦρον δ' ἐσίδῃ ῥοδοδάκτυλος Ἡώς,
ὦ Πέρσῃ, τότε πάντας ἀπόδρεπε οἴκαδε βότρυς.
δεῖξαι δ' ἠελίῳ δέκα τ' ἤματα καὶ δέκα νύκτας,
πέντε δὲ συσκιάσαι· ἕκτῳ δ' εἰς ἄγγε' ἀφύσσαι
δῶρα Διωνύσου πολυγηθέος. αὐτὰρ ἐπὴν δὴ
Πληιάδες θ' Ὑάδες τε τό τε σθένος Ὠρίωνος
616 δύνωσιν, τότ' ἔπειτ' ἀρότου μεμνημένος εἶναι.

Siebentes Capitel.

Ueber V. 618—694.

'Ackerbau musste immer eine Hauptbeschäftigung der Böoter sein (daher auch Griechenlands Georgika aus Böotier. hervorgingen) und auf die Cultur des Bodens musste sich der Reichthum der Städte gründen. Obgleich zwischen drei Meeren gelegen und von Häfen nicht ganz entblösst (die bedeutenderen sind die Rheden von Larymna, Aulis und Siphä) liegt doch Böotien nicht so, dass die Lage zum Handel eigentlich aufforderte; es ist durch seine Weltstellung nicht nach aussen, sondern mehr auf sich selbst hingewiesen. Daher kommt es, dass kaum eine der grösseren Städte am Meere lag und vom Seehandel Böotiens in der historischen Zeit gar nicht die Rede ist'. O. Müller, Böotien in Ersch u. Gr. Encycl. Th. 11 S. 256.

Trotzdem bespricht Hesiod Seefahrt und Handel als Erwerbsquellen des böotischen Landmannes, freilich nicht ohne gleich im ersten Vers Abneigung dagegen auszudrücken (vgl. 236. Ranke S. 49) *). Doch ist hier gar nicht an weite Fahrten zu denken, sondern an die einfachsten Handelsverbindungen besonders mit benachbarten Landschaf-

---

*) Schol. Arat. 559 σφόδρα φροντίζει ὁ Ἄρατος τῶν ναυτιλλομέ-νων καὶ διὰ πολλῶν τεκμηρίων πειρᾶται αὐτοῖς χειμαζομένοις καθ' ὅσον ἔξεστι βοηθεῖν, παρόμοιόν τι ποιῶν Ἡσιόδῳ· ὁ μὲν γὰρ σφόδρα τῶν γεωργικῶν, ὁ δὲ τῶν ναυτιλλομένων ποιεῖται ἐπιμέλειαν.

ten, da so ziemlich aller griechische Grosshandel zur See stattfand (Hermann, Priv.-Alterth. § 45, 1). Nach der Erndte (663. 64) brachte der Landmann den Ueberfluss des Ertrags seiner Aecker (689. 90) zu Schiffe nach den Küstenorten, um ihn abzusetzen wo die meiste Nachfrage war, nicht anders wie heutzutage der Ansiedler am Missisippi jährlich mit allem Entbehrlichen seiner Producte nach New-Orleans, der am obern Dniepr nach Cherson fährt und sich dort mit den Erzeugnissen des Gewerbfleisses versieht. Von Fischfang welchen der Dichter des Hekate-Hymnus in der Theogonie mit den Worten 440 οἳ γλαυκὴν δυσπέμφελον ἐργάζονται bezeichnet, ist im ganzen Gedicht keine Rede und Niemand wird glauben, dass am Helikon wie in den Seestädten Fische Hauptnahrung der ärmeren Classe waren. Selbst der Reichthum des Kopais-Sees an Aalen (Ar. Ach. 880 u. d. Erkl.) existirte für die Bauern von Askra nicht. Ziele der Fahrten werden nicht bestimmt erwähnt. Wären 633 — 40 ächt, so würden sie auf Handel im ägäischen Meere deuten, aber nach der Lage von Askra muss eher an Schifffahrt auf dem korinthischen Busen und nach den nächsten Küsten und Inseln gedacht werden. Ebenso fehlt, wenigstens in diesem Abschnitte, ein Hinweis durch Nennung der einzuhandelnden Gegenstände, doch lassen gelegentliche Erwähnungen im übrigen Gedicht und die Natur der Sache als solche vor Allem Eisengeräthe (387. 420. 743) erkennen, ferner Thongefässe (368. 744), vielleicht schon damals ein Hauptartikel korinthischer Fabrication, während sich von ihrer Verfertigung im Lande keine Andeutung findet. Ausländischer Wein· neben dem einheimischen scheint erwähnt 589 (s. d. Erkl.). Die nothwendigen Nahrungsmittel von Feldern und Heerden sowie Stoffe für Kleidung, Bauholz für Häuser und Schiffe (807. 8) producirte die Gegend, für die einfachsten Gewerbthätigkeiten fehlten die Arbeiter nicht (430. 493), soweit die Landleute jene nicht selbst verrichteten. Also bleibt für jene Lebensverhältnisse kaum etwas Nothwendiges übrig als die Geräthschaften. Ob Geld damals in diesen Gegenden als Ausgleichungsmittel diente, lassen χρήματα 686 und auch in dem unächten Vers 632 die Worte ἵν᾽ οἴκαδε κέρδος ᾽ἄρηαι allerdings nicht entscheiden, aber höchstens an eisernes

Stabgeld oder kleinasiatische Münzen dürfte gedacht werden.
Ausfuhrartikel war wohl fast nur Getreide (689. 90). Die
Fahrten sind keine ausgedehnteren, dies zeigt schon ihre
Dauer, bloss von Mitte August (663) bis Ende October
(674. 75). Eine Ende Februar (679. 80) beginnende also
möglicherweise achtmonatliche wird auch erwähnt, aber wie
ein verwegenes Unternehmen. Uebrigens sind wir nicht
einmal aus dieser längeren Dauer auf entfernte Ziele zu
schliessen berechtigt, zumal da bei den Colonieen im We-
sten keine böotischen Ansiedler mit erwähnt werden, also
die Aufmerksamkeit der Bewohner dieser Landschaft schwerlich auf die weitere Ferne gerichtet war. — Wegen Beschaffenheit der Schiffe (627—29 nur das ganz allgemein
Gültige), ihrer Grösse (643) und Bemannung (666) müssen
wir das aus Homer Bekannte voraussetzen, eigenthümlich
ist höchstens der 626 genannte χείμαρος, den Homer nicht
erwähnt.

1) Herbst und Winter 618—30. — Der Abschnitt über
die Schifffahrt gibt ebenfalls *) Regeln nach der Folge der
Jahreszeiten und beginnt diese gleichfalls mit dem Untergang der Plejaden. Allerdings ist dann nicht die Zeit zu
Fahrten, sondern zum Ackerbau (623); also müssen die
Schiffe aufs Land gezogen werden und der Dichter lehrt,
wie sie gegen Verderben zu schützen sind, Vorschriften
ähnlich jenen über Schutz gegen die Winterkälte. Die Stelle
endet (630) statt der gewöhnlichen Sentenz mit der Aufforderung die rechte Zeit zur Ausfahrt abzuwarten (vgl. 616).

2) Sommer und Frühling 636—86. — Erst fünfzig
Tage nach **) der Sommersonnenwende — wann also auch
Erndte und grösste Hitze vorüber sind — beginnt die Zeit
sicherer Meerfahrten, wenn anders Zeus und Poseidon sie
begünstigen (667. 68 vgl. m. 474). Aber noch vor der
Weinlese müssen die Schiffe zurückkehren (674) ***). Diese

---

*) Alles im Folgenden über entsprechende Composition der Werke
der Schifffahrt und des Landbaus Vorgebrachte war geschrieben, ehe
ich Hetzels Bemerkungen über den gleichen Gegenstand (S. 15 f.) las.

**) S. Schol. anon. z. 663. Wenn Proculus' Erklärung richtig wäre,
müsste 664 verworfen werden.

***) Mit 675—77 vgl. Arat. 291 οἱ δ' ἀλεγεινοὶ τῆμος ἐπιρρήσσουσι
νότοι.

rechtzeitige Schifffahrt (ὡραῖος πλόος 665, mit unmittelbarem Anschluss an 630 ὡραῖον μίμνειν πλόον, vgl. 392. 394) entspricht der rechtzeitigen Saat. Doch wie Hesiod dieser eine zu späte Saat entgegengestellt, aber doch angegeben hatte, unter welchen Umständen auch der ὀψαρότης hoffen dürfe, so steht dem ὡραῖος πλόος ein vorzeitiger, εἰαρινὸς πλόος 678 gegenüber und auch hier lehrt der Dichter, wann er allenfalls gewagt werden könne, obgleich er ihn entschieden missbilligt. Genauere Betrachtung der beiden entsprechenden Stellen 486 — 90 und 679 — 81 zeigt nicht nur Gleichheit in der Satzconformation ἦμος — τῆμος und ἦμος δὴ — τότε δέ, sondern auch eine wohl absichtliche Aehnlichkeit der Bestimmungen ὅσον τ' ἐπιβᾶσα κορώνη ἴχνος ἐποίησεν und μήτ' ἄρ' ὑπερβάλλων βοὸς ὁπλὴν μήτ' ἀπολείπων.

Eine Vorschrift, in Sinn und Ton der hesiodischen ähnlich, obgleich sie im rauheren Klima das Ende der Fahrt früher setzt, gibt eine Schifffahrtsregel des dreizehnten Jahrhunderts für das adriatische Meer (Petermanns geogr. Mittheilungen 1859 S. 327):

> Tempo di navigare d'April dei cominciare
> E poi securo gire, finchè vedrai finire
> Di Settembre lo mese, che l'altro a folli imprese.

In 682 ist εἰαρινός von Heyer (S. 17) gewiss mit Recht in ἀργαλέος geändert. Die Worte οὔ μιν ἔγωγε bis 684 χαλεπῶς κε φύγοις κακόν drücken mit Weitschweifigkeit in drei sonderbar abgerissenen Sätzchen fast ganz denselben Gedanken aus und sind schwerlich ächt, wenn selbst die ungewöhnliche Bedeutung von ἁρπακτός (vielleicht ist ἁρπαλέος zu lesen vgl. θ 164) keinen Anstoss gäbe. Würden sie entfernt, so fügen sich

> ἀργαλέος δ' οὗτος πέλεται πλόος. ἀλλά νυ καὶ τὰ
> ἄνθρωποι ῥέζουσιν ἀιδρείησι νόοιο *)

in Worten, Metrum und Sinn aneinander und die Stelle schliesst mit der schönen Sentenz 686 **) die den Grund-

---

*) Arat. 294 ἀλλὰ καὶ ἔμπης ἤδη πάντ' ἐνιαυτὸν ὑπὸ στείρῃσι θάλασσα πορφύρει.

**) Vielleicht ein altes Sprichwort s. S. 97.

gedanken, dass die Schifffahrt ein gewagtes Unternehmen
sei, wieder anklingen lässt.

Auch allgemeine Regeln enthält der Abschnitt und zwar
am Ende, nicht wie der vorige am Anfang. Nach Ausscheidung der unächten Verse 687. 88 wäre 689. 90 die erste
davon. Doch ist wohl 643 aus seiner ebenfalls unächten
Nachbarschaft zu nehmen und hier voranzustellen. Dann
passen die Gedanken der beiden Verse genau zusammen,
wie auch τίθεσθαι 689 und φορτίζεσθαι 690 sich auf φορτία
θέσθαι 643 beziehen, und durch den Bezug auf den andern
Vers bekommt μηδ' 689, wofür G. Hermann (S. 125) deutlicher μὴ δ' schrieb *), einen klareren Sinn:

νῆ' ὀλίγην αἰνεῖν, μεγάλη δ' ἐνὶ φορτία θέσθαι·
μὴ δ' ἐνὶ νηυσὶν ἅπαντα βίον κοίλησι τίθεσθαι,
ἀλλὰ πλέω λείπειν, τὰ δὲ μείονα φορτίζεσθαι.

Von G. Hermann (S. 125) ist schon die gleiche Anordnung
vorgeschlagen worden, nur dass er 644. 45 nicht beanstan-
det und mit hierher versetzt. — Auch dem Vorhergehenden
schliesst sich der Sinn recht gut an: 'wenn du überhaupt
die gefährliche Schifffahrt wagst, fahre wenigstens mit Schif-
fen, die lohnenden Gewinn bringen können **). Doch ver-
traue nie deine ganzen Vorräthe dem Zufall an'. Dem Satz
welcher den letzten Gedanken begründet, 691 δεινὸν γὰρ
κτέ. folgt mit Anaphora (δεινὸν δ') Anwendung der gleichen
Regel auf ein ähnliches Verhältniss 692. 93, dann wird der
beiden zu Grund liegende allgemeine Gedanke (s. S. 98 ***)
aufgestellt als Schlusssentenz des Abschnittes 694, die eine
der ältesten und beliebtesten Lehren griechischer Gnomik
ausspricht. Der Vers sagt nicht zweimal das Gleiche, wie
es scheinen könnte, vielmehr ist μέτρα φυλάσσεσθαι zunächst

*) Vgl. z. 707 u. E 138. Z 371.
**) νῆ' ὀλίγην αἰνεῖν ist natürlich nur ironisch gemeint, womit die
von Hetzel S. 18 aus Vergleichung von 376—80 mit 643—45 gezoge-
nen Schlüsse fallen.
***) Der Grundgedanke ist genau gegeben: 'halte Maass' (694).
Ein Ueberschreiten desselben ist sowohl das Verladen eines zu grossen
Theiles der Habe auf Schiffe als die Befrachtung eines Wagens mit
zu schwerer Last. Dies bemerke ich gegen Schömanns Einwand
S. 54.

nur Gegensatz zu dem, was nach 689—93 nicht geschehen soll, hingegen καιρὸς ἐπὶ πᾶσιν ἄριστος ganz allgemein gültig.

Dieser Theil des Gedichtes entspricht also in der Anordnung der Partieen dem vorigen, soweit es der Gegenstand zuliess. Aber er steht in jeder Beziehung hinter ihm zurück; es fehlt aller Schmuck, es fehlt die Belebung der Natur, wodurch jener neben seinem didaktischen Zweck auch als poetisches Kunstwerk sich auszeichnete, fast jeder Vers zeigt, wie wenig das Herz des Dichters Antheil nimmt (Ranke S. 21).

Der Abschnitt ist vielfach interpolirt und die Unächtheit von 631—62 suchte schon Twesten (S. 56—59) zu beweisen. — Jedoch mit Unrecht verdächtigt Göttling V. 623, welcher an sich fehlen könnte, aber nicht auffallender ist als 616 und in ὥς σε κελεύω keinen Anstoss geben darf, weil dieses nicht wie 316 und die Wendungen 382. 403. 491. 561. 687 zwecklos auf das eben Gesagte zurückdeutet, sondern den Inhalt des vorigen Abschnittes wieder in Erinnerung bringt (vgl. 298). Unentbehrlich aber wird der Vers durch den Gegensatz 624 νῆα δέ, der nach γῆν δ' ἐργάζεσθαι nothwendig, nach 622 κ. τ. μ. νῆας unmöglich ist. — 631. 32 erregen wohl schon dadurch Bedenken, dass καὶ τότε in undeutlicher Weise nicht auf den Inhalt des letzten Hauptsatzes, dessen Handlung μίμνειν in den Winter füllt, sondern auf das temporale Nebensätzchen εἰσόκεν ἔλθῃ sich bezöge. Noch mehr Grund zur Verwerfung gibt, dass sie dasselbe sagen was in 663—72, aber viel angemessener und wie bemerkt mit deutlichem Bezug auf 630 wiederkehrt. Die beiden Verse dienen als Einleitung der Stelle über Hesiods Vater 633—40, doch hätte diese Notiz ihren Platz am Anfange des Abschnittes gehabt, hier stört sie den Zusammenhang und ist ungeschickt als blosse gelegentliche Bemerkung nachgeholt. Perses und Hesiod mussten bei Erwähnung der Schifffahrt gleich an den Vater denken. Wollte man versuchen 633—40 nach 618 zu stellen, dann würde eine so lange Parenthese zwischen εἰ und dem Uebergang zur Sache selbst, welcher 619 statt des nicht ausgesprochenen Nachsatzes zu εἰ (eines Gedankens wie 648 vgl. Z 150—52) eintritt, eben dieses Verhältniss unklar machen und wollte man nicht Parenthese, sondern stärkere Anako-

luthie annehmen, so dass εἰ wirklich ohne Nachsatz oder
Stellvertreter desselben wäre, so könnte dann das Asyndeton in 619 nicht geduldet werden. — Bei der jetzigen Stellung ist auch der Vergleich mit der Schifffahrt des Vaters
ungenau. Jener trieb aus Mangel andern Unterhaltes Zwi-
schenhandel (634. 638), welchen Erwerbszweig θ 161—64
schildert; dagegen ist in unserm Abschnitte zunächst von
Ausfuhr eigner Producte oder wenigstens nicht von pro-
fessionsmässiger ἐμπορία die Rede. Ueber μέγα νήπιε Πέρση
633 s. z. 397; hier ist es noch unpassender als dort, weil
Perses nur Thatsachen zu hören bekommt, die er kannte.
Endlich ist zwar die Verbindung von ὄλβος und πλοῦτος
(Ω 536. Hymn. Merc. 529. Hymn. Hom. 30, 12) oder ἀφνειὸς
und ὄλβος (Theog. 974) so gut wie die anderer Synonyma,
aber die Häufung der drei gleichbedeutenden Wörter 637 οὐκ
ἄφενος φεύγων οὐδὲ πλοῦτόν τε καὶ ὄλβον *) kaum zulässig,
wenn selbst die beiden letzten dem ersten wie ein Begriff
gegenüberstehen **). — An sich mag die Stelle eine alte
Tradition wiedergeben und früh in das Gedicht gekommen
sein, da sich 630—40 von den meisten Interpolationen noch
immer durch Klarheit und Reinheit der Sprache unterscheiden und besonders 639. 40 durch körnige Kürze Hesiods
würdig sind; auffallend ist freilich, dass sie ein Urtheil
über die Gegend von Askra aussprechen, worauf der Inhalt
der beiden vorigen Abschnitte irgendwie hätte vorbereiten
müssen. (Vgl. auch die Bemerkung von Hetzel S. 17.) —
Die ähnlichen Wendungen 634 βίου κεχρημένος ἐσθλοῦ und
637 οὐκ ἀφ. φ. κτέ. ***) enthalten nichts Ueberflüssiges (wie
Proculus meinte), vielmehr erklärt jenes die durch das Ite-
rativum πλωίζεσκε und den Plural νηυσί bezeichneten vielen
Seefahrten mit Anschluss des Gedankens zugleich an 632
ἵν' οἴκαδε κέρδος ἄρηαι, dagegen enthalten 637. 38 den

---

*) Ohne Rechtfertigung durch den rhetorischen Zweck solcher
Abundanz, wie z. B. λ 612 ὑσμῖναί τε μάχαι τε φόνοι τ' ἀνδροκτασίαι
τε vgl. Hymn. Ven. 10. 11. Simon. Amorg. frgm. 7, 51. 52. Tyrt. frgm. 10,
11. 12. Simon. Ceus frgm. 36. Luc. Nigr. 1 εὐδαίμων τε καὶ μακάριος
καὶ — τρισόλβιος.

**) Anders Theogn. 30 τιμὰς μηδ' ἀρετὰς ἕλκεο μηδ' ἄφενος, wo
jedes Wort einen verschiedenen Begriff bezeichnet.

***) Vgl. Vit. Hom. 1 οὐ πολύφορτος ἀλλὰ βραχέα τοῦ βίου ἔχων.

Grund für die nach einer solchen (635) geschehene Ansied-
lung in Askra, welche nach dem bestimmten Ausdruck 636
Κύμην — προλιπών (kein Komma!) auch noch unter dem
Bilde einer Flucht vor κακή πενίη 638 dargestellt ist; dann
bildet φεύγων mit den zu stärkerem Gegensatz vorantreten-
den Objecten ἄφενος κτέ. ein scheinbares Oxymoron. In
639 ist nicht die Oertlichkeit in Gegensatz zu dem allge-
meineren τῇδε 635, worunter entweder Griechenland oder
Böotien verstanden, sondern die Niederlassung zur blossen
Fahrt (ἦλθε).

641. 42 scheinen mit ἔργων ὡραίων πάντων an das Ende
des Ackerbaugedichtes anzuknüpfen, als ob sie den Eingang zum Abschnitt über die Schifffahrt bildeten, sind aber
nichtssagende Flickverse. Richtig ist wenigstens der Gegensatz τύνη δ' ὦ Πέρση (s. S. 32), freilich mit einer in
ächten Stellen nirgends wiederkehrenden Form des Prono-
mens. Die gerade nicht durch den Inhalt gerechtfertigte
Schwere des Verses, den ausser dem fünften Fuss lauter
Spondeen bilden, findet sich auch sonst, vgl. 391. (*563.)
341. 824 u. d. vers. spond. 442, 482. 811. — Ueber 643 s.
S. 156. — Höchst trivial lauten 644. 45. 'Bei günstigem
Wetter ist der Gewinn grösser' — diesen Gedanken könnte
nur ein solcher Zusammenhang rechtfertigen, wie er weder
hier noch sonst zu finden. Hierher gehören die Verse nicht,
weil 643 die Grösse der φορτία nur von der des Schiffes
bedingt ist. Nach 672 könnte man sie eher unterzubringen
versuchen, aber auch dort widerspräche εἴ κ' ἄνεμοί τε κα-
κὰς ἀπέχωσιν ἀήτας dem kurz vorhergehenden bestimmten
τῆμος εὐκρινέες αὖραι 670. Ferner ist μείζων μὲν φόρτος, εἴ
κ' ἄνεμοι κτέ. unsinnig, weil bei schlechtem Wetter Niemand
abfuhr und das aus einem die Schiffe überfallenden Sturm
Gerettete nicht φόρτος heissen kann. Der Ausdruck ἐπὶ
κέρδεϊ κέρδος verräth möglicherweise denselben Interpolator,
von welchem 382 und wohl alle Flickverse (S. 85) herrühren, und die Verse scheinen eine verunglückte Nachahmung
des selbst unächten, aber guten Verses 380 zu sein, mit
einem Stückchen von 675.

Nun beginnt mit 646 der Abschnitt über die Schifffahrt gleichsam von Neuem. Die Verse 646—62 (von Lehrs
S. 209 und Göttling verworfen, wie schon von Plutarch bei

Proculus *) machen den Gedanken an eine doppelte Recension in der Weise zulässig, dass ein Rhapsode diese Einleitung statt 618 ff. zur Eröffnung des von ihm vorgetragenen Abschnittes über die Schifffahrt setzte, ein späterer beide Stellen durch die Verse 641. 42 von seinem Fabricate, dem von seiner Stelle verirrten 643 und den eben besprochenen 644. 45 schlecht verkittete. Vielleicht haben auch 641. 42 zur Eröffnung eines Rhapsodenvortrages gedient. Der Gedanke an doppelte Recension durch den Dichter selbst kann, wenn irgendwo zulässig, hier nicht aufkommen; denn vor Allem ist der bei einem Orakel wie Her. I 47 begreifliche, im Munde des Dichters nur marktschreierische Ton von 649. 661. 62 Hesiods unwürdig, mit dem im Gedichte herrschenden Ernste unverträglich und an sich geradezu lächerlich. Das Einschiebsel ist übrigens eine interessante Probe, wie Rhapsoden ihren Gegenstand nicht ohne Geschick aber ohne poetischen Geist aus den Schätzen der epischen Phraseologie auszustatten wussten. Doch fehlt es nicht an Bedenken im Einzelnen. Hesiod empfahl bisher immer Ackerbau zur Vermeidung von Noth, die Schifffahrt billigt er kaum; auf einmal nimmt 646 diese die Stelle von jenem ein, leicht erklärlich nachdem 633—40 Eingang gefunden, indem 646 deutlich an den Gedanken von 637. 38 knüpft. Die Ankündigung 648 δείξω δή τοι μέτρα πολυφλοίσβοιο θαλάσσης bezeichnet den Inhalt der von Hesiod gegebenen Regeln ebensowenig, als sie im Ton zu seiner Weise passt. Ueber εὖτ' ἄν 645, βούληαι 647, προπεφραδμένα 655 s. Göttling, doch kann allerdings in diesen Stellen der Anstoss durch die dort verzeichneten Conjecturen entfernt werden. Auch 655 ist Χαλκίδα τ' εἰς ἐπέρησα statt des ungebräuchlichen und hier sinnlosen Compositums εἰςεπέρησα zu schreiben. Die Fahrt über den schmalen Euri-

---

*) Dass Paus. IX, 31, 3 die Stelle nicht gekannt, folgt nicht aus λέγουσι. Er scheint vielmehr von der Sache als einer bekannten zu sprechen, aber die Aechtheit des vorgezeigten Weihgeschenkes zu bezweifeln. — In Betreff des 657 erwähnten ὕμνος spricht Gerhard (Abhandl. d. Berl. Akad. Philol.-hist. Cl. 1856 S. 106 f.) die Vermuthung aus, dass wir denselben im Proömium der Theogonie noch besitzen, worüber Jeder glauben mag, was ihm beliebt. 659 nimmt deutlich Bezug auf die Erzählung von der Dichterweihe Hesiods Theog. 22 ff.

pus wäre 650 unpassend bezeichnet ἐπέπλων εὐρέα πόντον
(Schömann S. 53). Aber es heisst οὐ γὰρ πώποτε ἐπέπλων
κτέ. und dies ist wörtlich zu nehmen vgl. 649. Die Ausnahme in 651 ist kein ἐπιπλεῦσαι εὐρέα πόντον. Auf den
Gebrauch von Ἑλλάς als Gesammtnamen 653 macht Göttling zu 528 aufmerksam. Uebrigens findet sich in den
ächten Theilen der hesiodischen Gedichte keiner der homerischen Gesammtnamen für das griechische Land und Volk;
Ἀχαιοί nur in dieser Stelle 651, Δαναοί im homerischen
Sinne nirgends. — Ein weder homerisches noch hesiodisches
Wort ist eigentlich nur σεσοφισμένος 649, da ἐμπορίη 646
bei dem Vorkommen von ἔμπορος und ἀνέθηκα mit der Bedeutung weihen 658, während es in der einzigen homerischen Stelle X 100 eine andere Bedeutung hat, kaum dahin
zählen. So ist die Sprache allerdings rein genug um auch
diesem Einschiebsel eine frühe Entstehung zuzuweisen.

687. 88 sind ebenfalls unächt. Zwar ist der Sinn von
δεινὸν δ' ἐστὶ θανεῖν μετὰ κύμασιν 687 nicht derselbe wie
von 691; denn dass dort πῆμα hauptsächlich vom Verlust
der Ladung zu verstehen, zeigt 690 zu dessen Rechtfertigung 691 dient und 693. Der Rest des Verses aber und
der folgende sind nichtssagend und von derselben Art wie
382. 403. 491. 561.

Von den drei Particen dieses Abschnittes enthält
1) Herbst und Winter 618—30, ächte Verse 13.
2) Sommer und Frühling 663—86, ächte Verse 24.
3) Allgemeine Regeln 643. 689—94, ächte Verse 7.

III. Ueber die Schifffahrt.

1) Herbst und Winter.

618 Εἰ δέ σε ναυτιλίης δυσπεμφέλου ἵμερος αἱρεῖ,
εὖτ' ἂν Πληιάδες σθένος ὄβριμον Ὠρίωνος
φεύγουσαι πίπτωσιν ἐς ἠεροειδέα πόντον,
δὴ τότε παντοίων ἀνέμων θύουσιν ἀῆται·
καὶ τότε μηκέτι νῆας ἔχειν ἐνὶ οἴνοπι πόντῳ,
γῆν δ' ἐργάζεσθαι μεμνημένος, ὥς σε κελεύω.
νῆα δ' ἐπ' ἠπείρου ἐρύσαι πυκάσαι τε λίθοισι
625 πάντοθεν, ὄφρ' ἴσχωσ' ἀνέμων μένος ὑγρὸν ἀέντων,

χείμαρον ἐξερύσας, ἵνα μὴ πύθῃ Διὸς ὄμβρος.
ὅπλα δ' ἐπάρμενα πάντα τεῷ ἐνικάτθεο οἴκῳ
εὐκόσμως στολίσας νηὸς πτερὰ ποντοπόροιο·
πηδάλιον δ' εὐεργὲς ὑπὲρ καπνοῦ κρεμάσασθαι.
630 αὐτὸς δ' ὡραῖον μίμνειν πλόον εἰσόκεν ἔλθῃ.

2) Sommer und Frühling.

663 Ἤματα πεντήκοντα μετὰ τροπὰς ἠελίοιο,
ἐς τέλος ἐλθόντος θέρεος καματώδεος ὥρης,
ὡραῖος πέλεται θνητοῖς πλόος· οὔτε κε νῆα
καυάξαις οὔτ' ἄνδρας ἀποφθίσειε θάλασσα,
εἰ δὴ μὴ πρόφρων τε Ποσειδάων ἐνοσίχθων
ἢ Ζεὺς ἀθανάτων βασιλεὺς ἐθέλῃσιν ὀλέσσαι.
ἐν τοῖς γὰρ τέλος ἐστὶν ὁμῶς ἀγαθῶν τε κακῶν τε.
670 τῆμος δ' εὐκρινέες τ' αὖραι καὶ πόντος ἀπήμων. _
εὔκηλος· τότε νῆα θοὴν ἀνέμοισι πιθήσας
ἑλκέμεν ἐς πόντον φόρτον τ' εὖ πάντα τίθεσθαι,
σπεύδειν δ' ὅττι τάχιστα πάλιν οἶκόνδε νέεσθαι,
μηδὲ μένειν οἶνόν τε νέον καὶ ὀπωρινὸν ὄμβρον
675 καὶ χειμῶν' ἐπιόντα Νότοιό τε δεινὰς ἀήτας,
ὅστ' ὤρινε θάλασσαν ὁμαρτήσας Διὸς ὄμβρῳ
πολλῷ ὀπωρινῷ, χαλεπὸν δέ τε πόντον ἔθηκεν.
Ἄλλος δ' εἰαρινὸς πέλεται πλόος ἀνθρώποισιν.
ἦμος δὴ τὸ πρῶτον, ὅσον τ' ἐπιβᾶσα κορώνη
680 ἴχνος ἐποίησεν, τόσσον πέταλ' ἀνδρὶ φανείη
ἐν κράδῃ ἀκροτάτῃ, τότε δ' ἄμβατός ἐστι θάλασσα.
ἀργαλέος *) δ' οὗτος πέλεται πλόος. οὔ μιν ἔγωγε
αἴνημ'· οὐ γὰρ ἐμῷ θυμῷ κεχαρισμένος ἐστίν,
ἁρπακτός· χαλεπῶς κε φύγοις κακόν· ἀλλά νυ καὶ τὰ
ἄνθρωποι ῥέζουσιν ἀιδρείῃσι νόοιο·
686 χρήματα γὰρ ψυχὴ πέλεται δειλοῖσι βροτοῖσι.

3) Allgemeine Regeln.

643 Νῆ' ὀλίγην αἰνεῖν, μεγάλῃ δ' ἐνὶ φορτία θέσθαι·
689 μὴ δ' **) ἐνὶ νηυσὶν ἅπαντα βίον κοίλῃσι τίθεσθαι,
ἀλλὰ πλέω λείπειν, τὰ δὲ μείονα φορτίζεσθαι.
δεινὸν γὰρ πόντου μετὰ κύμασι· πήματι κῦρσαι·

---

*) ἀργαλέος Conj. Heyers st. εἰαρινός.
**) μὴ δ' G. Hermann st. μηδ'.

δεινὸν δ' εἴ κ' ἐφ' ἄμαξαν ὑπέρβιον ἄχθος ἀείρας
ἄξονα καυάξαις, τὰ δὲ φορτί' ἀμαυρωθείη·
694 μέτρα φυλάσσεσθαι, καιρὸς δ' ἐπὶ πᾶσιν ἄριστος.

Achtes Capitel.

Ueber V. 695—828.

Mit 694 endet der ökonomische Theil, welcher bei aller
Mannichfaltigkeit seiner Vorschriften denselben Zweck fest-
hielt und fast bei jeder Vorschrift aussprach: möglichste
Förderung des Wohlstandes. Blicken wir zurück, so lehrte
der erste Theil solche Beeinträchtigungen dieses Wohlstandes fern zu halten (vgl. Ranke S. 49), welche durch Processsucht und damit Bedrückung von oben kommen. Aber
dies genügt nicht zur vollkommenen Zufriedenheit. Wenn
selbst Gerechtigkeit waltet und der Landmann durch Klug-
heit, Fleiss und Frömmigkeit eine behagliche Existenz hat,
sind noch manche Störungen von aussen möglich, die sein
Glück nicht vollständig werden lassen. Auch solche abzu-
halten lehrt der letzte Theil. Der erste hatte gleichsam mit
den Fundamenten, der zweite mit dem Gebäude, der dritte
hat mit den Umgebungen zu thun.

Er gliedert sich wie der vorige in drei Unterabtheilungen. Die erste, 695—723 (mit Ausscheidung von 706),
bespricht die Verhältnisse zur Gattin, zu Freunden und
überhaupt zu andern Menschen, also scheinbar Aehnliches
wie 342 ff., aber mit Festhaltung des angegebenen Gesichts-
punktes, indem nicht wie dort positiver Nutzen, sondern
Vermeidung von Widerwärtigkeiten Zweck der Vorschriften
ist. Dies tritt auch in der Form hervor. Nirgends finden
sich Verheissungen an die Regeln geknüpft, überhaupt ist
nur an einer Stelle dem welcher ihnen folgt ein Vortheil
bestimmt in Aussicht gestellt und zwar gerade am Ende des
Abschnittes, 723. Dort ist von πλείστη χάρις δαπάνη τ'
ὀλιγίστη die Rede, in nächstem Bezug auf die letzte Regel;
aber Vergleichung von 701—5 zeigt, dass die πλείστη χάρις eigentlich Zweck aller Vorschriften ist und zwar wenn
wir 720 beachten nach zwei Seiten. Es wird gelehrt, erstens

11*

wie wir selbst πλείστην χάριν aus den Verhältnissen zn Andern haben können (695—705. 707. 709 med.—715. 721—23),
dann wie sie Andere im Verkehr mit uns haben sollen (708.
709. 716—20). Eine Trennung beider Beziehungen ist nirgends gemacht, ja 722. 23 sind sie unmittelbar in ihrer
Gegenseitigkeit gefasst.

Erhebung über den im ökonomischen Theil festgehalte-
nen Standpunkt des absoluten Egoismus lässt sich hierin
nicht verkennen, aber es ist doch ein weiter Abstand von
diesen Regeln über Verträglichkeit und Umgänglichkeit bis
zu dem Ausdruck inniger Liebe, den wir bei Homer in den
Verhältnissen zu Blutsverwandten und Freunden finden, und
zu der liberalen Auffassung der Freundschaft bei Theognis
(vgl. 708—10 mit Theogn. 97—99. 323—28). Und ferner
muss jedes noch so nahe Verhältniss hinter dem Gedanken
an Vortheil und Nachtheil zurücktreten (vgl. 707 mit 371).
Eine Schranke des Egoismus bildet allein göttliches Recht,
aber selbst dieses nur in festbestimmten Fällen. So wird
es den Richtern gegenüber und bei den Pietätspflichten
327 ff. geltend gemacht, für alles Uebrige hat Hesiod kein
anderes ethisches Princip als Nutzen und Annehmlichkeit
(πλείστη χάρις) und selbst zur Erfüllung jener geheiligten
Pflichten sollte die Rücksicht auf den eignen Vortheil (341)
bewegen.

Der Abschnitt zerfällt wieder in drei Theile: über die
Wahl einer Gattin 695—705, über die Verhältnisse zum
Freunde 707—14, über den Verkehr mit Andern überhaupt
715—23.

1) Ueber die Wahl einer Gattin 695—705. Die Regeln beginnen mit dem Worte ὡραῖος, wohl nicht ohne ab-
sichtlichen Anklang an die vorhergehenden Abschnitte, und
wie in diesen von der rechten Jahreszeit für die Arbeiten,
so ist hier zunächst vom richtigen Lebensalter für die Ver-
heirathung (γάμος ὥριος 697) die Rede (Vollbehr S. 15. 78). —
Mehr als die gehässigen Züge 703—5 neben der Anerken-
nung einer würdigen Hausfrau 702 muss auffallen, dass
Lehren über die Ehe erst in diesem Abschnitte ihre Stelle
finden. Zwar hatte der Dichter 405 eine Frau unter den
ersten Erfordernissen eines ländlichen Hauswesens kurz genannt, ferner 538 vom Weben, der Arbeit der Frauen

(wieder 779), wenn auch ohne Erwähnung dieser gesprochen; aber befremden muss doch, wie sich sonst im ganzen ökonomischen Theil keine Erwähnung der weiblichen Thätigkeit im Hause findet, ja dass hier wo endlich von den Eigenschaften, die eine Frau haben soll, gehandelt wird, der Nutzen und Schaden, den sie dem Hauswesen bringt, ihre wirthschaftliche und waltende Thätigkeit, ihr grösseres oder geringeres Geschick zu weiblichen Arbeiten — was Alles Homer und zwar bei den Frauen der Fürsten so oft hervorhebt — nicht eingehender besprochen, sondern nur angedeutet ist 699 ἵν' ἤθεα κεδνὰ διδάξῃς. — 700 ist trotz der fast wörtlichen Uebereinstimmung mit 343 unverdächtig und für den Zusammenhang unentbehrlich.

706 enthält bloss Wiederholung dessen, was schon den Vorschriften 274—85 und 327—41 zu Grunde liegt (vgl. Nägelsbach, hom. Theol. S. 287 f.). Nur durch Anwendung auf andere Verhältnisse könnte der Vers gerechtfertigt werden, aber solche findet sich weder im Vorangehenden noch in dem unmittelbar Folgenden. Denn 707 würde auf ihn bezogen ganz falsches Licht erhalten, als ob aus religiösen Bedenken der Gefährte dem Bruder nicht gleichgestellt werden dürfte. Dies ist widersinnig und der Tendenz des Abschnittes sowie direct dem Vers 708 widersprechend, wo solche Freundschaft wenigstens erlaubt wird. Aber er passt sehr wohl zwischen 723 und 724, weil dort der unvermittelte Uebergang zu ganz verschiedenartigen speciellen Vorschriften kaum statthaft ist. (Auch Lehrs S. 258 wirft 706 aus.) Dass dann 707 mit μηδέ die neue Vorschrift beginnt, welche mit der vorigen nicht eng zusammenhängt, gibt kein Bedenken vgl. Theogn. 359. 887; obgleich eigentlich hier wie dort in der langen Reihe theils gebietender, theils verbietender Regeln μηδέ am Anfang der verbietenden mit abgeschwächter adversativer Bedeutung von δέ (deutlicher auch hier μὴ δέ vgl. S. 156) dem δέ am Anfang der gebietenden entspricht.   -

2) Die Verhältnisse zum Freund sind 707—14 in einer Reihe enger zusammenhängender Regeln besprochen. 707 kann nur den Sinn haben: mache einen Gefährten (ἑταῖρον vgl. 716) nie zum eigentlichen Freund (713), wie der Bruder es sein soll. Die Vorschrift ist das Gegentheil von θ 585. 86

οὐ μέν τι κασιγνήτοιο χερείων γίγνεται ὅς κεν ἑταῖρος ἐὼν
πεπνυμένα εἰδῇ. Am Ende von 708 darf nur ein Komma
gesetzt werden, denn ψεύδεσθαι gilt wie die ganze Stelle
von den Beziehungen zum Freunde; so verstand es schon
Proculus. Doch ist es auch hier absolut gebraucht und das
Object ἔρξης kann nicht zugleich zu ψεύδεσθαι gezogen werden. Mit 713. 14 vgl. die ähnliche Wendung θ 209. 10. An·
die Vorschrift mit den Freunden nicht zu wechseln schliesst
sich σὲ δὲ μή τι νόον κατελεγχέτω εἶδος nur gezwungen an,
wofern die Worte richtig überliefert und erklärt sind. 'Deine
Miene soll nicht im·Widerspruch stehen mit deiner Gesinnung' (vgl. Tyrt. 10, 9 Bgk. αἰσχύνει δὲ γένος, κατὰ δ'
ἀγλαὸν εἶδος ἐλέγχει) kann hier nur bedeuten: erheuchle
keine Freundschaft, wo dein Herz sich abgewandt hat.
Diese Vorschrift in unmittelbarer Verbindung mit δειλός τοι
ἀνὴρ φίλον ἄλλοτε ἄλλον ποιεῖται mit deutlichem Gegensatz
der Personen δειλὸς α. und σὲ δέ erfordert, dass die Sache
in beiden Sätzen dieselbe ist. Dann müsste mit Wankel-
muth Heuchelei nothwendig verbunden gedacht werden,
woran bei δειλός — ποιεῖται als Begründung von 710. 11 εἰ
δέ κεν — δέξασθαι nicht zu denken war. — Schömann
S. 55 schlägt statt κατελεγχέτω vor καταθελγέτω 'monet
ne quis mentem sive judicium suum externa specie demul-
ceri ac decipi patiatur'.

3) Die Verse über Verkehr mit Andern im Allgemeinen
715—23 beginnen mit der Warnung vor zu grosser Gast-
freundschaft 715, in passendem Anschluss an die vor häufig
wechselnder Freundschaft 713. 14. In ~Parallelismus der
Gegensätze schliesst sich 716 an 715 und der durch
ἐσθλῶν νεικεστῆρα 716 erweckte Gedanke von tadelnswer-
ther und unbesonnener Rede wird in Uebertragung auf ein
anderes Verhältniss 717. 18 fortgeführt, dann 719. 20 die
positive Belehrung über richtiges Maass im Reden gegenübergestellt und begründet durch den apagogischen Beweis
721. Ohne deutliche Verknüpfung folgt die letzte Regel,
über gemeinsame Mahle 722. 23. — Den Conjunctiv εἴπῃς
721 wegen τάχα κ' — ἀκούσαις in εἴποις zu ändern, ist kein
Grund: s. 485. 666. 68. Auch steht vorher für die parallel-
len Verhältnisse 708. 709. 712 immer nur der Conjunctiv,
zweimal mit, einmal ohne κεν.

Den zweiten Abschnitt: 706. 724—64 bilden fast durchaus — bis 759 — Regeln, deren gemeinsame Tendenz 706 bezeichnet: εὖ δ᾿ ὄπιν ἀθανάτων μακάρων πεφυλαγμένος εἶναι. Vgl. über θεῶν ὄπιν Nitzsch, erkl. Anm. zur. Od. II S. 27. Nägelsbach, hom. Theol. S. 287 f. Jedoch sind hier nicht solche Frevel gemeint, wie im ersten Theile und 327 ff., sondern Vorschriften werden gegeben · über Reinheit bei Opfern (724—26. 742. 43. 755. 56), Ehrfurcht vor der Sonne (727 ff.), Wahrung der Heiligkeit des Heerdes (733. 34) und der Flüsse (737—41. 757. 58), Fernhaltung verderblicher Einflüsse des Todes (735. 36) und unglückbedeutender Thiere (746. 47). Die Folge der Uebertretung wird bestimmt 726, sonst theils gar nicht, theils allgemein angegeben (741 θεοὶ νεμεσῶσι καὶ ἄλγεα δῶκαν vgl. 756, 745 ὀλοὴ μοῖρα, 749 und 755 ποινή) wie 334; zum Theil wird hervorgehoben, dass sie erst mit der Zeit eintritt (741. 754 vgl. 218. 333).

Also lehrt dieser Abschnitt Störungen des häuslichen Glückes fernzuhalten, welche demselben durch den Zorn nicht näher bezeichneter göttlicher Mächte drohen könnten. Die Regeln interessiren als älteste Zeugnisse der δεισιδαιμονία (s. Welcker, griech. Götterl. II S. 140 f.); interessant wäre auch eine genauere Vergleichung dieses griechischen Volksaberglaubens mit ähnlichem bei unserm Volke. Im Allgemeinen vgl. J. Grimm, deutsche Mythologie. Erste Ausg. Anh. S. XXIX ff., bes. LXVII ff. Kuhn und Schwartz, norddeutsche Sagen S. 430 ff. Birlinger, Volksthümliches aus Schwaben I S. 465 ff. bes. 495 ff. Wuttke, der deutsche Volksaberglaube der Gegenwart. — Mehrere Vorschriften sind dunkel und durch Vermuthungen schwerlich ins Klare zu stellen, besonders 744. 45 *). 750. Bloss symbolische Deutung, wie sie bei 744. 45 und andern Stellen von alten und neueren Erklärern versucht worden ist, verbietet die Natur der übrigen Vorschriften, · welche durchaus wörtlich zu nehmen sind. Doch mag eine symbolische Beziehung manche dieser abergläubischen Meinungen ursprünglich veranlasst haben; dergleichen findet sich auch in den angeführten

---

*) Wo κρητῆρος ὕπερθεν vielleicht bedeuten könnte: weiter oben am Tisch. Vgl. Luc. ver. hist. II, 15.

Sammlungen so zahlreich, dass Einzelnes hervorzuheben unnöthig ist.

Auffallen darf nicht, wenn Störungen des Glückes durch göttlichen Zorn erst nach denen durch Menschen erwähnt werden. Der Grund liegt nicht in ihrer geringeren Bedeutung, sondern ist ein äusserlicher. An den ökonomischen Theil schloss sich 'Nichts natürlicher als Regeln über die Wahl der Gattin, diese zogen die über Freunde und andere Menschen herein und daran knüpft sich' nach Erschöpfung jener Verhältnisse wieder mit nächstem Anschluss an die letzten Regeln, welche Menschen überhaupt die gehörigen Rücksichten zu erweisen lehrten, dieser Abschnitt über ähnliche Rücksichten gegen die Götter. Wenn Heyer (S. 9) auf das Zeugniss des Diogenes Laertius hin, welcher einzelne dieser Regeln dem Chilon und Pythagoras zuschreibt, zweifelt ob sie ursprünglich hier standen, so könnte abgesehen von der Unzuverlässigkeit jenes Compilators seine Aussage höchstens beweisen, dass diese Männer Regeln Hesiods oder vielmehr des früheren Alterthums — denn Hesiod hat sie nicht erfunden — adoptirt hatten (vgl. Göttling z. 721). — Ein Princip in Anordnung der kurzen, zwei bis vier Verse umfassenden Vorschriften ist nicht bestimmt erkennbar. Aehnliches schliesst sich zum Theil an einander (733. 34 und 735. 36), theils steht es getrennt (727—30 und 757—59), ohne dass bei Zusammenhanglosigkeit der übrigen Vorschriften eine Umstellung berechtigt wäre. Als Vermuthung spreche ich aus, dass 724—41 von Verunreinigung der ἱερά durch körperliche Unreinheit, 742—54 von Einflüssen des Todes (745 ὀλοὴ μοῖρα, s. auch Proc. z. 742) und schwächenden Einwirkungen handeln. Verschieden von beiden ist 755. 56, hingegen 757—59 wieder von der ersten Art. Die Regeln sind zunächst Verbote; desswegen beginnen alle mit μηδέ (wie schon von 707 an, ausgenommen 719), ein Gebot folgt höchstens nach mit ἀλλά (736).

Bei Erklärung des Einzelnen ist zu 724. 25 die Parallelstelle Ζ 266—68 übersehen worden. — In der folgenden Regel scheint 728 corrupt und ist bis jetzt durch Conjecturen nicht gebessert. Zwar lassen die Worte eine Erklärung zu: ἐς ἀνιόντα bis zum Sonnenaufgang, wie ἐς ἠέλιον καταδύντα, ἐς ἠῶ, und diese Zeit mit der ersterwähnten ἐπεί κε δύῃ ist die ganze Nacht, welche 730 dafür genannt wird. Sprachlich Unrichtiges enthalten also die Verse nicht, selbst die Trennung des μεμνημένος von μήτ' — οὐρήσῃς, wozu es gehört, liesse sich rechtfertigen. Aber hart bleibt die Fügung und auch die Bedeutung von μεμνημένος passt nicht recht hierher, wo nichts schon Erwähntes oder Bekanntes gemeint ist. G. Hermann änderte εἰς ἀνιόντα (von Vollbehr aufgenommen), aber οὐρήσῃς εἰς ἀνιόντα ohne Particip τετραμμένος wäre ein schlechter Ausdruck für: nach Sonnenaufgang hingewandt *) und mit μεμνημένος kann εἰς ἀνιόντα gar nicht verbunden werden. Bei Göttlings Conjectur ἔσσ' ἀνιόντος bliebe die Beziehung, in der hier die aufgehende Sonne erwähnt wird, unverständlich; wäre sie richtig, so müsste wenigstens am Anfang von 729 μηδ' geschrieben werden. — Ueber 730 μακάρων τοι νύκτες ἔασιν s. Schömann, hes. Theog. S. 300.

731. 32 liesse sich zwar der Mangel eines Verbum finitum, welches hier in anderm Tempus und Modus und nach dem Uebergang auf etwas Anderes in 730 aus οὐρήσῃς 729 ergänzt werden müsste, durch 820 einigermaassen rechtfertigen, obgleich dort bei der Anaphora παῦροι δ' αὖτε die Nichtwiederholung des Verbum in der gleichen Form aus 814 παῦροι δ' αὖτε ἴσασι weniger hart ist. Aber die Verse sind an sich lächerlich, im Widerspruch mit Her. II, 35 und mit leerem Wortschwall (731 θεῖος ἀνὴρ πεπνυμένα εἰδώς, 732 ὅτε wiederholt) zur Erklärung des Vorhergehenden hinzugefügt.

740 ist von Göttling, wie schon von Aristarch, verworfen worden; nur müsste dann auch 741 mit entfernt werden, weil τῷ sich nicht auf die in der 2 Sing. εὔξῃ bezeichnete Person zurückbeziehen kann und πρίν γ' εὔξῃ κτέ. nicht die Unterlassung des Befohlenen ausdrückt, die 741 mit Strafe bedroht wird. Veranlassung zur Athetese von 740 waren die Worte κακότητι δὲ, welche alte (s. Proculus) und neuere Kritiker vergeblich zu emendiren versuchten. Ebenso glücklich als leicht ist die Conjectur Bergk's (Philol. XVI S. 583 f.) κακότητ' ἰδὲ und durch sie fällt jedes Bedenken gegen die Verse.

---

*) Verschieden ist der Fall, wo der Artikel bei d. Praepos. steht z. B. τοῖς στρατηγοῖς τοῖς εἰς Σικελίαν.

746. 47 *) bieten keine ernstliche Schwierigkeit. Die
Dachbalken (vgl. 807) eines neugebauten Hauses sollen ge-
glättet werden. Denn auf das glatte, obgleich beim böotischen Bauernhause schwerlich flache **) Dach kann sich
die Krähe nicht setzen, deren Gekrächz Unglück bedeuten
würde ***). Eine abweichende Erklärung dieser Stelle gibt
A. Baumeister, Jahrb. f. Philol. 79 S. 169: 'Freilich ver-
banden wohl Alle δόμον ποιῶν: wenn du ein Haus baust
(was schwerlich irgendwo gesagt sein wird für τεύχειν, ἐρέ-
φειν, δέμειν); es ist ποιῶν Genet. Plur. von ποία, πόα,
Gras und zu verbinden mit ἀνεπίξεστον: neu sinas nasci
gramina in tecto, ne insidens graculus malum tibi portendat
clamore sinistro'. Ich kann dieser Erklärung nicht bei-
stimmen. Erstens ist δόμον ποιῶν ganz unbedenklich (A 607),
dann ist καταλείπειν hier wohl nur zulässig, wenn vom Un-
vollendetlassen die Rede ist, weil dies als Verlassen erscheint, wie κ. ἄκλαυτον καὶ ἄθαπτον λ 54; sollte es bloss
heissen: in einem Zustande lassen, so wäre ἐᾶν das richtige
Verbum (X 416). Ferner wird ξέω und ξεστός überall bei
Homer (auch in der einzigen weiteren hesiodischen Stelle
Sc. 133) nur vom Glätten bei Bearbeitung des rohen Mate-
rials — Holz, Stein oder Horn — gebraucht und was sich
von anderm Gebrauch bei späteren Schriftstellern findet (s.
d. Lex.) ist nur metaphorische Anwendung der Grundbedeu-
tung; hier wo vom δόμος die Rede würde kein griechischer
Hörer oder Leser an eine andere Art des ξέω als die eigentliche gedacht haben. Endlich kommt es auch gar nicht
darauf an, ob die Krähe sich auf ein mit Gras bewachsenes
oder reingehaltenes Dach setzt, sondern dass sie sich überhaupt nicht darauf setzt, und wenn dies vermieden werden
kann, geschieht es nur durch die Glätte der Balken. Uebri-

---

*) Mit 747 κρώζῃ λακέρυζα κορώνη vgl. Arat. 1002 κρ. πολύφωνα
κορ. 949. 50 λακέρυζα κορώνη.

**) Vgl. Rumpf, de aedibus Homericis II p. 11.

***) Vgl. den ähnlichen Aberglauben über Raben und Elstern bei
Birlinger, Volksthüml. aus Schwaben I S. 123 f. Kuhn u. Schwartz,
nordd. Sagen S. 452: 'fliegen die Raben über ein Haus fort u. krächzen
dabei sehr, so wird bald einer sterben'. Grimm, deutsche Myth. Erste
Ausg. S. LXXII: 'Rabe od. Krähe auf einem Haus, darin ein Kranker
liegt, niedergesessen und schreiend bedeutet seinen Tod'.

gens fürchtete der Aberglaube nur ihr Niederlassen auf einem neuen Hause, wie das Part. Praes. δόμον ποιῶν, die Bedeutung von καταλείπειν und die Unmöglichkeit solche Unglücksvögel ganz fortzuhalten beweisen *).

751. 52 sind schon desshalb verdächtig, weil die Regel 750 dann nicht mehr, wie alle bisherigen, für Perses und seines Gleichen selbst gilt. Dazu kommt die Kürze der ersten Silbe von ἴσον, wie sie sich erst bei Theognis (678), nirgends im alten Epos findet. Endlich fällt die doppelte Angabe des Grundes auf: οὐ γὰρ ἄμεινον und ὅτ' — ποιεῖ.

755. 56. Ich weiss keine bessere Erklärung als die von Proculus und dem Schol. an., wonach ἀίδηλα = ἀδήλως κατὰ σεαυτὸν καὶ ἐν τῇ ψυχῇ σου. So erklärt auch Schwenck, Phil. XIX S. 464: 'ἀίδηλα adv. = geheim. Der geheime, innerliche Spott über das Darbringen eines Opfers erregt nicht den Zorn der Menschen, denn sie werden ihn nicht gewahr, aber den Unmuth der Gottheit'. Wird ἀίδ. in der gewöhnlichen Bedeutung: verderblich genommen, so fügt es zu μωμεύειν keinen, wenigstens keinen verständlichen neuen Begriff, denn jeder Spott über ein Opfer muss den Zorn der Gottheit erwecken und verderblich werden. In der Ableitung des Adjectivs von ἰδεῖν mit α privat. stimmen alle Erklärungen desselben. Die passive Bedeutung = ἀφανής hat es in der Form ἀίδελος frgm. 96 Göttl. bestimmt, auch frgm. 125 passt diese besser als die active = ἀφανίζων, welche für die homerischen Stellen sicher, aber eine abgeleitete ist.

Am Ende des Abschnittes folgt noch eine Warnung vor übler Nachrede der Menschen: 760—64. Man hätte sie eher im vorigen erwartet, aber ihre Stellung rechtfertigt der Dichter selbst, indem er sie mit den göttlichen Mächten vergleicht 764 θεός νύ τίς ἐστι καὶ αὐτή, so dass also die beiden Gebote 706 εὖ δ' ὄπιν ἀθανάτων μακάρων πεφυλαγμένος εἶναι und 760 δεινὴν δὲ βροτῶν ὑπαλεύεο φήμην im Sinn wie in den Worten verwandt sind. In Ton und

---

*) Vgl. Grimm, deutsche Myth. S. LXXXIII: 'wenn die Zimmerleute in ein neu Haus den ersten Nagel einschlagen und es springt Feuer daraus, so brennt das Haus bald wieder weg'.

Gedankengang zeigen 761 — 64 einige Aehnlichkeit mit 287 — 92.

Auf die abergläubischen Vorschriften des zweiten Abschnittes folgt der ganz ähnliche dritte: 765 — 828, ein Kalender der glücklichen und unglücklichen Tage. Ob dieser welchem die Ἔργα die Zusatzbenennung καὶ Ἡμέραι verdanken ursprünglich zum Gedicht gehörte, lässt sich zwar insofern nicht beweisen, als im Früheren keine Hindeutung auf ihn und seinen Inhalt sich findet, so wenig als auf irgend einen der Abschnitte von 618 an. Auf der andern Seite ist wenigstens kein für seine Unächtheit vorgebrachter Grund stichhaltig. Die früheren Angaben über Zeit der Arbeiten betrafen nur die Jahreszeit; damit vertragen sich recht wohl Regeln darüber, welche Tage innerhalb derselben die glücklichen für jede Verrichtung sind. Dies gegen Twestens Bedenken (p. 61). Wenn Göttling (prol. p. XXXVI) aus Paus. IX, 31, 4 Βοιωτῶν δὲ οἱ περὶ τὸν Ἑλικῶνα οἰκοῦντες παρειλημμένα δόξῃ λέγουσιν, ὡς ἄλλο Ἡσίοδος ποιήσαι οὐδὲν ἢ τὰ Ἔργα spätere Hinzufügung der Ἡμέραι erweisen wollte, so berechtigt Pausanias' Ausdruck — was auch sonst der Werth des Zeugnisses sein mag — dazu nicht. Dieser gebraucht den Namen Ἔργα als kurze Bezeichnung für das Gedicht, § 5 aber nennt er unter den Dichtungen von bezweifelter Aechtheit ὅσα ἐπὶ Ἔργοις τε καὶ Ἡμέραις (s. über die Ὀρνιθομαντεία Schol. anon. z. 828, über die Ἔργα μεγάλα Göttling prol. p. XXXIX s. u. J. Cäsar in Ztschr. f. Alterthwss. 1838 S. 550 f.), so dass also die Ἡμέραι ausdrücklich als ächt miterwähnt sind. Auch erklärt er § 4 das Prooemium, aber nicht die Ἡμέραι als unächt nach dem Urtheil jener Böoter und doch nennt er das Gedicht wieder bloss Ἔργα. Noch weniger kann Ar. Ran. 1034 beweisen. Sollte diese Stelle ein Inhaltsverzeichniss des Gedichtes sein, so wären nur 383 — 617 ächt. (Vgl. Cäsar, Ztschr. f. Alterthw. 1838 S. 533. Heyer p. 6 not.) Uebrigens ist kein Zweifel, dass die Ἡμέραι frühzeitig mit den Ἔργα verbunden waren, da nach Plut. Cam. 19 Heraklit sie kannte *) und Bestehen derselben als besonderes

---

*) Ich beziehe auf sie auch Her. II, 82 καὶ τούτοισι τῶν Ἑλλήνων οἱ ἐν ποιῆσι γενόμενοι ἐχρήσαντο.

Gedicht oder Theil eines andern hesiodischen Werkes durch
Nichts beglaubigt ist. — Wenn ferner Göttling (prol.
p. XXXVI) meint, die Erwähnung der Geburt Apollos am
siebenten Monatstage (des Thargelion) als Grund der Heiligkeit dieses Tages 771 beweise, dass der Abschnitt nicht
von einem böotischen Dichter herrühre, weil jener Glaube
den Deliern eigenthümlich sei, so galt erstens derselbe auch
in Delphi (Preller, griech. Myth. I S. 187 2. Aufl. *) und
dann würde, wenn das Bedenken gerechtfertigt wäre, höchstens die Unächtheit jenes leicht zu entbehrenden Verses
daraus folgen.

Weiterer Zweifel gegen die ursprüngliche Zugehörig-
keit dieses Abschnittes könnte daher entstehen, dass Arbeiten erwähnt werden, von denen Hesiod im ökonomischen
Theil nicht sprach. Ganz neu ist die Einführung der Viehzucht in solchem Umfange, als Zucht von Schafen, Ziegen,
Rindern, Schweinen und Mauleseln: 775 ὄις πείκειν, 786. 87
ἐρίφους τάμνειν καὶ πώεα μήλων σηκόν τ᾽ ἀμφιβαλεῖν ποιμνήιον, 790. 91 κάπρον καὶ βοῦν ἐρίμυκον ταμνέμεν, οὐρῆας
δὲ — ταλαεργούς **), 795 — 97 μῆλα καὶ εἰλίποδας ἕλικας
βοῦς καὶ κύνα καρχαρόδοντα καὶ οὐρῆας ταλαεργοὺς πρηΰνειν
ἐπὶ χεῖρα τιθείς ***). Auch der Schiffsbau, den der Abschnitt über die Schifffahrt nicht berührt hatte, wird hier
vorgeführt: 807. 8 ταμεῖν — νήια ξύλα, 809 ἄρχεσθαι νῆας
πήγνυσθαι ἀραιάς, 817. 18 νῆα πολυκλήιδα θοὴν εἰς οἴνοπα
πόντον εἰρύμεναι. Aber Nichts wird erwähnt, was zu den
Verhältnissen des böotischen Landmannes nicht passt. Wie
früher nur vom Gersten-, nicht vom Waizenbau die Rede
war, so ist hier unter den Hausthieren das nur den Edlen zukommende Pferd nicht genannt. Denn 816 ist schon

---

*) Vgl. Schömann, opusc. III p. 55.

**) τάμνειν kann nur: verschneiden = ἐκτέμνειν, nicht wie bei
Homer: schlachten bedeuten, weil Maulesel nicht geschlachtet worden;
desshalb sind meist ausdrücklich die männlichen Thiere genannt: ἐρίφους, κάπρον, οὐρῆας.

***) Es ist eine abergläubische symbolische Handlung des Handauf-
legens gemeint, nicht Einfangen und Zähmen der sich selbst überlas-
senen jungen Thiere, wie dies in ausgedehnten Weideländern z. B. in
den Steppen von Südost-Europa bei jungen Pferden, in den Savannen
von Mejico auch bei Rindern und Mauleseln Sitte ist. Bei Schafen
wäre solches Verfahren zwecklos, bei Hunden sogar verkehrt.

aus andern Gründen zu verwerfen. Von den erwähnten
Thieren ist die Ziege Hausthier aller Gebirgsgegenden Süd-
europas, der Maulesel in solchen ebenfalls unentbehrlich als
Lastthier und bei Schafen ist nicht an grosse Heerden zu
denken. Ueberhaupt aber geben die Ἡμέραι Regeln für
alle beim Landmann etwa vorkommenden Geschäfte,
in den Ἔργα sind die jedes Jahr wiederkehrenden
Arbeiten des Landbaus uud der Schifffahrt besonders behandelt wegen der streng einzuhaltenden und überall ein-
geschärften Jahreszeiten. Desswegen fand das Pflanzen der
Reben dort keine Stelle, weil sie nicht alle Jahre neu ge-
pflanzt werden, wohl aber hier 781 φυτὰ ἐνθρέψασθαι (Hymn.
Merc. 90. 91). Ebensowenig das Bauen der Schiffe (809).
Hingegen bei hölzernen Ackergeräthen, die sich bald ab-
nutzen, ist alljährlich an den Ersatz zu denken.

Die Regeln über die Tage sollen von den bezeichneten
Monatstagen überhaupt ohne Unterschied des Monats gelten, mit wenigen Ausnahmen (792 εἰκάδι ἐν μεγάλῃ, πλέῳ
ἤματι und vielleicht 779, wenn sich dort τῇ auf 778 ἤματος
ἐκ πλείου bezieht), während ähnlicher Aberglaube bei unserm Volk sich meist an bestimmte Kalendertage vorzüglich
Festtage knüpft (s. Kuhn u. Schwartz, norddeutsche Sagen
S. 369 ff. Wuttke, der deutsche Volksaberglaube S. 54 ff.).
Zwar fehlen auch nicht Regeln, die nur den Wochentag
berücksichtigen (Wuttke S. 57 f.) z. B. 'will man eine Henne
(auf Eier) setzen, so muss dies an einem Freitag Mittag
11 Uhr geschehen' Birlinger, Volksth. aus Schw. I S. 473.
Aber der Aberglaube, welcher den Monatstagen Bedeutung
zuschreibt, ist bei uns ganz vereinzelt. 'Die Monatstage,
die eine 7 haben, sind unglücklich. Da darf man nicht
säen; sonst hat man schlechte Erndte' (Wuttke S. 60). —
Die Tage werden bezeichnet 1) nach Eintheilung des Monats
in drei Dekaden. Dabei bleibt ungewiss, ob die Tage der
letzten Dekade, wie in Athen seit Solon (Plut. Sol. 25),
rückwärts gezählt wurden: a) 785 ἡ πρώτη ἕκτη, 811 πρωτίστη εἰνάς, 798 τετρὰς ἱσταμένου, b) 794. 819 τετρὰς μέσση
(795. 820), 782 ἕκτη ἡ μέσση, 805 μέσση ἐβδομάτη, 810 εἰνὰς
ἡ μέσση, 794 δεκάτη μέσση (795), c) 798 τετρὰς φθίνοντος
= 820 (τετρὰς) μετ' εἰκάδα, 814 τρισεινὰς μηνός. 2) Nach
einer Eintheilung in zwei Hälften: 774 ἑνδεκάτη τε δυωδε-

κάτη τε nämlich μηνός ἀεξομένοιο 773, 780 μηνός ἱσταμένου τρισκαιδεκάτη (vgl. Bekker, anecd. p. 280). 3) Einfach· nach ihrer Zahl: 800 τετάρτη μηνός, 790 μηνός ὀγδοάτη, 791 δυωδεκάτη, 792 εἰκάς, 766 τριηκὰς μηνός == ἕνη 770. Die Zahlen 770. 72 τετράς, ἑβδόμη, ὀγδοάτη, ἐνάτη sind nur genannt mit Bezug auf μηνός ἀεξομένοιο 773. Dunkel bleibt, ob 802 πέμπτας im Plural einfach vom Fünften jedes Monats oder von den Fünften aller drei Dekaden gesagt ist; für jenes spricht 803 ἐν πέμπτη.

Die Anordnung des Kalenders (Vollbehr S. 80, Ranke S. 19) — abgesehen fürs Erste von 766—68, wovon später gehandelt wird — ist diese, dass mit der ἕνη (== ἕνη καὶ νέα Hermann, gottesdienstl. Alterth. § 45, 9) beginnend mehrere Tage in ihrer Reihenfolge als glückliche aufgezählt werden, ohne Angabe der Geschäfte, wozu sie es sind. Für manche werden diese nachträglich erwähnt; als unglücklich sind wie es scheint Tage nur in Beziehung auf bestimmte Verrichtungen genannt, keiner als durchaus unglückbringend. Vom elften und zwölften und von da an fast überall (nur 810. 820. 21 nicht, wo bloss angegeben ist, dass ein Theil der betreffenden Tage glücklich sei) werden die Arbeiten (βροτήσια ἔργα πένεσθαι 773) oder Ereignisse des menschlichen Lebens — Geburt (784 γενέσθαι πρῶτ' deutlich 'geboren werden', also auch das damit in Zusammenhang stehende 783 ἀνδρογόνος, dann auch 788. 794; 793 γείνασθαι könnte sein 'erzeugen') und Hochzeit — bei den Tagen mitgenannt, bei einigen auch ein religiöser (771. 803. 4) oder symbolischer (777) Grund angegeben. Mit 785 wird die Reihenfolge verlassen und die weitere Aufzählung in doppelter Weise fortgeführt. Nämlich entweder werden solche Tage nach einander erwähnt, welche für das gleiche oder ein ähnliches Geschäft glücklich oder unglücklich sind, und zugleich meist noch angegeben, welche anderen Geschäfte dann vorzunehmen oder zu unterlassen sind, oder die Tage der gleichen Nummer in verschiedenen Dekaden werden hinter einander genannt. An zwei Stellen ist die Aufzählung ohne Zusammenhang mit dem Vorhergehenden weitergeführt. Bezeichnen wir die Reihenfolge der Tage mit a, die Zusammenstellung nach gleichen Nummern mit b, die nach gleichen Geschäften mit c, die zusammenhanglose Weiterführung mit d, so gibt folgendes Schema die Uebersicht.

770—84 a (782 auch c, vgl. 781)
785—89 b (782) und c (vgl. 785 mit 783)
790. 91 a (785) und c (vgl. 786)
792—97 c (vgl. 792—94 mit 783—85. 788)
797 extr.—801 b (798. 800 vgl. 794)
802—4 c (802 ἐξαλέασθαι mit Bezug auf 800 ἄγεσθ' — ἄκοιτιν)
805—8 d
809 c (vgl. 808; — τετράδι, zwischen 805 und 810 wohl auch μέσση, die' noch zweimal erwähnt ist s. o.)
810 a
811—13 b (810)
814—18 b (810. 11)
819. 20 d
820. 21 b (819).

Bei diesen verschiedenen Gesichtspunkten kommen einige Tage zu wiederholter Erwähnung: der vierte 770. 798, der achte 772. 790, der neunte 772. 811, der zwölfte 774. 791, der vierzehnte 794. 809. 820, die τετρὰς φθίνοντος 798. 820. Mehr als ein Tag wird nur für die Geburt von Knaben (783. 788. 792. 794. 813) und Mädchen (794. 813) als glücklich bezeichnet, für alle Geschäfte nur einer.

Im Einzelnen erregt der Kalender manches Bedenken und ist das Unächte schwerer auszuscheiden als im übrigen Gedicht, so dass ich mich zum Theil beschränken muss die betreffenden Verse als verdächtig zu bezeichnen ohne sie zu entfernen. Vor Allem sind 766—68 kaum verständlich und so wie sie überliefert, schwerlich ächt. In 768 kann ἄγειν, wozu als Object τριηκάδα μηνός 766 zu ergänzen wäre (s. Krüger, poet.-dial. Synt. § 60, 7, 1) nicht heissen 'hinbringen, verleben', wie δέκατον ἔτος ἄγειν, sondern zählen wie Ar. Nub. 626 κατὰ σελήνην ὡς ἄγειν χρὴ τοῦ βίου τὰς ἡμέρας. Vgl. Her. 2, 4 ἄγουσι δὲ κτέ. ἀληθείην κρίνοντες kann in diesem Zusammenhang nur bedeuten 'die Wahrheit unterscheidend' vom Erkennen derselben, wie Plat. Theaet. 150 B κρίνειν τὸ ἀληθές τε καὶ μή. Zwar sind die darauf gegründeten Erklärungen von Ideler und G. Hermann mit Recht von Göttling zurückgewiesen worden, in der That

aber scheint ἀλ. κρ. von Erkenntniss der Wahrheit in Betreff
der glücklichen und unglücklichen Tage gesagt zu sein:
vgl. die wiederholten und ganz ähnlichen Hindeutungen auf
die nicht allgemeine Verbreitung dieser Kenntniss 814. 18
(ἀληθής von dem Tage selbst in anderm Sinne 'zuverlässig'
vgl. M 433). 820. 824.

Nun scheint der Zusammenhang von 765 — 69 dieser
zu sein. 765 'die geheiligten Tage *) sollen wohl beachtet
und eingehalten werden'. Zunächst folgt eine specielle
Angabe über die τριηκάς. Die Worte πεφραδέμεν δμώεσσι
können nicht mit denen des vorhergehenden Verses verbunden werden, weil manche der aufgezählten Geschäfte die
Sklaven gar nicht angehen und fast keines sie allein; vielmehr ist das Kolon nach δμώεσσι zu streichen (mit Ranke
und Vollbehr) und der Sinn von 766. 67: zeige den Sklaven an, dass an diesem Tage die Feldarbeiten nachgesehen
und die Lebensmittel vertheilt werden, damit sie alle bereit
sind (Ranke S. 18). Soviel zur Erklärung der Verse, wie
sie dastehen. Doch erheben sich Zweifel gegen ihre Aechtheit. Auffallend ist die Wendung πεφραδέμεν δμώεσσι —
ἀρίστην, wonach fast scheint als habe der Herr den Sklaven Rechenschaft über sein Thun abzulegen. Ferner passt
zu den Verhältnissen des einfachen Landmannes nicht die
bloss zeitweilige Aufsicht über die Feldarbeiten, ohne dass
er selbst Hand anlegt (π 140, vgl. dagegen O. et D. 459),
sonderbar ist die Hervorhebung eines einzelnen Tages von
keineswegs überwiegender Bedeutung, worauf dann der Kalender in ganz anderer Weise 770 ff. fortgeführt wird, ferner
die Anknüpfung der nicht allgemeinen Kenntniss davon,
dass die τριηκάς für jene Geschäfte ἀρίστη sei, mit der
temporalen Partikel εὖτ' ἄν **), wo man eher εἴ κεν erwarten möchte. — 769. 70 schliessen sich gut an die vorhergehenden Verse; mit Bezug auf und zur Rechtfertigung
von ἀληθείην κρίνοντες wie es scheint ist 769 die Aufzählung der Tage angekündigt, mit Wiederaufnahme des

---

*) ἐκ Διόθεν vgl. 36. Theog. 96 = Hymn. Hom. 24, 4. B 197.
Theocr. 7, 44. Xen. resp. Ath. 2, 6 νόσους τῶν καρπῶν, αἳ ἐκ Διός
εἰσιν.

**) εὖτ' ἄν von einer zu bestimmtem Termin nothwendig wieder-
kehrenden Sache steht mit Conj. Praes. auch 619. Apoll. Rhod. I, 1075.

Gedankens von 765, die Aufzählung selbst knüpft an 766.
67 an, indem sie die ἔνη = τριηκάς noch einmal nennt.
Schömann (S. 58) erklärt ἔνη für Bezeichnung des ersten
Monatstages, glaubt aber dass dieses nur hier vorkommende
Wort ein Fehler der Abschreiber und νέη zu lesen sei.
769 würde sich ebenso gut unmittelbar an 765 fügen, mit
Entfernung der bedenklichen drei Verse ohne Schaden für
den Zusammenhang, wenn dann nicht 765 mit dem Particip
πεφυλαγμένος unvollständig bliebe. Die Annahme, ein ursprünglich hier stehender imperativ. Infinitiv oder Imperativ
sei von dem Interpolator verdrängt und der Vers zur Anknüpfung von 766—68 etwas verändert worden, wäre durch
kein nachweisbares ähnliches Verfahren zu rechtfertigen.
Auch würde keine der so gebrauchten Formen in den Vers
passen *). — Nach allem diesem sind 766—68 so lange
verdächtig, bis durch eine andere Erklärung die vollständige Rechtfertigung oder durch eine glückliche Conjectur in
765 die Beseitigung dieser Verse möglich wird. Schömann
(S. 57) hebt einige Schwierigkeiten durch Umstellung von
768 und 769. Wegen des Sinnes und Zweckes von ἀληθείην
κρίνοντες muss ich auf seine Ausführung verweisen.

777. 78 kann ich Schömanns Bedenken (S. 58 f.) nur
zum Theil begegnen. Er übersah, dass ἀερσιπότητος ἀράχνης nicht die Spinnen-überhaupt, sondern die bezeichnet
welche am Anfang des Herbstes bei heiterem Wetter mit
ihren Fäden durch die Luft fliegen. Arat. 1033 ὅτε νηνεμίη
κεν ἀράχνια λεπτὰ φέρηται. Wer sich über die Sache genauer unterrichten will, findet Auskunft bei Taschenberg in
Brehms Thierleben VI S. 592 f. — Also muss der Glaube
bestanden haben, diese spönnen am zwölften eines Monats
oder von diesem Tage an. Ausser im Herbst fliegen sie
auch im ersten Frühling (Taschenberg S. 594). Aber was
ἤματος ἐκ πλείου 778 (πλέῳ ἤματι 792) für eine Zeit bedeutet, lässt sich höchstens vermuthen; dass schon die Alten
den Ausdruck nicht verstanden, zeigen die widersprechen-

---

*) πεφυλαγμένος εἶναι 706. Ψ 343, πεφύλαξο 797, orac. Delph. b.
Mai script. vet. coll. nov. t. 2 p. 2, φυλάσσεο 491, φυλάσσεσθαι 694,
πεφυλάχθαι hat vielleicht Sappho frgm. 28 Bgk. statt des Imper. gebraucht.

den Erklärungen in den Scholien. Falls wirklich die Zeit der längsten Tage gemeint ist, beweist Schömanns Einwand, die Erndte sei dann lange vorüber, Nichts dagegen. Der elfte und zwölfte Tag sind glücklich für Schafschur und Erndte (775), der zwölfte auch zum Beginnen von Webearbeiten (779). Nur dafür gilt der Grund: an diesem Tag weben die Spinnen (777). — Was ὅτε τ' ἴδρις σωρὸν ἀμᾶται zur Bestimmung der Zeit soll, weiss auch ich nicht. Unsere Waldameisen errichten ihre Haufen schon im Frühling und schwerlich eine griechische Ameise ihre im Sommer. Ebensowenig bringt eine andere Deutung von ἤματος ἐκ πλείου Licht. Möglich dass 778 eingeschoben wurde um nachträglich καρπὸν ἀμᾶσθαι 775 zu erklären (Schömann S. 59), wie 777 die Erklärung von 779 gibt, deren Bezug nun freilich durch das Einschiebsel etwas verdunkelt ist. Der gleiche Anfang beider Verse mit τῇ scheint absichtlich gewählt.

Auch 788. 89 sind bedenklich. Sonderbar lautet nach ἐσθλὴ δ' ἀνδρογόνος der Zusatz, worin von einem solchen Knaben nur Schlimmes gesagt wird. Ausserdem wäre ἐσθ. ἀνδ. nach 785. 86 κούρῃσι γενέσθαι ἄρμενος zu erwarten, vgl. 783. 794. Durch die beiden Verse wird auch der Zusammenhang von 786. 87 mit 790. 91 zerrissen. Denn fast durchaus werden bei Tagen, welche nach ähnlichen Geschäften zusammengeordnet sind, diese Geschäfte sogleich hinter einander angegeben: 781. 82. 784. 85. 801. 2. 808. 9; bloss 792 knüpft an Entfernteres. Zur Vertheidigung der beiden Verse könnte nur gesagt werden, dass 792. 93 mit ihnen in gegensätzlichem Bezug zu stehen scheinen. Alsdann müsste man annehmen, ἐσθ. ἀνδ. bedeute dass der Geborne wenigstens nicht unglücklich (vgl. 783. 84) sein wird.

In 799 ist ἄλγεα θυμοβορεῖν höchst sonderbar und dunkel und ein Geschäft oder Ereigniss des Lebens ist sicher nicht damit bezeichnet *). Der Vers scheint von einem

---

*) Ebensowenig mit ἄλγεα θυμοβόρα, was Schömann S. 60 vermuthet. Eine blosse Warnung vor ἄλγεα wäre aber nicht bloss hier ungehörig, sondern wie mir scheint überhaupt ziemlich sinnlos. Denn wer kann sie abhalten, wann sie kommen? — Auffallend ist die Verbindung von πεφύλαξο mit einem Verbum, welches ziemlich das Gleiche bedeutet: ἀλεύασθαι.

Interpolator zugefügt zu sein, der ἀλεύασθαι 798 nicht verstand. Dieses bezieht sich offenbar auf das eben angegebene Geschäft μῆλα — πρηΰνειν ἐπὶ χεῖρα τιθείς, mit Anknüpfung an die dafür bestimmte τετρὰς μέσση, gerade wie ἐξαλέασθαι 802 auf 800. Der Gegensatz ἐν δὲ τετάρτῃ μηνός 800 kann nicht befremden, weil 797. 98 nicht von dieser, der τετρὰς ἱσταμένου allein, sondern von zwei Tagen τετρὰς φθίνοντός θ᾽ ἱσταμένου τε galten. Aber ἦμαρ 799 von diesen beiden Tagen gesagt muss auffallen. Anders 770, wo es zunächst nur zu ἑβδόμη gehört, wie die Begründung 771 zeigt. Eine Rechtfertigung des Verbots 798 fehlt, wenn 799 entfernt wird, wie in 780; 802 ist eine solche gegeben.

801 οἰωνοὺς κρίνας κτέ. liesse sich zwar soweit rechtfertigen, dass man annähme die Zeichendeutung sei durch den μάντις oder οἰωνιστής geschehen und nur im Auftrag dessen, der sich verheirathen will (vgl. α 202. Hermann, gottesdienstl. Alterth. §38,2. Nägelsbach, hom. Theol. S.151). Doch ist der Vers offenbar erst mit 828 hinzugefügt worden und der Ausdruck ist nicht klar. Wenn οἰων. κρ. wie 828 und ἐνύπνιον oder ὀνείρους κρῖναι heisst: die Vogelzeichen deuten, so kann nicht von denen die Rede sein οἳ ἐπ᾽ ἔργματι τούτῳ ἄριστοι, sondern die sich darbietenden müssen eben gedeutet werden. Mit dem Zusatz vertrüge sich nur die Bedeutung: auswählen, aber wie soll dies geschehen?

Dass 804 die Lesart γεινόμενον späteren Ursprungs ist und Ὅρκον τινυμένας nur heissen kann: poenam ab Horco repetere, ist von Schömann S. 61 bemerkt. Auch daran ist kein Zweifel, dass der Gott Ὅρκος, nicht der Eid = Meineid hierher passt wegen des Zusatzes τὸν Ἔρις τέκε κτέ. Hingegen bin ich nicht überzeugt, ob τινύμενον ohne Object = den Meineid rächen zulässig ist. In den von Schömann angeführten Stellen α 268. Theogn. 340. 362 sind die Objecte vorher genannt, in der letzten Stelle πῆμα. Desswegen ist auch das Compositum ἀποτίνομαι gewählt: die gebührende Rache nehmen und der Gebrauch nur scheinbar absolut.

815. 16 sind mit Recht von Göttling und Vollbehr wegen des Asyndeton 817 und der Wiederholungen aus 795. 96

und 819 (Vollbehr S. 81) verworfen worden. Die aus
795. 96 liesse sich zur Noth durch Vergleichung mit 783.
794. 813 rechtfertigen, aber ἄρξασθαι πίθου steht im Widerspruch mit 819. Wegen der Erwähnung des Pferdes s.
S. 173. Nun ist das 820 zu der Anaphora παῦροι δ' αὖτε
aus 814 zu entnehmende ἴσασι wenigstens nur durch drei,
nicht durch fünf Verse getrennt. Sehr hart bleibt die Auslassung, weil zwei von ἴσασι nicht abhängige Sätze τετράδι
— μέσση dazwischen stehen. Vielleicht wäre Schömanns
Conjectur (S. 62) μετ' εἰκάδ' ἴσασιν ἀρίστην aufzunehmen,
wenn nicht jetzt in dem vollständigeren Satze die Weglassung von τετράδα gerade so unangenehm auffiele wie vorher die des Verbums.

Die letzten Verse nennen alle glücklichen Tage zusammen ἐπιχθονίοις μέγ' ὄνειαρ 822, stellen ihnen ohne weitere
Berücksichtigung der unglücklichen die nicht erwähnten
als bedeutungslose entgegen 823 *) und knüpfen daran die
Schlusssentenz 824 ἄλλος δ' ἀλλοίην αἰνεῖ, παῦροι δέ τ' ἴσασιν (vgl. 814. 818. 820), wo ἀλλοίην auffallend, mit deutlichem Bezug auf die Beschaffenheit gewählt ist**). — Unächt ist die mindestens zwecklose, wenn nicht dem Bisherigen
widersprechende (Lehrs S. 251), an sich gute Sentenz 825.
Sollte sie sich auf jene ἡμέραι μετάδουποι κτέ. 823 beziehen,
wie Vollbehr (S. 82) meint, so müsste dies durch ein Pronomen angedeutet sein und das Asyndeton wäre unzulässig;
wie die Worte lauten, kann ἡμέρη nur von allen Tagen
ohne Unterschied gelten und ἄλλοτε muss heissen: zu einer
Zeit d. h. in dem einen·Monat oder Jahr ist ein Tag glücklich, im andern unglücklich. Vgl. jedoch 813 οὔποτε. —
Die Diaskeue fügte endlich noch die Verse 826—28 hinzu
mit Hinweisung auch auf die früheren Theile des Gedichtes
(ἐργάζηται 827, ὑπερβασίας ἀλεείνων 828) und zur Anknüpfung
der mit demselben verbundenen 'Ορνιθομαντεία (ὄρνιθας κρίνων 828). Den Genetiv τάων 826 möchte ich als Genet.
subj. abhängig von τάδε πάντα, mit Hyperbaton (vgl. Krüger
Gr. § 47, 9, 11) auffassen. Als relativer Genet. zu dem

---

*) Mit 822. 23 vgl. Th. 871. 72 θνητοῖς μέγ' ὄνειαρ· οἱ δ' ἄλλοι
μαψαῦραι κτέ.

**) Wie z. B. Luc. de astrol. 7 ἄλλοι δὲ ἀλλοίῃσι μοίρῃσιν ἐχρέοντο.

Adj. εὐδαίμων ist er wenigstens nicht zu rechtfertigen durch
Plat. Phaed. 58 E εὐδαίμων τοῦ τρόπου καὶ τῶν λόγων (vgl.
Crit. 43 B. Phil. Imag. p. 769), weil dort und gewöhnlich
dieser Genetiv steht, wo das durch ihn Bezeichnete im Subject selbst enthalten oder in seinem Besitz ist, nicht wie
die Tage ganz ausser ihm liegt. Aber Beispiele der letzte- .
ren Art finden sich auch. Vgl. Arat. 460 οὐκέτι θαρσαλέος
κείνων. Schol. οὐκ ἂν εὐθαρσὴς περὶ τῶν πλανητῶν εἰπεῖν.

Unsere Betrachtung ist zum Ende gelangt. Der Hesiod
welchen wir gefunden zu haben glauben, trägt bestimmtere
und bedeutendere Züge als jener, den das Alterthum kannte.
Wird die Wissenschaft ihn so gelten lassen? Möchte es
wenigstens gelungen sein die Frage danach anzuregen. Denn
fern bin ich von der Meinung Alle sofort überzeugt oder
durchaus das Richtige getroffen zu haben.

Dritter Theil.

Erster Abschnitt.

Wahl der Gattin, Verhältnisse zum Freunde und zu Andern überhaupt.

695 Ὡραῖος δὲ γυναῖκα τεὸν ποτὶ οἶκον ἄγεσθαι,
    μήτε τριηκόντων ἐτέων μάλα πόλλ' ἀπολείπων
    μήτ' ἐπιθεὶς μάλα πολλά· γάμος δέ τοι ὥριος οὗτος.
    ἡ δὲ γυνὴ τέτορ' ἡβώοι, πέμπτῳ δὲ γαμοῖτο.
    παρθενικὴν δὲ γαμεῖν, ἵνα ἤθεα κεδνὰ διδάξῃς·
700 τὴν δὲ μάλιστα γαμεῖν, ἥτις σέθεν ἐγγύθι ναίει,
    πάντα μάλ' ἀμφὶς ἰδών, μὴ γείτοσι χάρματα γήμῃς.
    οὐ μὲν γάρ τι γυναικὸς ἀνὴρ ληΐζετ' ἄμεινον
    τῆς ἀγαθῆς, τῆς δ' αὖτε κακῆς οὐ ῥίγιον ἄλλο,
    δειπνολόχης, ἥτ' ἄνδρα καὶ ἴφθιμόν περ ἐόντα
705 εὕει ἄτερ δαλοῦ καὶ ἐν ὠμῷ γήραϊ θῆκεν.
707 Μηδὲ κασιγνήτῳ ἴσον ποιεῖσθαι ἑταῖρον·
    εἰ δέ κε ποιήσῃς, μή μιν πρότερος κακὸν ἔρξῃς,
    μηδὲ ψεύδεσθαι γλώσσης χάριν· εἰ δὲ σέ γ' ἄρχῃ
710 ἤ τι ἔπος εἰπὼν ἀποθύμιον ἠὲ καὶ ἔρξας,
    δὶς τόσα τίνυσθαι μεμνημένος· εἰ δέ κεν αὖτις
    ἡγῆτ' ἐς φιλότητα, δίκην δ' ἐθέλῃσι παρασχεῖν,
    δέξασθαι· δειλός τοι ἀνὴρ φίλον ἄλλοτε ἄλλον

ποιεῖται, σὲ δὲ μή τι νόον κατελεγχέτω εἶδος.
715 Μηδὲ πολύξεινον μηδ' ἄξεινον καλέεσθαι
μηδὲ κακῶν ἕταρον μηδ' ἐσθλῶν νεικεστῆρα.
μηδέ ποτ' οὐλομένην πενίην θυμοφθόρον ἀνδρὶ
τέτλαθ' ὀνειδίζειν, μακάρων δόσιν αἰὲν ἐόντων·
γλώσσης τοι θησαυρὸς ἐν ἀνθρώποισιν ἄριστος
720 φειδωλῆς, πλείστη δὲ χάρις κατὰ μέτρον ἰούσης.
εἰ δὲ κακὸν εἴπῃς, τάχα κ' αὐτὸς μεῖζον ἀκούσαις.
Μηδὲ πολυξείνου δαιτὸς δυσπέμφελος εἶναι
723 ἐκ κοινοῦ· πλείστη δὲ χάρις δαπάνη τ' ὀλιγίστη.

Zweiter Abschnitt.

Rücksichten gegen göttliche Mächte und auf die Nachrede der Menschen.

706 Εὖ δ' ὄπιν ἀθανάτων μακάρων πεφυλαγμένος εἶναι·
724 μηδέ ποτ' ἐξ ἠοῦς Διὶ λείβειν αἴθοπα οἶνον
χερσὶν ἀνίπτοισιν μηδ' ἄλλοις ἀθανάτοισιν.
οὐ γὰρ τοίγε κλύουσιν, ἀποπτύουσι δέ τ' ἀράς.
Μηδ' ἀντ' ἠελίου τετραμμένος ὀρθὸς ὀμιχεῖν·
αὐτὰρ ἐπεί κε δύῃ, μεμνημένος ἔς τ' ἀνιόντα
μήτ' ἐν ὁδῷ μήτ' ἐκτὸς ὁδοῦ προβάδην οὐρήσῃς,
730 μηδ' ἀπογυμνωθῇς· μακάρων τοι νύκτες ἔασιν.
733 Μηδ' αἰδοῖα γονῇ πεπαλαγμένος ἔνδοθι οἴκου
ἑστίῃ ἐμπελαδὸν παραφαινέμεν, ἀλλ' ἀλέασθαι.
Μηδ' ἀπὸ δυσφήμοιο τάφου ἀπονοστήσαντα
σπερμαίνειν γενεήν, ἀλλ' ἀθανάτων ἀπὸ δαιτός.
Μηδέ ποτ' ἀενάων ποταμῶν καλλίρροον ὕδωρ
ποσσὶ περᾶν, πρίν γ' εὔξῃ ἰδὼν ἐς καλὰ ῥέεθρα,
χεῖρας νιψάμενος πολυηράτῳ ὕδατι λευκῷ.
740 ὃς ποταμὸν διαβῇ κακότητ' ἰδὲ *) χεῖρας ἄνιπτος,
τῷ δὲ θεοὶ νεμεσῶσι καὶ ἄλγεα δῶκαν ὀπίσσω.
Μηδ' ἀπὸ πεντόζοιο θεῶν ἐν δαιτὶ θαλείῃ
αὖον ἀπὸ χλωροῦ τάμνειν αἴθωνι σιδήρῳ.
Μηδέ ποτ' οἰνοχόην τιθέμεν κρητῆρος ὕπερθεν
745 πινόντων· ὀλοὴ γὰρ ἐπ' αὐτῷ μοῖρα τέτυκται.
Μηδὲ δόμον ποιῶν ἀνεπίξεστον καταλείπειν,
μή τοι ἐφεζομένη κρώζῃ λακέρυζα κορώνη.
Μηδ' ἀπὸ χυτροπόδων ἀνεπιρρέκτων ἀνελόντα

---

*) κακότητ' ἰδέ Conj. Bergk's st. κακότητι δέ.

ἔσθειν μηδὲ λόεσθαι, ἐπεὶ καὶ τοῖς ἔνι *) ποινή.
750 Μηδ' ἐπ' ἀκινήτοισι καθίζειν, οὐ γὰρ ἄμεινον.
753 Μηδὲ γυναικείῳ λουτρῷ χρόα φαιδρύνεσθαι
ἀνέρα· λευγαλέη γὰρ ἐπὶ χρόνον ἔστ' ἐπὶ καὶ τῷ
755 ποινή.   Μηδ' ἱεροῖσιν ἐπ' αἰθομένοισι κυρήσας
μωμεύειν ἀΐδηλα· θεός τοι καὶ τὰ νεμεσσᾷ.
Μηδέ ποτ' ἐν προχοῇ ποταμῶν ἅλαδε προρεόντων
μηδ' ἐπὶ κρηνάων οὐρεῖν, μάλα δ' ἐξαλέασθαι·
μηδ' ἐναποψύχειν· .τὸ γὰρ οὔτοι λώιόν ἐστιν.
760 Ὧδ' ἔρδειν· δεινὴν δὲ βροτῶν ὑπαλεύεο φήμην.
φήμη γάρ τε κακὴ πέλεται κούφη μὲν ἀεῖραι
ῥεῖα μάλ', ἀργαλέη δὲ φέρειν, χαλεπὴ δ' ἀποθέσθαι.
φήμη δ' οὔτις πάμπαν ἀπόλλυται, ἥντινα πολλοὶ
λαοὶ φημίξωσι· θεός νύ τίς ἐστι καὶ αὐτή.

Dritter Abschnitt.
~ Ueber die glücklichen und unglücklichen Tage.

765 Ἤματα δ' ἐκ Διόθεν πεφυλαγμένος εὖ κατὰ μοῖραν
πεφραδέμεν δμώεσσι τριηκάδα μηνὸς ἀρίστην
ἔργα τ' ἐποπτεύειν ἠδ' ἁρμαλιὴν δατέασθαι,
εὖτ' ἂν ἀληθείην λαοὶ κρίνοντες ἄγωσιν.
αἵδε γὰρ ἡμέραι εἰσὶ Διὸς παρὰ μητιόεντος·
770 πρῶτον ἔνη τετράς τε καὶ ἑβδόμη, ἱερὸν ἦμαρ·
τῇ γὰρ Ἀπόλλωνα χρυσάορα γείνατο Λητώ·
ὀγδοάτη τ' ἐνάτη τέ· δύω γε μὲν ἤματα μηνὸς
ἔξοχ' ἀεξομένοιο βροτήσια ἔργα πένεσθαι·
ἑνδεκάτη τε δυωδεκάτη τ', ἄμφω γε μὲν ἐσθλαί,
775 ἢ μὲν ὄις πείκειν, ἢ δ' εὔφρονα καρπὸν ἀμᾶσθαι·
ἡ δὲ δυωδεκάτη τῆς ἑνδεκάτης μέγ' ἀμείνων.
τῇ γάρ τοι νεῖ νήματ' ἀερσιπότητος ἀράχνης
ἤματος ἐκ πλείου, ὅτε τ' ἴδρις σωρὸν ἀμᾶται.
τῇ δ' ἱστὸν στήσαιτο γυνή, προβάλοιτό τε ἔργον.
780 μηνὸς δ' ἱσταμένου τρισκαιδεκάτην ἀλέασθαι
σπέρματος ἄρξασθαι· φυτὰ δ' ἐνθρέψασθαι ἀρίστη.
ἕκτη δ' ἡ μέσση μάλ' ἀσύμφορός ἐστι φυτοῖσιν,
ἀνδρογόνος δ' ἀγαθή· κούρη δ' οὐ σύμφορός ἐστιν,
οὔτε γενέσθαι πρῶτ' οὔτ' ἄρ γάμου ἀντιβολῆσαι.

---

*) Ich möchte ἔπι vorziehen. Vgl. 745. 754.

785 οὐδὲ μὲν ἡ πρώτη ἕκτη κούρῃσι γενέσθαι
ἄρμενος, ἀλλ' ἐρίφους τάμνειν καὶ πώεα μήλων
σηκόν τ' ἀμφιβαλεῖν ποιμνήιον ἥπιον ἦμαρ,
— ἐσθλὴ δ' ἀνδρογόνος· φιλέει δέ τε κέρτομα βάζειν
— ψεύδεά θ' αἱμυλίους τε λόγους κρυφίους τ' ὀαρισμούς.
790 μηνὸς δ' ὀγδοάτῃ κάπρον καὶ βοῦν ἐρίμυκον
ταμνέμεν, οὐρῆας δὲ δυωδεκάτῃ ταλαεργούς.
εἰκάδι δ' ἐν μεγάλῃ, πλέῳ ἤματι, ἵστορα φῶτα
γείνασθαι· μάλα γάρ τε νόον πεπυκασμένος ἐστίν.
ἐσθλὴ δ' ἀνδρογόνος δεκάτη, κούρῃ δέ τε τετρὰς
795 μέσσῃ. τῇ δέ τε μῆλα καὶ εἰλίποδας ἕλικας βοῦς
καὶ κύνα καρχαρόδοντα καὶ οὐρῆας ταλαεργοὺς
πρηΰνειν ἐπὶ χεῖρα τιθείς· πεφύλαξο δὲ θυμῷ
798 τετράδ' ἀλεύασθαι φθίνοντός θ' ἱσταμένου τε.
800 ἐν δὲ τετάρτῃ μηνὸς ἄγεσθ'· εἰς οἶκον ἄκοιτιν·
802 πέμπτας δ' ἐξαλέασθαι, ἐπεὶ χαλεπαί τε καὶ αἰναί.
ἐν πέμπτῃ γάρ φασιν Ἐρινύας ἀμφιπολεύειν
Ὅρκον τινύμενον τὸν Ἔρις τέκε πῆμ' ἐπιόρκοις.
805 μέσσῃ δ' ἑβδομάτῃ Δημήτερος ἱερὸν ἀκτὴν
εὖ μάλ' ὀπιπτεύοντα ἐυτροχάλῳ ἐν ἀλωῇ
βάλλειν ὑλοτόμον τε ταμεῖν θαλαμήια δοῦρα
νήιά τε ξύλα πολλά, τάτ' ἄρμενα νηυσὶ πέλονται.
τετράδι δ' ἄρχεσθαι νῆας πήγνυσθαι ἀραιάς.
810 εἰνὰς δ' ἡ μέσση ἐπὶ δείελα λώιον ἦμαρ.
πρωτίστη δ' εἰνὰς παναπήμων ἀνθρώποισιν·
ἐσθλὴ μὲν γάρ θ' ἥδε φυτευέμεν ἠδὲ γενέσθαι
ἀνέρι τ' ἠδὲ γυναικὶ καὶ οὔποτε πάγκακον ἦμαρ.
814 παῦροι δ' αὖτε ἴσασι τρισεινάδα μηνὸς ἀρίστην
817 νῆα πολυκλήιδα θοὴν εἰς οἴνοπα πόντον
εἰρύμεναι, παῦροι δέ τ' ἀληθέα κικλήσκουσι.
τετράδι δ' οἴγε πίθον· περὶ πάντων ἱερὸν ἦμαρ
820 μέσσῃ· παῦροι δ' αὖτε μετ' εἰκάδα μηνὸς ἀρίστην
ἠοῦς γεινομένης· ἐπὶ δείελα δ' ἐστὶ χερείων.
αἵδε μὲν ἡμέραι εἰσὶν ἐπιχθονίοις μέγ' ὄνειαρ,
αἱ δ' ἄλλαι μετάδουποι, ἀκήριοι, οὔ τι φέρουσαι.
824 ἄλλος δ' ἀλλοίην αἰνεῖ, παῦροι δέ τ' ἴσασιν.

Zusätze.

Zu den S. 11 erwähnten Schriften ist während des Druckes vorliegender Abhandlung eine weitere hinzugekommen:

Hesiodi quae feruntur carminum reliquiae cum commentatione critica edidit G. F. Schoemann. Berol. 1869.

Seine Ansicht über die Composition des Gedichtes hat der verehrte Verfasser schon früher z. B. Opusc. III p. 47 ausgesprochen, indem er im Allgemeinen der Lehrsschen Hypothese beitrat und die Werke und Tage als reliquias vetustissimae poesis Graecorum philosophicae collectas in unum corpus ἔργων καὶ ἡμερῶν - (Op. II p. 305) betrachtet. Die vermutheten' einzelnen Bestandtheile zu sondern versucht er auch in seiner Ausgabe und der einleitenden commentatio critica nicht, wohl aber entfernt er manche Verse als später in die Sammlung eingeschoben. Auf diese Athetesen und mehr noch auf die kritischen und exegetischen Erörterungen habe ich von S. 65 meiner Schrift an Rücksicht genommen, für das Frühere muss ich einige nachträgliche Bemerkungen machen.

S. 24. Gegen Schömanns Conjecturen 34 ἔστι statt ἔσται, 39 ἐθέλοντι δίκασσαν statt ἐθέλουσι δικάσσαι und deren Begründung S. 16 f. bemerke ich Folgendes. 1) Ein erster Process ist durch das Urtheil erledigt 37 – 39 ἤδη — δωροφάγους, 2) ein zweiter begonnen 35. Dann konnte τήνδε δίκην nur von dem jetzt anhängigen gesagt werden. ἐθέλοντι gäbe passenden Sinn, falls denkbar wäre dass Perses den ersten Process nicht vor die gesetzlichen Richter gebracht hätte. Doch könnte es auch wohl den materiellen Inhalt des Urtheils bezeichnen: nach Wunsch. 3) Der jetzige Streit soll durch Vergleich geschlichtet werden (S. 24. Anm. 2), nicht durch Richter wie Schömann meint, der διακρίνεσθαι offenbar in der Bedeutung von διαδικάζεσθαι nimmt. 4) δεύτερον 34 kann sich natürlich bloss auf diesen zweiten, nicht auf einen zweiten nach ihm also dritten beziehen, was man desswegen vermuthen könnte, weil ἔσται nur eine noch nicht geschehene Handlung andeuten kann, also wenn es hiesse *licebit* tibi nicht passte für das, was jetzt entweder *licet* oder *non licet*. ὧδ' ἔρδειν ist im vorliegenden Zusammenhang, wie Schömann bemerkt, gleich νείκεα καὶ δῆριν ὀφέλλει κτ. ἐπ' ἀλλ. Dieser ziemlich unbestimmte Ausdruck (vgl. 14) kann nun ohne Zwang ebenso gut die Durchführung als den Beginn des Streites bezeichnen. Und die Bedeutung des Verbums ἔσται schwebt wie öfter (z. B. 287) in der Mitte zwischen ἔξεστι und ἔνεστι, die factische sowohl als die moralische Verhinderung treten ein durch die Ueberredung zur Gerechtigkeit (36. 275) oder vielmehr die factische Verhinderung wird erst eintreten. Die Wahl des Futurums für eine nach Ueberzeugung des Redenden eintretende Handlung hat nichts Auffallendes.

S. 26. V. 22 würde ich Schömanns Conjectur (S. 15) ὥς statt ὅς billigen, wäre nicht die Gliederung mit μέν und δέ. Der ἀπάλαμος 20 wird ἔργοιο χατίζων durch das Vorbild des reichen Nachbarn (vgl. 312. 13). Jetzt erwacht seine Thätigkeit σπεύδει — θέσθαι (die Folge von ἀπάλαμον — ἐγείρει), bald wetteifern beide Nachbarn (εἰς ἄφενον σπεύδοντ' = σπεύδει — θέσθαι). Die Subjecte und Prädicate sind in den zwei Sätzen 22 und 23 gegenübergestellt, von jenen darf keines fehlen. — So ist nicht bloss bewiesen, was von der Macht (πολλὸν ἀμείνω 19) der Eris gesagt war 20 ἧτε — ἐγείρει, auch ihr Lob ἀγαθὴ — βροτοῖσι ist schon gerechtfertigt. Wird die handschriftliche Lesart ὅς beibehalten, so ist ὅς σπεύδει κτέ. Relativsatz zu πλούσιον, dann aber wegen μέν 22 nach οἶκον statt τ' zu lesen δ'. Wegen der nicht ganz der Concinnität entsprechenden Stellung des μέν vgl. A 140. 41. So wäre das Participium ἰδών durch τε dem Hauptverbum coordinirt (vgl. Bäumlein, griech. Part. S. 218 Mitte): τίς τε ἰδὼν — ζηλοῖ δέ τε und γείτων derselbe wie τις. δέ im Nachsatz nach Participium μ 356. Θ 20 — falls dort nicht πάντες τ' zu

ändern ist, da gleich folgt πᾶσαί τε. — Mit 20 ἐπὶ ἔργον
ἐγείρει vgl. Arat. 6 λαοὺς δ' ἐπὶ ἔργον ἐγείρει μιμνήσκων
βιότοιο.

S. 44. Dass Pandora im Sinn der Erfindung des allegorischen Mythus die Ueppigkeit bedeutete, gebe ich Schömann (S. 20) als möglich zu. Aber der Dichter verwendet
den Mythus offenbar nur nach seinem Wortlaut, nicht nach
seiner Bedeutung, wie die sehr allgemein gehaltenen Züge
in 90 — 105 zeigen. So ist auch kein Widerspruch mit
47 ff. — Bei 90 πρὶν μὲν γὰρ ζώεσκον ist an den subtilen
Unterschied der Zeit vor und nach dem Feuerraub so wenig
mehr gedacht, als ein Leser daran denken wird. Genug:
Pandora brachte alle die grossen Leiden. Aber Widerspruch
mit 47 ff. liegt auch hier nicht vor. Selbst wenn Lebensunterhalt nur durch Arbeit zu gewinnen war, konnte noch
immer jenes νόσφιν ἄτερ τε κακῶν καὶ ἄτερ χαλεποῖο πόνοιο
νούσων τ' ἀργαλέων (92. 93) gelten, wenn auch weniger als
vorher.

S. 18. Zu den erklärenden Zusätzen gehören auch 751.52.

S. 49. Ein weiteres Beispiel von Häufung der Epitheta
ist 300. 1 ἐυστέφανος Δημήτηρ αἰδοίη.